劳 马 作 品 集

抖落失眠的气息

劳马 著

江苏凤凰文艺出版社
JIANGSU PHOENIX LITERATURE AND ART PUBLISHING, LTD

目录
CONTENTS

第一辑　东西行迹

西行漫记 / 003

令人钦佩的嗜好 / 034

访日札记 / 037

龙言的鸭子 / 041

他们活得很不错 / 044

第二辑　哲学家们

苏格拉底 / 051

柏拉图 / 056

亚里士多德 / 064

弗朗西斯·培根 / 071

霍布斯 / 077

笛卡尔 / 083

洛克 / 089

斯宾诺莎 / 094
莱布尼茨 / 099
贝克莱 / 103
伏尔泰 / 108
休谟 / 113
卢梭 / 118
康德 / 126

第三辑 在人间

父爱高于山 / 135
幸福的母亲 / 143
蒙古袍 / 151
一张烙饼 / 154
还行吧，挺好的 / 157
笑得“无厘头” / 161
头一次住院 / 163
病情通报 / 174

第四辑 笑里乾坤

笑的存在 / 187
古老的笑声 / 192
窃笑：没事儿偷着乐 / 206
可笑的认知偏差 / 208
语言的无奈 / 213

黑暗中的亮光 / 217
哈谢克的礼物 / 233
因荒诞而深刻 / 249
笑的意味与当代文学 / 258
轻蔑溶化于笑声之中 / 265
我们想在笑声中休息 / 267
笑是愉快与不愉快的混合体 / 270
幽默是一道神圣的闪光 / 272
人是善于嘲讽的智慧物种 / 275

第五辑 发言现场

话语的表情
——《劳马作品集》访谈 / 285
远看是山近看是树
——《哎嗨哟》创作随谈 / 290
作为他乡的故乡：好像我曾在那里一样
——在“乡土中国现代转型与乡土文学创作学术研讨会”上的发言 / 296
散文的自由与随意
——在大连“第二届中国当代文学高峰论坛”上的发言 / 300
写作是我的节日
——小说创作谈 / 304

从陌生中寻找与自己相关的熟悉：文学的本土性与普遍性
——在“中韩作家研讨会”上的发言 / 308
瓜子儿虽小也香人
——小说集《潜台词》后记 / 310
读懂小说
——在“小说的读法”国际研讨会上的致辞 / 313
生活就是一出持续上演的喜剧
——《柔软的一团》后记 / 315
系紧最后一颗纽扣
——中德作家论坛闭幕致辞 / 317
文学是冬季草原上依然绽放的花朵
——在蒙古国文学奖授奖典礼上的答谢辞 / 320
走在不断拓宽与延长的文明之路上
——在塞尔维亚国际书展上的致辞 / 322
在写作中学习写作
——在中国首届创意写作国际论坛上的致辞 / 326
因为文学而心心相印
——在白罗斯国际作家论坛上的致辞 / 329
剧本写作：自我观看的心底演出 / 332
后记 / 349

第一辑 东西行迹

西行漫记

未曾晤面的陌生记忆

尊敬的马先生：

上海世博会将于2010年5月至10月举行，其中西班牙馆的负责机构是西班牙国家国际展览署。作为西班牙国家国际展览署主席，我谨邀请阁下参加一个与世博会相关的项目。我们认为世博盛会对于增强中西两国人民间的了解将起到重要的作用。因此，我谨希望邀请阁下参与一本书的写作工作。这本书将以中、西文双语出版，从不同的视角介绍西班牙。这个项目由马德里自治大学东亚研究中心主任达西安娜（Taciana Fisac）女士负责协调。因此，为了此书的编写工作，首先我们谨邀请阁下于2009年10月11日至20日访问西班牙。在访问结束之后，我们希望阁下能够记录下您对西班牙的印象，从而介绍给中国的读者。您的文字将和其他几位中国作家的文字一起构成本书的内容，该书将于2010年世博会之际在中国出版……

我们认为这是一个有新意的项目，因此我们非常希望阁下能够参与。您有任何问题，都请与达西安娜女士联系。另外，本邀请函可以用作西班牙领馆办理签证的凭证。

盼望得到您的确认，同时，我诚挚地希望能够在西班牙亲自问候您。

此致

敬礼！

主席简洁诚恳的表达，把我们五位中国作家此次西班牙之行的意义、目的和任务说得一清二楚。按照中国人的习惯说法，官员出国叫访问，商人出国叫考察，游客出国叫观光，而作家外出一般美其名曰采风。作家的采风更像囚徒的“放风”，闭关写作的时间久了，需要到外边走走看看，呼吸一些新鲜空气。采风通常就是游览——走马观花、浮光掠影、蜻蜓点水般地四处转悠闲逛，然后写一点不疼不痒、似是而非的文字而已。这次显然是个例外，因为我们的个人行为似乎上升到了“国家”的高度，与已进入倒计时的世博会相关。

把信件重新叠好，环顾周围的乘客，大多已经进入了梦乡。我只好再一次把座椅调到平躺状态，关掉阅读灯，闭上眼睛，试图小睡一会儿。

然而睡意迟迟不肯光顾，眼睛闭得越紧，脑子越兴奋，像烧开的水一样不停地冒泡、翻腾，我在努力搜索一些关于西班牙的零星知识，试图在陌生中寻找某种似曾相识的熟悉。

提起西班牙，对于当今绝大多数中国人而言，首先想到的是“斗牛”——一种不可思议的刺激性娱乐运动。人类的一切娱乐发明都基于无聊这个前提，斗牛也许是无聊的选择。

在受过一定教育的中国人眼里，西班牙是一个遥远而神秘的古老国度，拥有悠久的历史和灿烂的文明，曾经为掠夺财富而远涉重洋、征战四方，并发现了“新大陆”。

在爱好文学和艺术的中国人看来，西班牙至少诞生了塞万提斯、毕加索、高迪、戈雅等文学巨匠和艺术大师，他们的贡献和影响是世界性的，如果人类的艺术宝库中缺少了这些人的杰作，将会逊色许多。

喜欢体育运动的年轻人，当然不会不知道皇家马德里足球队，那火红的球衣，如同一簇簇燃烧的火炬，让球迷们热血沸腾。还有1992年成功举办过奥林匹克运动会的巴塞罗那，那场盛况空前的热烈赛事，让这座浪漫的艺术之城有了更加响亮的名声……

除此之外，普通的中国民众对西班牙还了解多少呢？没做过调查，仅凭感觉，也许只有这些。对，差一点忘了，还有西班牙女郎，那也是中国人，尤其是男人们心中的兴奋想象。有一首歌曲，名字就叫《美丽的西班牙女郎》，在中国传唱了很多年。热辣的西班牙女郎还会跳一种趾高气扬的舞蹈——弗拉明戈舞。

下面一些关键词也是关于西班牙的，估计只模糊地存留于少数中国人的记忆中：哥伦布、佛朗哥、内战、独裁者、热情之花、金币、国际纵队、格尔尼卡、巴斯克、埃塔、长枪党、1981年军事政变、国王胡安•卡洛斯、电影导演阿莫多瓦、古根汉姆博物馆、直布罗陀海峡、比利牛斯山……辗转反侧，搜肠刮肚地想来想去，仅此而已，西班牙只是一些连不成线的零碎词汇。

当然，还有一种语言叫作西班牙语。

1967 年，一场史无前例的政治风暴以气吞山河之势席卷了古老而崭新的中国。那年一位失魂落魄、被迫辍学的大学生灰头土脸地从首都北京回到了他的家乡——一个偏僻封闭的小山村。他是这个村子里有史以来第一个受过高等教育的年轻人。他告诉乡亲们，他在大学里学习西班牙语。

西班牙语与我们说的是完全不同的一种话。西班牙在哪里？那里的人为什么非要发出那么古怪的声音？这对于当时的乡下孩子，是使出吃奶的劲儿也不可能弄懂的事情。而那位自称学过西班牙语的小伙子在放牛或赶车的时候，偶尔会用变了味儿的外语吆喝几声牲口。可惜中国的牛马并不通晓这种陌生的语言，若不辅助于鞭子或石头，那畜生是绝不肯按照西班牙语的指令改变方向或加快脚步的。此情此景遭到了乡下农民粗暴的耻笑和嘲骂。

也是那一年，一位叫作加西亚·马尔克斯的哥伦比亚作家用西班牙语写出了 20 世纪文学史上的皇皇巨著——《百年孤独》。这是我二十多年后才知道的，而这件事也改变了我童年时对西班牙语的误解——它不是仅仅用于呵斥牲口，而是与伟大的文学事业紧密相关的。

西班牙语的世界远远大于西班牙的疆域。据说有二十多个国家四亿多人口凭借这种语言生活工作、阅读思考、吵架骂人和谈情说爱，并创作出了令人们感动震撼并肃然起敬的文学杰作。

同样是学习西班牙语的，却有着完全不同的命运。此次同行的陈众议教授就是当代中国最著名的西班牙文学专家，他对西班牙语文学的精准译介，为中国读者和作家打开了一扇封堵已久的窗户。他因此赢得了中国文学界的一致好评和高度尊重。

“Espaa”为什么译成汉语“西班牙”呢？“牙”为何不写作“雅”或“涯”“衙”“芽”……这十有八九是外国汉学家所为，而非中国人的本意，因为中国是礼仪之邦，常把最吉祥、最尊贵、最美好的字眼送给外族，如美、德、英、法等，音、形、意俱佳，堪称汉字中的珍宝极品和俊男靓女，我们毫不吝啬地赠予了 America、Germany、England 和 France，表达了最诚挚的尊重与敬意。如果我们多点心眼儿，再小气一点，只图叫着方便，根据统一的音译，完全可以叫成另外的名字。西班牙，孩子们第一次听到总会联想到咀嚼食物时用的牙齿……

飞机在我的胡思乱想中降落到了巴塞罗那机场——我们西班牙之旅的第一站。马德里自治大学东亚研究中心的“资深美女”达西安娜女士和西班牙国家国际展览署的郭宇时女士等候在机场，用中西双语热情地欢迎我们。

将失眠的气息抖掉

拉布拉斯大街是巴塞罗那老城宽敞笔直的步行街，也是城市最著名的景观大道。街上最具特色的景观当属艺人的人体表演即行为艺术展示。各种造型的神话、宗教或民间传说中的人物逼真呈现，形态各异，犹如大理石、青铜或石膏等材料铸成一般，纹丝不动地静立于街道两侧，若往塑像前的帽子里扔下一枚硬币，人体便会突然舞动起来，向游人致谢，并摆出各种姿势与游客合影。

欧洲的城市，如同一座座巨型的建筑博物馆，罗马式、哥特式、文艺复兴式、巴洛克式的建筑鳞次栉比，显得高贵典雅、端庄雍容，巴塞罗那也不例外，这里的建筑同样具有欧洲的特点。

一位天才艺术家的出现，使巴塞罗那的建筑风格发生了饱受争议的变化。这位生于 1852 年，死于 1926 年的艺术家高迪，在 19 世纪和 20 世纪之交创造性地改变了传统的艺术模式，突发奇想地把神圣家族教堂搞成了现在这个浪漫而又原始的样子。这座已经建了一百多年、目前仍在建设中的大教堂，每天门庭若市、人头攒动，慕名而来的朝拜者、游客都想亲自瞻仰这个闻名遐迩的“半拉子”工程。塔吊、脚手架仍矗立、缠绕在教堂的周围，“不协调”和“未完成”成了世界各地游客竞相争睹的一大看点。著名作家阎连科先生由此感叹道：“这活儿要是交给我们河南人干，半年就能竣工！”相比之下，这里的工程进度缓慢得令人费解。除了经费的因素外，是什么精神和毅力让一代代建筑师们前赴后继地全身心投入？这座教堂何时才能完成，会不会永远地处于在建状态？这是一个悬念。正因为有悬念，人们才有好奇心，我们说的完美，应该是完成之后的评价，而眼前的场景告诉我们，美也在过程。

高迪的艺术成就还体现在他设计的盖尔公园和米拉公寓中。前者犹如童话，后者把普普通通呆板枯燥的住宅设计得很前卫，赋予其生机勃勃的活力和多姿多彩的想象。了不起的高迪，罕见的天才。因为有了他，才有了巴塞罗那的标新立异，才有了游客的蜂拥而至。

1992年奥林匹克运动会在巴塞罗那成功举办，为这座古老的城市留下了丰富的遗产，增添了新的景观。据导游介绍，奥运会改变了巴塞罗那部分地区脏、乱、差的原貌，城市沿海一带的环境工程、各类体育场馆和服务设施保存完好，并广泛用于公共活动。坐在海滩的咖啡馆里，望着深蓝色的地中海和金黄色的沙滩，心情格外舒畅。不知不觉之中，暮色已经降临。

巴塞罗那的夜晚是喧闹的，而寂静属于白天。当晚饭在午夜结束时，酒吧与舞厅才开始热闹起来。我们在返回住处的路上闲逛，体会着西班牙女诗人埃尔内斯蒂娜•德•昌布尔辛（Emestinn de Champourcin）的诗句：

一种海滩的味道
在街上萦绕
没有入睡的人们
从前额上
将失眠的气息抖掉……

时差作祟，我夜里久久难以入睡。读了几页随身携带的西班牙当代著名作家恩里克•维拉－马塔斯新近出版的《垂直之旅》中译本，书中有这样的句子：“美丽的巴塞罗那失眠了，凉风吹来，似燃烧的蜡烛噼里啪啦作响，城市的轮廓异常清晰，宛似新洗的照片。”我只好从床上起来，凭窗远望，昏昏沉沉地欣赏着“失眠”状态下的巴塞罗那。

记得访问亚洲之家时，该组织的秘书长安娜女士接待了我们。她曾在西班牙驻北京的大使馆工作，担任过新闻官，汉语说得不错。她非常热爱自己的家乡，对巴塞罗那一往情深，容不得别人说这个城市的半句坏话。吃饭时，有人说巴塞罗那更像中国的上海，她饶有兴致地听着理由陈述：除了两个城市都与海相邻外，人们的生活习惯和节奏也有许多相似之处，尤其是这两个城市多少有些“排外”，缺少包容与大度。听到这里，她略显激动。她认为，巴塞罗那人说自己的语言和上海人说自己的方言，都是自主自由的选择，并没有什么不好。人们生活方式、交往方式的相似与不同并不意味着好与坏、优与劣，不要用统一的标准去评判。她并不认为巴塞罗那比西班牙的其他城市包括首都马德里更保守或更小气，她自己喜欢住在自己的家乡，而不希望生活在别人认为好的地方。正如《垂直之旅》中的主人公马约尔一样，他坚持说加泰罗尼亚洛语，憎恨马德里，对巴塞罗那恋恋不舍。“因为他是个很传统的巴塞罗那人，对他来说每一次离开自己的故乡都需要鼓足勇气并进行一番激烈的思想斗争。”作为匆匆而过的客人，我们真诚地祝愿那些热爱自己家乡的人，永远地留在那里。

只忠于自己的家乡

列车很舒适，乘客不多。一路说说笑笑，不到一个半小时就到了目的地。

萨拉戈萨的风很大，是风力发电的理想之地。男人的帽子和女人的裙子是大风拿来开玩笑的对象。帽子被吹掉、裙子被吹开都是令人尴尬的事情，尤其是穿短裙的女子，常常慌张地摆出美国影星玛丽莲•梦露的经典姿势——双手捂住关键部位，以防走光。

穿着传统民族服装的男女老少熙熙攘攘地拥向广场，到处洋溢着节日的欢乐气氛。

“今天是西班牙国庆节，这是政府组织的庆祝活动吧？”我问陪同的翻译。

“不，不是国庆节，今天是这个城市的保护神圣母玛利亚的节日。”她答。

“是国庆，今天是西班牙的国庆节，《旅游指南》上分明写着10 月 12 日为西班牙的国庆节，不信你问问别人。”

“不是国庆节，是当地的民间节日。”她固执地坚持着。

“那是书上写错了？不，今天肯定是国庆节。”我坚持自己的判断，随后又问了几位西班牙人，他们却并未印证我的话，一般都说不知道或者反问道：“是吗，你是怎么知道的？”

广场上挤满了数十万前来为保护神——圣母玛利亚——献花的人们。他们多来自萨拉戈萨市周边的乡村，有坐轮椅的老人，也有坐着摇篮车的婴儿。不论男女老幼都身着盛装，色彩艳丽、光鲜照人……他们一打眼就看出我们这几位是异乡客，对我们能参加他们自己的节日感到非常高兴，热情地欢迎我们加入他们的队列之中。

第二天，我们从报纸上看到了国王在马德里举行阅兵式的消息，那天的确是西班牙的国庆日，而对于这个重大的节日许多西班牙人似乎并不记得也并不在意。

曾经参加过西班牙内战的美国著名作家海明威在《丧钟为谁而鸣》中写道：“说到头，西班牙人只真正忠于自己的村子。当然，首先是西班牙，然后是自己的宗教，然后是他的省份，然后是他的村子，他的家庭，最后是他的行业。如果你会西班牙语，他就偏爱你，如果你了解他的省份，那就好得多，但是如果你了解他的村子和行业，你这个外国佬就和他们打成一片了。你在西班牙就不会有自己是外国人的感觉。”

小城萨拉戈萨在国庆日里隆重纪念本地的保护神，却忘了与国家、国王保持一致，真是“只真正忠于自己的城市和乡村了”。

同样是为了民间节日助兴，当地政府邀请我们中国作家参观了西班牙的传统运动——斗牛。

斗牛场里座无虚席，若不是政府特殊照顾，为远道而来的客人开了“后门”，我们也一票难求。当天出场的斗牛士中有一位在西班牙家喻户晓的人物，到处都有他的海报、张贴画出售。据说在这个家伙手下死了数百头公牛，他把宰牛提升到了艺术的高度，并因杀技精湛而获得了各种荣誉和奖品——近百只牛耳和牛尾。当他闪亮登场时，全场的欢呼声震耳欲聋。他在场上比牛还“牛”，常常故作从容地背对着遍体鳞伤恼羞成怒的公牛，优雅地向亢奋的观众致意。那天他再一次赢得了一只牛耳，并绕场一周接受粉丝们的欢呼。坐在我身边的阎连科先生愤愤不平地说：“这叫啥事啊，屠夫也能成英雄！”

全场要斗六头牛，我和阎连科、陈众议先生中途退场，没能坚持到底。我不是极端的动物保护主义者，只是有生理上的不良反应——胃部不适，不习惯目睹血腥的场面。

牛与人斗是不会有胜算的，斗牛士的失误只是小概率事件。从现场的气氛判断，其实，不见得人人都盼着斗牛士取胜。假如斗牛士失手了，被公牛刺死在场上，人们也许会更加亢奋。

我们在吃晚餐时就斗牛问题展开了讨论。据西班牙的朋友介绍说，目前在他们国内，民众对斗牛这种传统的娱乐项目也持两种截然不同的意见，人数差不多一半对一半。一方从保护动物的角度出发，认为应该立刻取缔这种野蛮血腥的活动。另一方则认为，正因为有了这种活动，才使公牛存活了下来，有人愿意养它赚钱。若取消了这个独具特色的斗牛表演，谁还会去养这类除了生性好斗而百无一用的动物？

西班牙人温文尔雅，彬彬有礼，但一遇到公牛就不是那么回事儿了。若将中国式的斗鸡、斗蛐蛐推荐给他们，不知他们做何感想，可否以大换小，减少血腥味，提高趣味性？

城市的随意与做作

我相信，在大部分的中国游客眼里，欧洲的多数城市都是一个模样，不管是巴黎、伦敦、布鲁塞尔还是马德里、巴塞罗那。

建筑风格是一个城市最明显的标志，东西方建筑上的差异是显而易见的。整个欧洲，除了尖顶的教堂之外，剩下的古典建筑几乎都是罗马式、哥特式、巴洛克式的。这些古老的建筑，像一尊尊名贵的古董，厚实而值钱，但这类楼宇教堂看多了，也容易产生审美疲劳。走马观花地看几处倍感新鲜，若不停地看下去，便失去了耐心——毕竟游客不是专业人士，很难做深入细致的考察。而现代风格的建筑物，中外大体一样，近三十年来，中国的经济发展以惊人的速度追赶发达国家，城市建设可谓日新月异。后发优势在中国的城市、道路及公共设施建设方面表现得十分突出，至少从外观上看，不比欧洲城市的新区建设逊色。

马德里给我的总体印象要比巴塞罗那显得大气，首都毕竟是首都，除了离海稍远，其他方面均有自己的特色。城市中随处可见的森林公园，把整个马德里装点得郁郁葱葱，市民和游客可以随时坐到树荫下的草地或者长椅上休息。

城市，自其诞生之日起，便是人口聚集的地方。因此，它首先要适合人的居住和生活，应遵循以人为本的原则，做出体现人性化和人情味的规划和建设。

在我看来，马德里是难得的宜居城市之一，大量的草地和森林，随处可见。在城市里闲逛，走不了多远就会有一片森林公园映入眼帘。说是公园，却没有任何围挡，树林的周边安放着长椅，供市民和游人纳凉歇脚。

马德里以及西班牙的其他城市都有类似的数量众多、大小不一的街心广场或休闲绿地，随人坐卧。街边的咖啡馆、餐厅把桌椅摆放在户外，为客人提供香味扑鼻的咖啡或甜点。若想喝一杯冰爽的啤酒，也可以坐下来慢慢享用。西班牙人的生活节奏舒缓从容，一杯咖啡或一杯啤酒能消磨大半天的时光，晒着太阳聊着天，不着急不上火地过日子。

在路边喝酒吃饭聊天有个必要条件，至少空气要新鲜。马德里虽说是西班牙的第一大城市，但天很蓝，水很清，山很绿。

与世界上的许多城市相比，马德里并不是最整洁干净的城市，生活垃圾偶尔也能在街道上看见。

过于干净整洁的环境有时会让人感到拘束。有些城市的绿地、花园、广场、景观也建了不少，却只准远距离观赏，不准零距离接触，只能看，不能“用”，不可深入其中。马德里虽然积极“申奥”，却看不出为申办奥运会而刻意装扮、精心粉饰城市的任何痕迹，也没有触目惊心的标语口号。

西班牙就是这样，巴塞罗那、萨拉戈萨、马德里以及后来我们去过的托雷多、科尔多瓦等大大小小的城市都有一个共同的特点——自然、朴实、不做作、不粉饰。

西班牙是旅游大国，每年前去观光的外国游客远远超过他们的人口数量，但他们的城市建设不是专门给游人“看”的，而是让国民和客人共同享用的。这里有数不胜数的教堂、博物馆、艺术馆、图书馆，游客及居民均能非常方便地出入观赏，没有烦琐的手续或戒备森严的保安。在马德里，你能感受到城市对人的尊重和友好，方便与随意是人在生活中的最低要求，但要真正做到这一点有时又是多么地不容易。

当然，拥挤、嘈杂、脏乱、交通堵塞、空气污浊等等令人头疼的难题是当今许多大城市都无法回避的。

举目望去，与中国城市的最大区别就是欧洲城市教堂众多，星罗棋布，占据了大量的地盘。这些神居之所，多为先人所建，作为遗产，既满足了后人们继承其宗教信仰的需要，又提升了现代城市的文化底蕴和艺术品位。中国城市中的庙宇分布密度较低，且建筑高度相对低矮，景观效果得不到充分显现。

欧洲的城市交通很发达，但拥堵问题依然严重。就道路的宽度而言，目前能与北京相比的城市并不多见，但比北京更堵的城市也很难找到。除了其他因素，司机和行人的素质是很重要的原因。

滔滔不绝的语言之河

今天行程中的兴奋点有两个：一是参观埃斯科里亚尔国家图书馆；二是与西班牙的作家同行们共进晚餐。

参观图书馆本应是一件很平常的事情，但这次有所不同。据陪同我们的西班牙著名汉学家达西安娜介绍，这个图书馆里有一件宝贝：中国刻印的《三国演义》的最早版本。

达西安娜被同事们称为“西班牙的中国人”，这位金发女郎是标准的西班牙美人儿。她曾于 1978 年作为译员陪同西班牙国王访问过中国，操一口纯正的普通话。达西安娜目前任职于西班牙著名的马德里自治大学，专心致志地从事中国现当代文学的研究、译介工作，曾将中国大作家巴金的代表作《家》和钱钟书的《围城》先后译成西班牙文出版，为促进中西文化交流做出了积极的贡献。馆藏于西班牙的中文本绣像版的《三国演义》（共八卷）就是她最早发现的，她还与她的同事花了几年时间共同普查了中国古籍在西班牙的馆藏情况，编写了《西班牙中国古籍馆藏目录》一书，为中西文化交流的历史提供了真凭实据。

在遥远的异国他乡，小心翼翼地翻阅瞻仰古老的中国史籍，那种惊喜之情难以言表……

晚上，我们与马德里的作家们欢聚在一家中餐馆里，品尝着明显经过改造的具有西班牙异域特色的中国菜，谈论着中西文学写作与翻译的话题。我不知道中国文字被翻译成西班牙语后是不是如同眼前的饭菜，名为中餐，实际上色香味早已不知了去向。同桌的西班牙人却一致称好，认为这家中餐馆的中国菜做得很地道，而我们则言不由衷地表示赞同。

西班牙人异常健谈，个个口若悬河，滔滔不绝。在西班牙吃饭，得拿出十足的耐心，他们开饭的时间晚（晚餐一般都是九点半以后），吃饭的时间长。跟他们吃饭不能看手表，而应看日历，晚餐一般都要延续到零点过后。

中国作家一行五人当中，只有陈众议先生精通西班牙语，并翻译过大量的西班牙语文学作品。陈教授是绍兴人，讲汉语带有明显的江浙口音，我们听他说西班牙语与西班牙人的发声没啥两样，可西班牙人却明察秋毫地听出了他的墨西哥口音。陈教授在墨西哥留过学，想必在口语表达上留下了难以掩饰的痕迹。同行的两位美女作家张悦然小姐和周嘉宁小姐，会讲英语，正好能与英语水平相当的西班牙作家们就一些天气与行程以及简单的日常生活进行浅层而有限的沟通与交流。

阎连科先生和我则只能听其声而无法解其意，面对着一堆人争先恐后七嘴八舌手舞足蹈的叽里呱啦，故作深沉地保持着不懂装懂式的理解表情。间或由达西安娜出面维持秩序，她把食指竖在唇中，并连声“嘘”“嘘”，才使得吵闹鼎沸的声音暂时平静下来。然后，她快速把西班牙作家们长时间的叽里呱啦，翻译成几句中文，让我们搞清他们争吵的主题。尽管她的翻译很简短，往往只是三言两语，还是会被她的同胞们迫不及待地打断。我感觉，西班牙人太想表达了，他们似乎把“说”看得比“听”更重要。

席间我们还谈到了当代最伟大的作家——巴尔加斯·略萨。这位被誉为20世纪“拉丁美洲文学爆炸”主帅之一的老头儿，拥有秘鲁、西班牙双重国籍和世界级的影响。1995年他又获得了塞万提斯文学奖，以表彰“他近五十年来不断以其才智丰富了西班牙语的创作领域”。

略萨十分推崇具有世界声誉的阿根廷著名文学大师博尔赫斯，认为他“创造的文体成为一种异常现象，成为一种从本质上反叛西班牙语天生无节制倾向的形式，选择了最严谨、简洁的道路”。

我们中国人是通过翻译阅读西班牙语作品的，马尔克斯和博尔赫斯的汉译小说独具魅力，简洁凝练，令我们惊叹不已。而当我们听西班牙同行们口头描述一件小事时，却有一种没完没了的感觉，句子冗长，一直说下去，像唱一首歌，中间几乎无缝可钻。

所以，重温一下巴尔加斯·略萨的说法你会产生新的体会：“西班牙语如同意大利语和法语一样，是一种废话多、语汇丰富、善于煽风点火、极具情感表达力的语言，但也因此不能准确地表达思想。我们西班牙语散文大师的作品，如果以塞万提斯为开端，它们的出现犹如绚丽的烟火，而每种思想则由管家、随从、侍卫组成的华丽仪仗簇拥着从烟火中走过，这个仪仗的作用是装点门面的……在我们中间，思想的提出和接受更多的是化作感觉和情感，或者是用某种方式掺入更具体的东西、直接体验的东西，而不是逻辑推理。”这是略萨的一家之言，我们不敢妄加评论。但他显然在热爱母语的同时，对它的“天生的无节制倾向”忍无可忍。

也许正因为如此，他才赞赏博尔赫斯——“在用非常独特的方式纯洁西班牙语，给这种语言以智慧并且加以装饰的同时……能够变得如同法语那样明澈与合乎逻辑，如同英语那样严谨而富有色彩。”

至于西班牙语在日常交谈和讨论中能否变得与汉语一样简明扼要，我就不得而知了。

把作家存进银行

塞万提斯学院是西班牙政府于 1986 年建立的一所推广西班牙文化和语言的专门教育、研究机构，类似于中国的孔子学院。该学院的主楼是由一座银行大厦改建的，原先的金库在保留其原貌的前提下，变成了存放西班牙著名作家和艺术家私人物品的地方。保险柜里存放的东西很神秘，只有作家本人知道，而且必须在作家规定的时间才能打开，柜子上标明了开锁的时间，短则几年，长则要在几十年上百年后的某一天，柜中的秘密才可以公之于世。我想这大概反映了西班牙人的另一个特点：喜欢制造悬念。

把财大气粗的银行改为文香四溢的学校，这本身就意味深长。文化艺术与语言文字也许比金钱更值得收藏与传承。世界许多国家在加紧外汇储备的同时，都越来越重视本民族和国家语言文字的保护、利用和推广，制定各自的语言政策和语言规划。在这方面，英美等国的经验值得我们学习。在当今世界，英语几乎成了全球的通用语言，非英语国家在英语学习方面付出的成本无法计量。最近三十年来，中国人在英语学习上投入的时间、精力和热情到了令人惊悚的程度，耗费的金钱也是一个巨大的天文数字。语言，成了英美取之不尽用之不竭的无烟产业，比英镑、美元流通的范围更广。

墨西哥著名诗人，诺贝尔文学奖得主奥克塔维奥•帕斯曾经说过："语言是比我们所说的民族的政治与历史实体更为广泛的现实。"

西班牙语也是一个大语种，但与英语相比，其使用和影响的范围还是要狭窄许多。

2008 年，欧洲某国家网站公布了一份研究报告，对 1979 年至 2008 年世界文学作品翻译语言做出了排名。该项研究对 1979 年至 2005 年的全部译作以及 2006 年至 2008 年的部分翻译作品进行了统计与分析，所用数据来源于联合国教科文组织，以及对奥地利、捷克、法国、德国和波兰国内市场的调查。结果显示，在 25 年里，文学译著主要是由 20 种语言翻译而来。其中，90% 的作品原著是用英语、法语、德语、俄语、意大利语、西班牙语和瑞典语写成的。从 2006 年起，荷兰语名列其中。而英语遥遥领先，统计表明，超过 100 万种图书是由这种语言翻译过来的。到 20 世纪，英语作品翻译比例从 40% 上升到 60%。法语虽排名第二，但图书翻译数量几乎只有英语的六分之一。德国名列第三。西班牙语居第六位。

译成英语最多的十大语言排序则是：德语、法语、俄语、西班牙语、意大利语、丹麦语、匈牙利语、日语、捷克语和荷兰语。西班牙语排在第四位。至于汉语呢，不知它躲到了哪里。

由此可见，就文学而言，英语在当今世界占据绝对的统治地位。在文学之外的实用语言中，英语同样占据着不可动摇的强势位置。

西班牙的塞万提斯学院在中国有设立，而中国的孔子学院也建到了西班牙。语言文字是文化的内核，没有语言的交流就谈不上文化的交流。各国政府都在采取相关措施，下力气保护语言和文化的多样性，并引导民众树立正确的语言观。

语言是一个国家和民族的宝贵资源，保护和利用语言关乎民族的长远，也关乎国家的安全。语言的背后是经济、政治和文化，语言的影响力被视为“软实力”，是国家综合实力的一种体现。

如今中国有十三亿人口，汉语完全可以自给自足。中国作家在这方面拥有得天独厚的优越条件，作品无须翻译，在国内即可赢得数量可观的读者群。若身处人口稀少的小语种国家，作家的日子不知该怎么过。除非他们的作品被翻译成英、法、德等语言，否则基本上就是死路一条。

晚上，西班牙国家国际展览署主席为我们一行举行了一场丰盛的晚宴。从开胃菜到餐后甜点，一共上了几十道，光尝一尝就差一点让我们撑破了肚皮。

在酒足饭饱之际，主席先生以一位资深外交官的口吻（他曾先后做过西班牙驻日本和欧盟大使）向我们提出了此行须完成的“任务”——撰写一本西班牙游记。尽管主席使用了语气相当婉转的外交辞令，我们仍能感受到他的话外之音——唯恐我们的汉语无法记录和讲述在西班牙的所见所闻和所思所想。其实，汉语同西班牙语同样伟大，在表达人类情感和思考深度方面毫不逊色。

历史与现实零距离

站在高处眺望托雷多，古城景貌犹如一幅未镶边框的巨幅油画，有着温暖柔和的韵味，透出古色古香的典雅。如果把西班牙看成是一座巨大的历史博物馆的话，托雷多则是其中最具代表性的珍品馆之一。

这座千年古城曾经是西哥特人的首都，依山而建，三面环水。塔霍河绕山奔流，自然而然地承担起保护山城的责任。这独特的地理优势，让西哥特统治者一眼相中，定为都城。

山城难攻易守，固若金汤。但仅有安全感是不够的，托雷多作为京城实在是太小了。大概正是出于发展的需要，四百多年前其首都的地位被马德里取代了。虽然失去了政治中心的地位，但是城市的生命和样貌依然如故。历经四百多年的风风雨雨，托雷多古城基本上保存得完好无损。哥特式、摩尔式、巴洛克式和新古典式的建筑比肩而立，基督教、伊斯兰教和犹太教兼容并包，各种肤色与信仰的人群和谐共处，小城安详静谧地在薄雾的笼罩下散发着迷人的气息。

不光是托雷多，在西班牙的许多城市和乡村，我们都能感受到历史的活力和魅力——历史不在过去，而是近在眼前，令人可以身处其中；历史不是传说，不是书籍中的故事，而是脚下的路，路边的墙，墙上的画和画中的景；历史不是加上围栏的石碑和罩在玻璃展柜里的饰物器皿，而是子孙仍在居住的房屋、使用的家具甚至包括睡觉的床。

托雷多整个城市被列入了人类文化遗产名录，市民们仍可一如既往自由自在地生活其中。狭窄的胡同里，照样允许出租车出入。处处都是文物古迹，却看不见戴袖箍的各类城管人员巡逻吆喝。古城是活的，活得生机勃勃。历史与今天是一体的，中间没有隔阂，衔接得自然流畅。

托雷多古城，吸引着世界各地的众多游客前来观光。它是西班牙永不枯竭的金矿和永不倒闭的银行，为国家积累着财富。

卡斯蒂利亚—拉曼查大学就坐落在古城托雷多，校舍建筑与城市的风格协调一致，同样古老而别致。访问期间，校长特意安排我们与刚入校一周的中国留学生见面。这几十名中国的少男少女，年龄均在十八九岁，多数是在国内高考中落榜的学生。他们先在这所大学学习西班牙语，过了语言关之后再选择其他专业。孩子们见到来自祖国的作家们并未表现出他乡见亲人般的兴奋，平静得让人失望。当听见老师说见面活动结束时，他们才欢呼起来，尖叫着“终于可以吃饭啦！”便夺门而出。校方解释说，西班牙午餐时间晚，中国学生刚来还不适应，肚子早就饿了。我们笑着表示理解，孩子嘛，都是这个样子。

卡斯蒂利亚—拉曼查大学目前正积极探索与中国大学进行多方面的合作，他们希望有更多的中国学生来西班牙留学，学校设立了专门的机构负责此项工作。当然，由于西班牙签证环节的种种麻烦，他们也有不少怨言，但校领导和相关部门的负责人对此仍信心十足。

西班牙的高等教育很发达，在这个仅有四千多万人口的国家里，开办的大学有一百所，还有三百多所高等专科学校和众多的研究机构。西班牙每年接纳十多万外国留学生，与美国、加拿大和欧洲的许多国家相比，去西班牙留学的成本要低不少，本科专业的学费每年仅需要 1000~1500 欧元。

作为世界的第四大语言，有专家预测，西班牙语在未来将取得更大的优势。随着拉美国家经济发展速度的逐渐加快，西班牙语的使用范围正日益扩大，通过西班牙语与世界对话的日子不会很遥远。因此我也斗胆建议，中国的年轻一代不必把眼睛紧盯在英美等国，到西班牙留学也许是更为明智的选择。

现代精神的伟大发明

出自塞万提斯笔下的堂吉诃德是西班牙的“形象大使”和“金质名片”，其知名度广播全世界。

为纪念西班牙最伟大的文学家塞万提斯所创作的传世杰作《堂吉诃德》诞生 400 周年，西班牙政府规划建造了 250 公里的旅游路线，命名为“堂吉诃德之路”。据说塞万提斯小说里的这位主人公，“勇往直前”的“伟大骑士”堂吉诃德先生当年的足迹和事迹就留在了这条路上。我随手拣起荒草丛中的一块红色石头，朝远处抛去，眼前仿佛有狼群窜动。多么可亲可敬可厌可怜可笑可叹可圈可点的堂吉诃德哟，四百年过去了，你还活跃在我们中间，你的化身遍及世界各地。其实，在我们身上或多或少地还留有你的遗传，人是容易沉浸于幻想中而无法自拔的动物，我们当然不再与风车拼杀，与羊群搏斗，却依然不时地为假想与幻觉付出极大的热忱和牺牲。堂吉诃德的荒唐源于人性固有的弱点，堂吉诃德的精神疾病是人类的通病。他像一面哈哈镜，能映照出我们自身的扭曲。

塞万提斯的文学贡献是无法估量的，他开辟了欧洲小说新的伟大道路。笑、幽默、讽刺作为文学传统影响了一代代作家和各民族的广大读者。

智利著名作家聂鲁达说："塞万提斯出现后，西班牙语发出了灿烂的金光，获得了宫廷般的高贵地位。"《堂吉诃德》被翻译成了各种语言，产生的影响地久天长。

墨西哥诗人奥克塔维奥•帕斯说："荷马也好，维吉尔也好，都不知道幽默……然而，只是到了塞万提斯笔下才形成个样子……幽默是现代精神的伟大发明。"若从这个角度看，西班牙人无疑成了幽默的发明者，其代表就是塞万提斯。

塞万提斯的文学贡献足以令西班牙世代为之骄傲，它为人类提供了永远的笑声。

阿尔玛格罗城很小，像一个镇子。它之所以吸引我们远道而来，是因为它拥有一座世界上最古老的剧院。剧院建于 1628 年，正是西班牙戏剧的兴盛时期。这座近四百岁高龄的剧院，目前仍然在使用之中，每天都有剧目上演。我们坐在观众席上，欣赏着西班牙的风情喜剧，脑海里想象着四个世纪前的演出盛况，仿佛置身于遥远的过去，耳边回响着笑声、掌声、口哨声和喝彩声……

喜剧不只是舞台表演的专利，它也发生在人们的日常生活之中。一直陪同我们的达西安娜女士的母亲常年居住在这个小镇上，正巧我们到访，达西安娜女士便诚恳地邀请我们到她的母亲家做客，我们欣然前往。

老母亲孤身一人住在一所院落宽敞、干净整洁的大房子里，她真挚地欢迎来自遥远而神秘的东方国度的客人到家里做客，并与多日未见的女儿拥抱亲吻。

在招呼客人坐下后，她迫不及待地跟自己的宝贝女儿聊了起来。后来，达西安娜女士大笑不止，这令我们十分不解。达西安娜女士笑着告诉我们，母亲刚才对她说："今天上午，我到街上散步，没走多远，就感觉两脚有些不舒服，有一只格外疼，我觉得自己老了，一天不如一天了，连走路脚都疼，这可怎么办呢？我不能再走了，就转身回来了。走到大门口时，碰见了一位邻居，我就跟她说了我脚疼的事儿。她听我说完后，看了看我的脚，然后跟我说：'大妈，我能告诉您一件事儿吗？您把两只鞋穿反了。'"

我们听后也一起大笑，都说老人家可真幽默。

达西安娜认真地说，不是幽默，是真事，我妈妈是从不开玩笑的。

我们不笑了。把鞋子穿反了，说明人要么太小，要么就是上了年纪了。

怪不得这位老人说话时的表情似乎带着一丝忧伤。

不分你我的热情

科尔多瓦，位于西班牙南部的安达卢西亚自治区。像西班牙的其他地区一样，这里密布着数不清的历史遗迹、迷人的古城镇和景色宜人的自然保护区。

西班牙的历史画卷，是由一幅幅入侵与抵抗的激烈画面构成的，到处都是刀光剑影、硝烟弥漫。由于外族入侵接连不断，外部势力的持续影响，从公元前 11 世纪开始，这里就成了地中海两岸文明古国争夺的宝地，最早下手的是腓尼基人，接着是希腊人和迦太基人，之后是罗马人。到了 5 世纪初，来自北方的西哥特人占了上风，夺取了政权，然而西哥特人好景不长，很快被从北非潮水般涌来的摩尔人控制了局面，并统治了八百年之久。这就是西班牙历史上的阿拉伯时代。当时的科尔多瓦繁荣兴旺，在长达二百年的时间里，属于欧洲最重要的城市之一。

安达卢西亚是穆斯林人口最密集的地区，在科尔多瓦修建大清真寺当属必然。我们今天看到的这座富丽堂皇、风格奇特、规模宏大的清真寺，始建于公元 785 年，当初的体量很小，此后不断扩建，工程持续了数百年，混合了多种建筑风格。从 11 世纪开始，北部的基督教地区便开始采取军事行动，试图武力收复安达卢西亚区，经过五个世纪的努力，终于战胜了摩尔人即西班牙人眼中的阿拉伯人。科尔多瓦大清真寺经过改造扩建变成了基督教、天主教的教堂。因此，这座恢宏的建筑本身就是民族、宗教、文化冲突与融合的实证。

种族与文化的融合不光体现于建筑风格之中，也鲜明地标记在西班牙人的相貌、性格和处事方式上。若从相貌、体征上判断，很难讲哪种长相是西班牙人的典型特征，或者说从外观上看我们根本就无法辨认谁是西班牙人。西班牙人是混血儿，是多民族通婚的子孙。正因为如此，西班牙人的性格和行为才与众不同。他们真诚、热情、包容、随意，少有排外的倾向。

几乎所有人都自诩自己所属国家和地区的人们是真诚、热情和好客的，但这种热情与好客往往是有界线的，是区分主客、内外和你我的，包括中国人在内。热情归热情，但不能主客不分。而我们一路上在与数十位西班牙各界人士的接触交往当中则真正体会到，他们热情得很真诚、很自然，让你感觉是融为一体，不分你我，一切都是共同的。他们把最好的东西拿给你看，请你去最具特色的餐馆或酒吧吃饭喝酒，不是为了炫耀我有你无或我优你劣，而是为了让你高兴、喜欢，一起共同分享这种兴奋与喜悦。

西班牙人自信却不傲慢，不像我们曾经见到的某些欧洲发达国家的人士。后者对我们也很客气尊重、彬彬有礼，但有距离感，或者说从他们那谦虚客气的礼节里仍能察觉到他们那不容置疑、莫名其妙的优越感。有一种热情与礼貌，不光是为了表现对客人的尊重与认可，也是为了展示与炫耀自身的修养和实力，会让人有一些隐隐的不舒服。相比而言，多数西班牙人在行为方式上，没有这些自以为是或居高临下的痕迹，不会让客人产生距离感或冷漠感。从一见面开始，他们似乎就把你当成是朋友，再见面时，他们甚至会像碰到老友与亲人似的，与你热烈拥抱，拍打或抚摸你的后背，贴面亲吻，完成一系列亲昵的举动。

餐桌上的西班牙人更是兴致勃勃，自然随意。他们和中国人一样好吃，且边吃边谈，绝不放低说话的音量。他们当着客人的面讲绿色笑话（相当于中国的“黄段子”），只要能活跃气氛，他们就无所顾忌、口无遮拦。

在科尔多瓦，一位老奶奶级的导游，不顾年老体胖，气喘吁吁地引导我们四处转悠，总希望中国客人能把她家乡的所有美景都看个遍，还执意买来当地最具特色的土豆饼，“逼着”我们在酒足饭饱之后品尝。我们被她的热情压得几乎喘不过气来了，凭着坚定的意志才把两盘土豆饼硬塞进了饱胀的胃里。

记得美国著名作家海明威说过：“西班牙人好的时候真了不起。他们好的时候谁都比不上他们，但变坏的时候谁都不如他们坏。”兴许我们恰巧赶上了他们好的时候，总之，我对西班牙人的印象确实不错。

晚上，观看弗拉明戈舞，又让我联想到前几天看到的斗牛场面。西班牙人平时都很谦虚，他们的骄傲在斗牛和舞蹈时却表现得淋漓尽致。作为斗牛士的男人在斗牛场上摆出的每个动作、姿势都有棱有角，面对危险故意做出从容和不屑的姿态。女人在跳弗拉明戈舞时也同样傲慢，舞姿动作与表情神态均显示出目中无人、唯我独尊的自信与高傲，传递着“我不怕你，不服试试”般咄咄逼人的气势。

偏离但不脱离

这是此次西班牙之旅的最后一站了。马拉加是安达卢西亚区的第二大城市，自古至今一直作为繁忙的港口而举足轻重。

在西班牙采风的十天里，所到之处均晴空万里，阳光明媚。自北向南，气温略有升高。海滨城市马拉加气候宜人，不管是走在街上，还是躺在沙滩上都能充分享受海风送来的阵阵凉爽。

西班牙国家国际展览署的宣传和文化项目部长佩德罗•莫林纳

先生，专程从马德里赶来，陪同我们度过此行的最后一天，并为我们饯行。

莫林纳先生也是位诗人，并且家乡就在马拉加，他的祖父曾经担任过当地的文化局局长，为推动毕加索博物馆的建设做出了重要贡献。毕加索博物馆是由原先的贝拉艺术博物馆改建的，规模适中、格局合理。

毕加索 1881 年出生在马拉加，在家乡建一座博物馆以纪念这位 20 世纪最伟大的艺术家是理所当然的事情。毕加索是西班牙的另一张名片，一个国家、一个民族、一个地区如果没诞生过著名的人物，则很难成为名胜之地。马拉加就是因为有了毕加索这块耀眼夺目的金字招牌而更加闻名于世。

毕加索的孙子特地从巴黎飞到马拉加，出席了当天举办的专题展览开幕式。他听说有中国作家到场，便主动走到我们中间，与我们交谈并与我们合影留念。对于毕加索的绘画艺术我很外行，只能装模作样地在大师的一幅幅真迹前仔细端详，煞有介事地指指点点，其实看来看去仍是一头雾水。但有一点我敢断定，若当初毕加索不是在巴黎，而是在中国的某一个落后地区，即使他画出同样的作品，也不会获得今天的殊荣，说不定早就被周围的人嘲笑得无地自容了。

晚上，马拉加的小说家和诗人们与我们五位中国作家挤在一间颇有特色的餐馆，围着长长的桌子，品尝当地的风味菜肴，交谈着各种风马牛不相及的话题。其中的一位短篇小说家绰号就叫“中国人”，长得的确跟东方人没什么两样，只有他话语少一点。其他人和我们此前见到的作家们一样，非常健谈，给我们讲了不少西班牙笑话，多数格调不高，连翻译都不好意思转译，我们只好礼节性地跟着笑笑。这次聚会是由马拉加市图书总局操办的，局长先生还为我们准备了不少图书，只是中国作家们到了西班牙变成了文盲，两眼盯着装帧精美的小说报以一脸的迷惘和苦笑。

明天就要离开西班牙了，大伙儿都有些恋恋不舍。吃了晚饭，又一起与莫林纳先生坐在一家露天茶坊，喝着咖啡和啤酒，天南海北地聊到了深夜。马拉加的夜晚，微风习习。欧洲城市的空气中总弥漫着一种诱人的咖啡香味，这种味道似乎与城市的建筑风格、室内的装饰情调和人们的衣着打扮、身上的香水气息以及使用的餐具器皿都混合在了一起，闻起来格外舒服。

在西班牙的这些日子，经常会被问到“西班牙与欧洲的其他国家有什么不同吗？”这个问题很难用三言两语说清楚。

西班牙属于欧洲，又与欧洲有所偏离，相似却不相同，处处都有标新立异的表现，像是“另一个欧洲”。

帕斯说，“西班牙的偏离程度并不亚于英国，尽管偏离形式不同。英国的偏离是岛屿性的，特点是隔绝——这是一种被排斥在外的偏离。西班牙的偏离是半岛性的，特点是不同的文化、不同的过去并存——这是一种包括在内的偏离”。不管他说得对与错，至少也是一种解读。在佛朗哥结束近四十年的独裁统治后，西班牙迅速回归欧洲，步子越走越快，并终于在1986年加入欧盟。

就在我们离开之际，西班牙《国家报》网站（10月19日）报道了这样一条消息：被视为西班牙分裂组织“埃塔”的新的最高政治领导人艾托尔•埃利萨兰当日在法国卡纳克被捕，同时被捕的还有另一位政治领导人。西班牙内政大臣表示，这位年轻的领导人是已经被捕的前“埃塔”组织军事首脑的忠实追随者，是该组织 2008 年 5 月被捕的政治领袖直接指定的接班人。

西班牙共有十七个自治区，不仅自主性强，而且不少地区使用自己的语言。尤其是北方的巴斯克地区一直不安分。“埃塔”组织成立于 1959 年，到今年正好半个世纪，制造了无数起暴力恐怖活动。三年前，“埃塔”组织曾宣布过永久停火，我还以为之后这个组织不复存在了呢，看来事情没那么简单。但愿西班牙人民能平安幸福，七十多年前的内战悲剧永远不要重演。

西班牙，我会再来！

昨夜还恋恋不舍，今晨便归心似箭，人的心情一日多变。

坐上了返程的航班，大家的脸上绽放着开心的笑容。

西班牙的十天访问，匆匆而过，时间虽短，但印象美好而深刻。

如何用文字把短暂的所见所闻记录下来呢？这又是一个难题。我们一行五人，走的是同样的路线，看的是同样的景观，接触的是同样的人群，听的是同样的声音，会不会写出的内容大同小异呢？

如果抛开我们亲眼所见的而去言顾其他还能否叫作游记？

短短的十天时间，连跑带颠儿地走过了这么多地方，能写得细致透彻吗？我们看到的只是城市“外壳”，壳里装的东西我们几乎一无所知。外表光鲜并不意味着品质纯正，现代城市繁华的背后往往隐匿着不堪入目的犯罪、黑暗和悲惨。

再说，关于西班牙历史、地理、文化、艺术、风俗之类的书籍数量众多，图文并茂、系统翔实，我们的文字能否有新意……诸多的问题一次又一次在脑海里纠结缠绕。

思来想去，我觉得还是采取平铺直叙的形式比较稳妥，这也是个“偷懒”的写法。按照时间顺序，如实地写下自己的真情实感，其中包括自己的零碎思考。于是就留下了以上的文字，它浅白而朴实，简单却清晰。

回国后当别人问及我此行的感受时，我便明确地告诉他，若有条件，一定要去西班牙走一走，看一看，中国有句谚语，叫“看景不如听景”，这只是真理的一半。西班牙是值得身临其境、亲眼看见的国家，看比听和想更有意义和价值。当然，如果你固执地认为一个内心丰富的人用不着通过旅行来充实自己的话，我也不想改变你的看法。我只能向你建议：假如你想到国外转转，那最好去西班牙。因为在我看来，西班牙不仅是一个国家，还是一个特色鲜明、内涵丰富的世界；它不只是个名词，更是含义深刻的形容词，它意味着历史、语言、文化、艺术和生活方式，也意味着神秘、热情、浪漫、梦想、欢笑和希望……

西班牙，我会再来！

2009 年 10 月 29 日

令人钦佩的嗜好

从俄罗斯考察回来，朋友问我：俄罗斯人在干什么？我答：在看书。

在俄期间，正好赶上那位当今世界最年轻的大国总理——基里延科——被总统炒了鱿鱼，而新总理迟迟难产。政府解散，物价飞涨，银行汇率一日多变，卢布握在手里眼看着变成废纸，虽是外国人的短暂停留，心里照样起急，真为俄罗斯人捏一把汗，这种朝不保夕的日子可让人怎么过？下了飞机，想象着街道上可能看到的情景：银行被抢？商店被砸？满大街都是游行示威怒吼呼号饥寒交迫的人群？……

天一亮，我们便提心吊胆地上街观望。银行商店照样营业，街上交通秩序井然，莫斯科市民一脸平静，悠然自得地在路上行走，看不出任何惊慌失措的神情。银行门前常能看到五六个人排队取款，商店里有人在买食物或其他日用品，没有发现想象中的挤兑和抢购。也许，俄罗斯人口少，只要有十个八个人扎堆，就有聚众闹事之嫌。

走进地铁车厢，仿佛置身于一个流动的阅览室。不论男女老幼，多数乘客都在聚精会神地读书看报。俄罗斯人的视力真好，在颠簸昏暗的车厢里也目不转睛地看着书，即使上下班高峰期，地铁突然拥挤起来，他们也一手抓住扶手，一手擎着书籍照看不误。我问请来的翻译，俄罗斯最近是否有一场全民考试？翻译小姐一脸迷惑。这种景象不仅莫斯科如此，圣彼得堡人也有同样的爱好。不仅地铁如此，在车站、码头、公园里随处可见。8 月底的莫斯科，秋高气爽，景色宜人，公园里的长椅上不少人都在潜心读书。天哪，俄罗斯怎么啦，虽然还没有到吃了上顿没下顿的程度，事实上这些年俄罗斯的经济状况一直在恶化，他们竟然还能静下心来看书（不是读报），真是不可思议。

俄罗斯是一个神奇的民族。读书是俄罗斯人的悠久传统和民族习惯，今天已变成他们生活方式不可分割的一部分。用我们流行的话说：这是一种活法。也许在俄罗斯人看来，书籍与面包同等重要。人不能不吃饭，也不能不读书，俄罗斯人用于阅读的时间远远超过吃饭。

据说，俄罗斯人有两大嗜好：一是喝酒，一是看书。因此，酿酒业与出版业可视为该国主要产业。俄罗斯目前共有大小出版社 11000 多家，1997 年的出版物有 4000 多种，图书发行量达 38 亿多册，堪称出版大国。访问期间，恰逢莫斯科国际图书博览会开幕之际，有幸目睹了这个最具影响的国际图书盛会。前来参观购书的俄罗斯人络绎不绝，门口书摊前人山人海，这种景况在正值抢购风盛行之时的商店里我们没有看到。面包、牛奶在莫斯科的供应是充足的，而两年一度的国际图书博览会对莫斯科人来说，却是机会难得，于是便有了成包成捆购书的冲动。

俄罗斯人长于思考并富有激情。如果列一份为世界做出突出贡献和产生重大影响的思想家、艺术家、文学家、科学家、革命家等的名单，俄罗斯人可能占据了相当篇幅。光我们熟悉的各位“斯基”“诺夫”就有长长一串，更不用提其他的大名人。俄罗斯人饱受苦难，铁骨铮铮，一副思想家加革命者的硬汉形象。在困苦面前，他们从容应对，潜心思考，奋起抗争。列宁革命也不忘读书，还能忙里偷闲在湖畔小屋里著书立说，写出《国家与革命》。这种精神谁敢小视。

俄罗斯精神是俄罗斯民族引以为傲的思想支柱，当我们力图弄懂俄罗斯过去、现在发生和明天将要发生的一切时，除了从政治、经济、文化等角度审视外，不能忽略这个群体生活中的一些细节，包括他们视为生活方式的阅读。白银时代也罢，革命时代也罢，俄罗斯走到今天这个地步，不能不令人深思。

不管怎样，俄罗斯人酷爱读书的嗜好，令人感动，令人钦佩，令人难忘。

1998 年 9 月

访日札记

一

2007年4月，纪宝成校长率学校代表团访问了日本的早稻田大学、东京大学、中央大学、北海道大学和九州大学等五所著名大学。

连来带去仅用了七天时间，却坐了八趟飞机。不仅访问了日本的大学，更考察了日本机场。每天大部分时间要么在机场，要么在去机场的路上。

由于纪校长率团，日方大学十分重视，接待规格蛮高，所到学校的校长均认真准备。早稻田大学正筹备即将到来的125年校庆，校园里四处悬挂张贴着迎接校庆的横幅彩旗和宣传画，礼品店里摆满了校庆的食品，包括出售从维修旧楼拆除的旧砖头，价格不菲。白井校长随和好客，专门设宴接待，还笑着与纪宝成校长“讨价还价”，说，“如果您出席9月份的早稻田大学校庆典礼，我就去参加中国人民大学11月份举行的建校70周年校庆活动”。纪校长满口答应，说一言为定。

东京大学校长比较注重个人形象并善于做个人推广，他的办公室兼会客室的显眼处，摆放着他的著作，凡有贵客来访，他都会签名赠书。

中央大学曾是孙中山和郭沫若的母校，校长接待室里至今挂着孙中山和郭沫若的题字墨宝，一为“学道爱人”，一为“实事求是”，这与人大校训完全一样。

北海道大学和九州大学一北一南，分居日本的两极。这两所学校特色亦很鲜明。北海道大学前身是札幌农学校，当时美国马萨诸塞农科大学校长克拉克博士被聘为副校长，这是日本教育史上的首例。克拉克博士的名言——“青年人，要胸怀大志”，至少仍是该校师生的座右铭。九州大学与我校关系更为密切，彼此有过多次合作，且有学生交换，所以见到人大一行格外亲，为我们举行了别开生面的招待酒会。

既然到了九州，就顺便去了趟冲绳。若不是借访问之机，很难专程飞往这个像根绳子被冲进海里的美丽群岛。

二

2008 年 9 月 4 日，随从中日友好协会会长宋健同志为团长的代表团访日，出席日中友好会馆落成 20 周年及中日友好条约缔结 30 周年的系列庆祝活动。其间与宋健同志聊了几句天。他说，他曾在人大人口学系主持过研究项目，与刘铮、邬沧萍、翟振武等认识，并夸奖人民大学在干部培养方面贡献很大，是中国社会科学领域“很大的一块儿”。他还提到了成仿吾老校长，说当初鲁迅总骂他，一有空就骂。我问他是从哪里知道的，他说是从《鲁迅全集》里读到的，并举了几个例子。他又说，年轻人总是有激情，爱喊口号，而且喊得比别人响，仿吾老先生年轻时大概就是这种类型，鲁迅可能看不惯。我顺便介绍了成老的其他一些履历，他认真地听，几次同意我对成老的评价。当我提到另外几位老校长时，他都嗯嗯点头，像是知道似的，只有对袁宝华同志做过人大校长表示了惊讶，“宝华同志也当过人大校长？”他好像从未听说过。

三

日中学院院长吉田先生汉语说得不错，能开一些比较机智的玩笑。

这位相貌和着装更像中国人的“中国通”，至今谈起毛泽东仍有粉丝般的亢奋，能背许多语录歌。日中学院的校歌叫《长征》，即毛泽东著名的七律诗《长征》。宴请我时，他和几位同事还借着酒劲唱了一遍，大伙儿夸张地拍手大笑。

同桌有四位教师原本是移居日本的中国人，其中资深的专任教师高桥海生（汉姓安），生于北京。1975 年，他 27 岁时迁居东京。

此前他在内蒙古插队，属于老三届，作为知识青年在广阔天地锻炼了六年。他的父亲是日本人。高桥先生在日中学院服务了二十多年，除吉田院长外，资格最老，年薪为 800 万日元。谈到在日本生活的这三十多年感受时，他用地道纯正的北京口音说：“很不容易，也很知足。”除这两位老师外，另两位也都下过乡插过队，聊起这个话题，他们挺有兴致，并一致认为，那时受过的苦，为以后克服生活的困难垫了底，再苦再累也不在乎了。

日中学院与中国人民大学建立的合作关系持续的时间较长，从1991年黄达校长签订协议开始，已有17年了。院长及教师们全部到过人大，有良好的印象，说了许多溢美之词。

四

新潟县是田中角荣的家乡，以温泉与水稻盛名。日文把温泉称为汤池，正如把“早餐”写作“朝食”，“牙科”称为“齿科”一样，都是从中国文字生硬套改的，以示其“独创性”。其实，日本把筷子削尖，韩国把筷子压扁，都没有功能上的改进，只是“去中国化”的小把戏，日语中此类现象比比皆是，意思完全一样，却非得做出区别，有时难免显得生硬而别扭。我们下榻的“龙言”旅店，客厅里挂了一幅书法，上书三个大字“土臭丰”。啥意思？想必是对土地服沃，粮食丰产的日式表达。“肥”变成了“臭”，哪有新意可言？肥有粪的含义，而粪肯定气味难闻。为了故意疏远源本，宁肯舍肥取“臭”，真难为了日本人。

2008年9月6日于日本新潟龙言

龙言的鸭子

一清早，两只鸭子就开始吵架，呱呱地叫个不停，一声比一声高，把我从酣睡中吵醒。

我拉开临湖的落地窗，冲着火气未消的两只鸭子挥挥手，吩咐他们走开。这两个家伙根本就没把我这位远道而来的客人放在眼里，稍稍往湖边退了两步，又旁若无人地拌起了嘴。从叫声中判断，两位像是新婚不久的两口子，声音高高的那只大概是女的，很有一种得理不让人的气势。另外那只估计是自我辩解，虽然也不停地叫，但底气不足。我猜想，这个家伙一定是背着新娘做了什么亏心事，说不定昨天晚上喝醉了酒，睡到了别处。

我又嚷了两声，想把他俩轰走，但他们显然听不懂中文，根本就不在乎。我只好试着用小时候从电影中学到的日语恐吓，讲了句“八格牙鲁”。鸭子夫妇愣了一下，然后又接着吵架，丝毫没停下来的意思。无奈之中，我随手从茶几上抓了块日本甜点，掰成碎块扔给他们。嘎嘎声戛然而止，它俩兴奋地用扁平的铲嘴在石阶上抢食早餐，拣干净了，又一起冲着我点头哈腰，轻柔地叫着，可能是说一些类似“多多关照”或“谢谢鼓励”的客气话。我又抓了块饼干，掰碎了扔到湖中，它们一转身跳进水里，还使劲地扎猛，把头尽量往下钻，屁股露在水面。吃到了美食，它们的心情好多了，忘记了刚才吵架的不愉快。一起在湖里游上游下，偶尔扑腾着翅膀，抖落身上的水珠。

当我再一次扭头去找食物时，它俩却趁机招呼了一群邻居同事站到了窗前，有十几只之多，我不得不翻箱倒柜，找出了几种不同的小食品分赠给它们。鸭子们显然很高兴，争先恐后地挤抢着瓜子、杏仁、花生米和方便面渣，吃完了一起摇着尾翼、伸着脖子上下点头，这种姿态除了表达谢意，还表示希望获得更多的佳肴。我只有拍拍巴掌，摊摊双手，向他们说明手中一无所有。十几只鸭子半信半疑地叽叽呱呱叫了一阵子，相互之间交换着看法和判断，最后，一只脖子上长着墨绿色羽毛的鸭子，率先跳到水里，其他同伴随后也相继跃入池中，跟着领头的那只骄傲地仰起脑袋露出墨绿色围脖的鸭子，绕着湖边游向别处。它们像游行示威似的，有几只领呼口号，叫得格外响。

在著名的龙言旅店住了两天，据老板介绍，这座特色鲜明的古建筑已有两百多年的历史。临别时，早晨觅食的鸭子又游到了我的窗前，其中包括吵架的那对夫妻（或息人）。它们静静地看我收拾行李，一声不吭。我不忍心让它们失望，又从口袋里摸出两个百元硬币，跑到店里买了袋鱼食，撒在岸上和水中，它们又是一阵的欢呼雀跃，然后又一起向我前仰后合地鞠躬致谢，我把剩下的那句日语用上了，喊了声“撒哟那拉！”挥挥手，赶着登上了返程的汽车。旅店的老板和老板娘穿着和服恭立在车门旁，向我们一行的客人一一道别，那标准的日本鞠躬礼，与那群好客的鸭子的姿态有些相像。礼仪之邦，人禽同善。

坐在从新潟开往东京的新干线列车上，陪同我们的日中友好会馆的铃木部长给每位中国客人发了几页复印的1999年出版的《潮新周刊》，上面有著名作家渡边淳一的小说片断，这段文字描写了城后的雪景，以及我们住的那家旅店和湖里的鸭子。

越后是日本下雪最厚的地方，有“雪国”之誉。冬季常常是白雪皑皑，雪大时，能下到一两米深。龙言旅馆的老板说，2004年的一场雪几乎把旅馆的房子给淹埋了，连门窗都打不开。因此，新潟、越后成了日本最好的滑雪胜地，每年冬天这里云集了来自日本乃至世界各地的滑雪爱好者。新潟又是贫民首相田中角荣的家乡，且有有名的月光大米和著名的温泉。夏季的游客也络绎不绝。

2008年9月

他们活得很不错

一

2008年12月8日，从布达佩斯出发前往匈牙利著名的温泉胜地。

司机十分敬业，陪了四天，热情依然不减。天空晴朗，阳光明媚。我由衷地跟司机夸赞美好的天气。他笑着说："这都是我亲自安排的。我跟它的关系很好！"

泡温泉时，他要向我请教个哲学问题。听了半天，我还是没搞懂他说的是什么，看来真是个哲学问题。

二

中午时分到达斯洛伐克首都布拉迪斯拉发。这是个乡村风格浓郁的国家，其首都近些年新建了一片高楼大厦，很像中国的开发区，玻璃幕墙闪闪发光，现代气息很刺眼。据说，是税收较低吸引投资的优惠政策使其拥有了新城区。

老城区则保留了原先的风貌，步行街典雅精致。天气虽冷，街上的不少行人却边走边吃午饭——汉堡包、比萨饼之类的快餐。

三

匈牙利人虽然搞不清他们以前到底来自何处，但今后往哪里去他们还是比较清楚的。

这个有着东方印痕的欧洲民族，自 20 世纪 90 年代开始，放弃了社会主义的金光大道，亦步亦趋地跟在自己过去的敌人后面，一瘸一拐地走在资本主义坑洼不平的“邪路”上。

1956 年，一场举世震惊的流血事件让中国人又认识了一个新的国家和一个新的城市——匈牙利与其首都布达佩斯。在此之前，中国的读书人大多只知道裴多菲这个名字，他写下的“生命诚可贵，爱情价更高。若为自由故，二者皆可抛”的著名诗篇，被选入中学课本，几乎与唐诗中的“床前明月光，疑是地上霜。举头望明月，低头思故乡”同样有名。现在想来，除了裴多菲原作精彩之外，中国格式的翻译也功不可没。

匈牙利事件的直接后果是苏联的坦克气势汹汹地开进了坐落于多瑙河两岸的古老而美丽的城市布达佩斯，彻底粉碎了这个民族对于自由的渴望。随后的若干年，匈牙利人在恐怖与高压下，乖乖地沿着苏联设计的社会主义道路奋勇前进。1989 年举世瞩目的宏伟巍峨的苏联社会主义大厦轰然坍塌，波兰、捷克斯洛伐克、罗马尼亚、南斯拉夫以及匈牙利等拜把子兄弟们“树倒猢狲散”，趁机挣脱了苏联的粗暴呵护。匈牙利从此变了颜色。

走上了资本主义这条“黑道”之后，人们的生活状态和精神面貌均有了较大的改观。尤其是2004年又加入了欧盟，虽说是欧盟大家庭中的贫穷儿一员，但日子似乎一天天好起来了。

四

布达佩斯的小伙子阿提拉普通话说得很流畅，他是在北京大学学的汉语，一口气读了八年书，毕业后常年奔波于中匈两国之间，对中国的情况比较熟悉。他让我称他小宋即可，“宋朝的宋”，他认真地用手在空气中比画着宋字。

小宋陪我参观了布达佩斯的主要景点，从皇宫、大教堂、国会大楼、渔人堡到其他各处景点，恨不得把他所知道的匈牙利的历史和现状全都介绍给我。当路过裴多菲铜像时，他十分得意地说：“这是裴多菲，他就不用介绍了，好像中国人没有不知道他的。”言语间透着骄傲。我告诉他，去年（2007年）11月份，匈牙利文化节在中国举办时，我见过他们文化部部长山道尔和几位当代著名作家，他很兴奋，并希望中匈之间的文化交流应该再多一些。

五

他们的生活状态究竟如何？当代作家贝凯什•帕尔的一篇小小说——《小伙子们》颇有意味：

帕切克在奥地利的保龄球队打球。很遗憾，佐利去开监督委员会会议，不过很快会到。皮特正在接受戒毒治疗，不知道能否放他出来。尼库斯当上了航空指挥员，只有战争结束才能来。莱泰克根本来不了，前年在五号公路上出了车祸。卡伯尔因为被女人甩了，所以要哄孩子睡觉后才能动身。卡拉斯鬼知道会不会来，吸毒的家伙从来都是神出鬼没。希沙克做出租，下了班能来。裴卡，那个蠢货当上了国务秘书，我将聚会的消息告诉了他的女秘书。偌尔得，你们没有听说吗？去年他将航空汽油注进自己的静脉，这是什么样的鬼主意。楚利晚上有演出，好像扮演一个盗墓者，不过，演出很快就要结束，不管怎么说，我们今天终于又能够聚在一起，真是太棒了！对不对，哥儿们？

这篇题目叫作《小伙子们》的小说译成中文将将三百字，却内容丰富、耐人寻味，折射出当今人类的生存状态。“不管怎么说，我们今天终于又能够聚在一起，真是太棒了！对不对，哥儿们？”

六

布拉格的女导游叫鲁芭，自我介绍有十五年的导游史，曾为布什的夫人做过翻译。

捷克仅有一千万人口，导游也觉得与有十三亿人口的中国相比实在太微不足道了。于是她首先为我们讲了个笑话：捷克的总统曾警告毛泽东，我们要攻打北京。毛泽东问，你们国家有多少人呢？答曰：捷克有一千万人。“噢，”毛泽东想了想说：“那你们住在哪个宾馆？”

国家小不见得知名度低，捷克虽小，但地理位置、历史贡献和现实影响均不可小视。“欧洲之心”指的是布拉格所处地势属于欧洲的中央。城市昔日的建筑绝对是经典主义的杰作，让人打眼一看便心存敬佩。

二战时期，布拉格未受到德国人的轰炸，其原因是希特勒太喜欢这个城市了，一直把它视为自己的私有财产。苏联时期，他们把捷克视为社会主义大家庭的小兄弟，对其有过许多悉心的呵护和粗暴的呵斥，甚至把坦克直接开进城市进行恫吓，但只是冲着人去的，而没拿艺术品和建筑物出气。美国游客曾惊讶于布拉格战后的完好无损，他们问希特勒为什么没有炸毁布拉格，布达格人笑答：“希特勒没有炸，但是美国人炸毁过几处。”原来，美国空军二战时误把布拉格当作德国丢过几颗炸弹。

欧洲的建筑旧而不破，高贵典雅。布拉格的许多建筑品相尤佳，像是保存完好的巨大的古董，成为人类共有的收藏。建筑风格直接反映了一个民族的审美情趣和生活品位。布拉格不愧为著名的文化城市。

卡夫卡、哈谢克和仍然健在的伊凡•克里玛、米兰•昆德拉是捷克具有世界级影响的作家。当我向导游提起这几个人时，她兴奋异常，专门领着我去了卡夫卡博物馆喝咖啡和他出生的那栋楼参观。她说卡夫卡，生在这儿也死在这儿，没去过更远的地方，只是总因缴不起房租而在附近四处搬家，日子过得并不开心。

至于塑造了好兵帅克的哈谢克，年轻人并不见得知道，但取名为帅克的啤酒馆和餐馆有好几处。捷克不少人愿意把帅克视为民族性的代表，不觉得这位狡猾的狗贩子酒鬼有何不好。

第二辑　哲学家们

苏格拉底

那里是人类的圣地。

后人常常骄傲而又面带惭愧地提起那块产生过圣人的地方。

在那个“小小的石头半岛”上，为子孙留下了无数耀眼的财富——政治、戏剧、雕刻、科学等等灿烂的成果。

奇迹出现在两千多年以前，仅这一点就足以使我们惊呼怪叫了。

然而令人目瞪口呆的，还有那时哲学家的命运与他们的哲学思考。

一

希腊雅典附近有一座小山，今天看来那个叫作“小土包”更为准确的小山并没有什么特别，恐怕“风水先生”也编不出其中的神话。但是人们将永远记住这座“小山”，一位为整个欧洲哲学思想奠定了基础的大哲学家，就是从这里来到人世的。

他取名为苏格拉底。

苏格拉底相貌奇丑，眼睛向外凸出，嘴唇的厚度和他思想的厚度相一致。

他的父亲是位雕刻家，也许是位石匠。那时雕刻几乎是家家户户的行当，因此雕刻家和石匠并无多大差别。计较这种称谓是今天的事情。父亲使苏格拉底有了相当不错的石匠手艺，以此谋生估计没有什么问题。

可父亲的遗传并未决定他的职业，他对自己最了解。显然哲学家不愿意在石匠行业里挤得一个位子。他有别的手艺——从他的母亲——一位接生婆那里学到的让新的生命顺利来到世界上的手艺——助产术。

他的助产术接下来的却是“精神的新生儿”——真理。

“认识你自己”，他自言自语，并告诫别人。

他认识了自己，选择了哲学——他并不愿意把它称为职业，而是事业。因为他把哲学看得比生命更宝贵，不能把这宝贵的哲学当作谋生的手段。

终于，他为这种神圣的事业献出了生命，而且死得很壮烈。

二

哲学家的智慧吸引着周围的人，他们都称他为“智者”。苏格拉底却自谦为“爱智”，并一直表示“我只知道我一无所知”。

他把视线从自然转移到了人生。

在此以前的哲学家从未像他那样对“人”“人生”“自我”如此热心。

“我在年轻的时候，曾很热情地追求过人们称作‘自然科学’

的知识。那时我以为掌握了每个事物产生、生长、消亡的原因是最重要的。”“我考察了天文、地理各种现象，终于我自己感到这样一些研究对我特别不适合。”

他不满足于把宇宙万物的根本原因归结为“水”“火”“骨”“肉”。

哲学家模模糊糊地意识到了万事万物各得其所的原因——善。

于是，苏格拉底放弃了与人类行为没有直接关系的几何学，步入到一个比自然界更加神秘的“人自身”的世界中。这是哲学史上一次大胆的探索。

哲学开始注意到了人。“它从天堂来到了人间”，人成了认识的对象。

哲学出现在人的生活中，甚至在集市上、家庭中，“朋友，哲学是人的思想的本性”。

“认识你自己”，刻在德尔斐阿波罗神庙墙上的这句至理名言，同时也刻在了人类的内心深处。

“一个人只知道自己的名字，并没有认识自己”，“必须先要看自己对于作为人的用处如何，能力如何”，他诱导着别人。

三

哲学家的一生除了辩论，便是与青年人交往。而在青年人中，他还是喋喋不休地议论着“善”和“美”。

这位身材短粗、冬天里光着脚的哲学家似乎被自己的思想、精神所陶醉，他从不在意外表。外表算什么，只有精神才是不朽的。

他不停地在早晨锻炼身体，又不停地在人群中演讲，炫耀着他那强健的体魄和深邃的思想。

他讲学而又不索取报酬。“不取报酬的人是考虑到自己的自由”，“为讲学而索取报酬的人是迫使自己为奴隶”，拿了人家的钱，就得给人家讲，同“给予他报酬的人进行讨论”，这是“出卖灵魂”，哲学家愿意自由，愿意“自由地选择听众”。

他为青年人讲授着人生的种种。

在他的学生柏拉图和色诺芬的回忆、记述中，哲学家的品德、智慧及循循善诱、娓娓动听的谈吐，令人羡慕。哲学家的形象跃然纸上。

他注重研究德行，涉及什么是适当不适当，正义与非正义，精神健全与不健全以及坚忍、怯懦、国家、政治家的风度，甚至连一个“吻”，都是他的高论。他说，知识就是智慧、就是美德。

他谈论的多，劝诫的多，指责的少。赢得了人心，同时也得罪了人。

一次，他甚至把一位“立法者”比作猪。虽然是善意的比喻，但那人并没有像猪那样无动于衷，他回想起这桩不愉快的事情，就在他的律法里加入了“不允许任何人讲授演讲术”一条。

“检察官”越来越注意到这位吸引很多听众，尤其是年轻人的哲学家。他们不像年轻人那样崇拜他，而是把他作为行使权力的对象。

四

哲学家的一生并不美满。

传说，他有一位悍妇，也许对他的事业并不理解。

苏格拉底对此并不介意，甚至把身边的不幸看作是事业的动力和磨炼意志的机会。

他经常遭到别人的嘲弄。

但这些并没有使哲学家闭上嘴，他善于利用自己的对立面阐述自己的思想。

雅典的检察官结束了这位哲人的思考。

据说，苏格拉底重视神的“征兆”。然而当厄运来临时，他自己并没有出现任何凶兆。

雅典的公民（奴隶主）看不惯他，于是把他押上了审判台。

他在法庭上做了精彩的申辩，但并没有向法庭认罪，尽管这样他完全可以免于一死。

在雅典当时的民主气氛中，哲学家被以不敬神和败坏青年的罪名判处死刑。他从容地喝下了毒酒。

“分手的时候到了，我去死，你们去活，谁的去路好，唯有神知道。”

柏拉图

一

希腊半岛清新宜人的气候使这位哲学家生就了一副强壮结实的身躯。柏拉图这个名字就是粗壮体型的写照。

这得天独厚的健康状况，使他有幸在现实世界和“理想国”里生活了整整八十个春秋。而这八十年的生命，是留给我们今天能看到的 35 篇对话的基本保证。健康与长寿对任何时代的任何一位哲学家都是非常重要的，不论他的哲学主张是唯物的还是唯心的。

柏拉图出身于著名的贵族家庭，是苏格拉底的得意门生。若不是因为老师冤枉而悲壮的死，破灭了他心中的梦想，他会疾步踏上仕途的。据说，由于对苏格拉底的“深厚敬爱”，他从此断了当官的念头，无意于政界。光大、弘扬先师的智慧与美德，成了当时这个青年人的唯一愿望。

柏拉图一生都在记录、复述和传播苏格拉底的思想。他的所有著作里，都是苏格拉底在活动、在说话、在辩论。在柏拉图的绝大部分著作中，作为老师的苏格拉底却在滔滔不绝地发表着他的学生的更为精彩、深刻的见地——柏拉图在记述恩师思想的同时，又假借先师之口传播着自己的心得。

苏格拉底在柏拉图的笔下，已不完全吻合于历史上的真实。我们眼前的形象已不是苏格拉底的标准照片，而是经由柏拉图精心描绘的与历史底片有所不同的“柏拉图式”的苏格拉底画像。柏拉图不是从一个历史学家的角度，准确无误地再现苏格拉底生活与思考的全部细节。作为一位伟大的哲学家，他着力反映了那个时代的时代精神，就这一点而言，柏拉图无可非议。

二

作为苏格拉底的高足，在他的视野里首先映现了人类的道德与伦理问题。只不过，他的眼睛没有像他的老师那样牢牢地盯在一点上，而仅仅是目光的短暂停留。他有比苏格拉底更开阔的视野。

和柏拉图的名字紧紧连在一起的，就是他精心设计的“理想国”。这个构建在人类渴望和幻想沙滩上的国度，就连后人都神驰心往、想入非非。

也许是苏格拉底的惨死，使他意识到了现实的严酷和制度的残缺。

仕途不畅，没有为他提供成为统治者运用权力来改变这种不完善制度的机会和实现他治理国家的雄心的条件。然而，他那不知疲倦的大脑却一刻也不停地梦想着，一幅美妙的幻景逐渐清晰地凸现眼前——他心目中理想的国家模式。

柏拉图把这一幻象记录在“羊皮纸”上，激动了不少人的心，成了后来欧洲“乌托邦”崇拜者们狂热崇拜的经典著作。这部著作就叫《理想国》。

正是这种不合实际的非分之想，使若干世纪以后的人们走出了一条切合实际的路。

在《理想国》这部书中，也是在理想国这个国度里，公民被分成了等级：普通人（平民）、兵士、卫国者。

权力在保护人手里，他们是人群中的极少数，代表优秀分子。

这极少数优秀分子，被立法者选出来治理国家，并且，他们的权力、职位还可以世袭。

统治者们拥护他的这一主张。

柏拉图似乎珍爱人才，他唯恐低等阶级的出类拔萃的子弟被埋没，于是，“这些子弟也可以升到领导岗位上来”，可以和统治者平庸的后代调换位置，让他们生活到军人、平民的中间去。

在使国家得到治理，实现他的梦想以外，他还要人相信这三种人是神用金子、银子和铁做成的。这个国家首先要重视的就是教育，他设计了一套详细的教育计划，大致分为音乐与体育的教育。实际上这两部分内容非常广泛，已不同程度地包含了“德智体美”四种教育。

这种教育的结果，就是要使受教育者具有威严、礼仪和勇敢的品质。

大力倡导音乐教育，但并不是所有音乐都可以听，他禁止哀怨和缠绵的靡靡之音，提倡勇敢、振奋的音乐。

他反对让人们听到好人居然也哭泣流泪的故事，哪怕是为了朋友而这样。反对人们放声大笑，他甚至反对戏剧里有反面人物。

好人不该模仿坏人，在舞台上也不例外。

戏剧家或演员装扮反面角色，就是模仿坏人的种种罪行，这是不能容忍的。他还发誓要把诗人从理想国里驱逐出去，他的国家里决不允许有诗人存在。大概是因为音乐家大多欣赏他的见解，而诗人们则愤愤不平或耿耿于怀。

当然，他不仅得罪了诗人，还差一点砸了扮演“丑角”的演员的饭碗。

另外，他的体育方面的教育理论和做法，幸好没有被后人普遍接受或采用，否则将不堪设想。

因为他规定青年人除了烤鱼、烤肉以外，谁都不能吃其他方法烹制的鱼和肉，而且不许加任何佐料，也不许吃任何点心。

他自信他的国家里绝不需要医生。

柏拉图竟主张（尽管带着一副假装不得已的态度）朋友的一切都应该大家共同占有，包括妻子和孩子。

最后，他还忘不了在这个国家给自己或和他有相同志向的人留一个位子，这个位子是他年轻时梦寐以求的——国家的执政者。

他坚持那些接受教育和精神哲学的人最适合执政——哲学家或哲学王是天然的统治者。“除非哲学家变成我们国家的国王，或者我们叫作国王的那些统治者能够用严肃认真的态度去研究哲学，使得哲学和政治这两件事情能够结合起来……”

三

他在理想国里，主张哲学家就是王。

那么，什么是哲学家？“哲学家就是爱智慧的人”，而且是一个爱洞见真理的人。

“假设有一个人爱好美的事物。他决心去看一切悲剧，去看一切的新悲剧，去听一切的新音乐。这样的一个人并不是哲学家，因为他不过爱好美好的事物罢了，而哲学家则是爱美本身。”

爱具体的美的事物不同于爱一般的“美”即美本身，这就是他的纯粹哲学研究中最精彩的部分——理念说。

他“洞见”的世界有两个：一个是“感觉世界”，一个是“理念世界”。所能感觉到的东西不断变化，他不大鼓吹这个“既存在又不存在的”感觉世界。知识不能源于这个不稳定的世界。对另一个世界——理念世界，他却寄予了无限的信任。

他认为，理念世界相比感觉世界是永恒不变的。

他似乎心里踏实了些。

“当我们给许多个别的事物加上同一名称时，我们就假定有一个理念存在。”

世界上有许多不同的“桌子”，圆桌、方桌、八仙桌等等，它们统称为“桌子”。

“桌子”把它们统括起来。柏拉图惊奇地发现了这一点，他把“桌子”假定为理念。

于是他说：“理念是单个存在，其他事物分有它们从此获得名称。”

“假如在美自身之外，还有其他美的东西，那么这些东西之所以是美的，就只能是因为它们分有了美自身，对于其他的东西来说也是这样。”

当学生不解地请教他如何“分有”的时候，他着急了：“一个东西之所以是美的，乃是美自身出现于它或为它所分有，不管它是怎样出现或怎样被分有。”

“由于美，美丽的事物才美丽。”

桌子之所以是桌子，就是因为它“分有”了桌子的理念。

柏拉图的理念说，是从具体事物中概括出来的一种最简单的抽象观念。仅这一点的出现，就足以确定他在哲学史上的地位。

然而，他把这可贵的发现推向了极端，在他眼前的世界之外，还有一个理念的世界，这个世界是正本、“原版”，而现实世界却成了副本、翻版。他错了。

四

柏拉图一生走过西西里、意大利、埃及等地，游历讲学。

在意大利，他结交了叙拉古城的君主——一个出名的暴君狄俄尼西俄斯一世的内弟，名叫第昂。哲学家与第昂十分投缘。正因为如此，柏拉图得到了宫廷的一次邀请，朝见第昂的姐夫——那位暴君。结果，这次朝见差点断送了哲学家的命。

与第昂十分投机的柏拉图，与他的姐夫并不投机。哲学家非常反感这位暴君的庸俗。据说两人发生了争吵。显然，真理与高尚并未战胜暴君与庸俗，暴君把哲学家交给另外一个人，送到了奴隶市场拍卖。

柏拉图当时的处境十分尴尬和危急，幸好，一位朋友认出了他，才把这位伟大的思想家从奴隶市场买了出来，救了他的命，保护了人类的精神财富。

此时，柏拉图已经到了不惑之年。他在雅典城外一个花园安顿下来，专心从事教育工作。公元前387年，他在这里创办了一个学校，这就是后来被称为“柏拉图学园”的学校。

据说，学园的教学采用问答法，气氛活跃，教师与学生亲切交谈，一问一答，有点像今天的启发式教学。

课程设置有算术、几何学、天文学和声学等，显然比先师苏格拉底强多了。

学生中不少是名门望族的子弟，他们大多学习治理国家的学问。

柏拉图学园办得非常成功，此后哲学家主持这个学园二十多年，过着平静的生活。然而公元前367年，一场突如其来的事件又改变了哲学家的生活。

当年把柏拉图送到奴隶市场的暴君死了，王位由他的儿子继承。

这位毫无准备的年轻君主，对于治理国家束手无策。第昂，君主的舅舅实际上成了摄政王，辅佐外甥执政，使新国王有时间学习——柏拉图成了国王的教师。

哲学家又一次萌动了深藏心底的政治梦想，他虽未能亲自执政，但可以利用国王来实现他的夙愿，他要把新君主训练成“哲学王”。

宫廷总不是学园，君主作为学生，并不能改变君主的身份，只能使学生有了另外一层意思。

据说，治国无方的年轻君主，由于听信谗言，怀疑并放逐了舅父。柏拉图厌恶这种做法，此时恰逢一场战争，他又重新回到学园——

真正属于自己的世界里。

五年后，战争结束了。柏拉图再次被召回宫里。本想拒绝的哲学家，由于听说国王在战场上还刻苦学习的传说，又有了一次希望。他念念不忘把统治者训练为有哲学头脑的“哲学王”。

然而，这一次比以前更糟。事情并不如哲学家所愿。柏拉图劝国王同第昂和好的建议，使国王大为恼火，反而没收了舅舅的财产。这使柏拉图无心待下去了，看来他彻底抛弃了把国王培养成哲学家的机会。

国王不允许哲学家回到学园，他们又一次争吵起来。

国王把哲学家软禁在御花园里长达一年之久。还好，没有像他父亲那样把哲学家送到奴隶市场上，大概国王还是念及师生之情的。

这次从宫廷出来，柏拉图恢复了他的教学生活。

公元前 347 年，哲学家兴致勃勃地参加了一位朋友的婚礼。

他坐在一个角落里，面对着人生欢庆的场面，竟懵懵地离开了人世。哲学家死得非常平静，也非常奇特。

过了两千多年之后，后人评论说：“柏拉图是具有世界历史意义的人物之一，他的哲学是有世界历史地位的创作之一。它从产生直到以后各个时代，对于文化和精神的发展，曾有过极其重要的影响。”还有人说，以后的全部西方哲学都是柏拉图哲学的注脚。

亚里士多德

一

亚里士多德的父亲，是马其顿王腓力的宫廷医生。

当时几乎统治着全部希腊半岛的马其顿王，是何其威风。而掌握着国王健康的医生，显然受到相当的礼遇和敬重。

亚里士多德于公元前384年出生在这样一个优裕的家庭里。由于父亲职业上的影响，哲学家从小对医学、生物学、人体解剖等产生了兴趣。这种兴趣使他后来取得了不少科学研究成果。但很多成果给后人添了不少麻烦。因为“它在科学方面也正如在哲学方面一样，始终是对于进步的一个严重障碍”。

哥白尼为了推翻“地球是宇宙中心”的真理，遭到了迫害。可这个荒谬的观点，正是亚里士多德的“杰作”。

“在月亮以下的东西都是有生有灭的；自月亮而上的东西都是不生不灭的。大地是球形的，位于宇宙中心。”简直像是童话。童话毕竟不是真理。

亚里士多德18岁时，来到柏拉图门下。在雅典的学园里待了近二十年——开始是学生，后来做了讲授修辞学的教师。

柏拉图死后，他离开了学园，并结了婚。

公元前 343 年，他应马其顿王的邀请，荣任太子亚历山大——那个在政治上与在哲学上齐名的，并同时被后世所崇拜的，征服了小亚细亚、腓力亚、埃及、波斯和印度，建立起横跨欧、亚、非三大洲的大帝国的著名皇帝的老师。“在人类历史上当亚历山大的教师，显然是一种光辉的命运。”

他与这位太子一起生活了四年。

哲学家是否对这个未来的皇帝产生了影响？在亚历山大尚未成熟的灵魂中灌输了什么？人们无法知道。

但是，亚历山大确实震撼了整个世界，甚至改变或影响了世界史的发展进程。这是否与他少年时受到的教育有关，人们看法不一。

黑格尔认为亚历山大的事业“表现了哲学的实际用途”，有力地驳斥了那种认为哲学对实践无用的流行说法。亚历山大的名气，提高了哲学的身价。黑格尔不肯放弃这次历史上难得的权力与哲学的偶然结合，他拐弯抹角地把这种纯粹偶然说成是必然。

直到今天，我们还似乎看得出当年黑格尔提到这件事情时情不自禁的得意状，仿佛是“你想了解哲学有多大力量吗？你认识亚历山大吗？”。

有人反感黑格尔的说法或神情，针锋相对地反驳道：“如果哲学除了亚历山大的性格以外就没有别的更好的证据来表明它自己的话，那真是不幸的。”

因为狂妄、残暴、粗鄙不堪等这些字眼在任何历史文献中都与亚历山大的名字是形影不离的，而这些显然不是哲学教育的功劳。

更令人惊异的倒是“老师没有影响他的学生；学生也丝毫没有影响老师”。

“这两个伟大人物的接触似乎是毫无结果的，竟仿佛两个人生活在不同的世界一般。”罗素不无遗憾地评价这件哲学史上，也是人类历史上的一大怪事。

公元前336年，亚历山大继承了王位，再也不能容忍这位“没趣味的老迂腐”，他的兴趣是财富和土地。

从此，师生二人，一位忙于探索人类的精神；一位忙于征服人类的肉体。各自都取得了举世瞩目的成就。

二

这位“古代最伟大的思想家”“最博学的人物”，简直是个矛盾人物。他的渊博思想和他的某些经历一样充满着矛盾。“他考虑了宇宙的一切方向”，“他的哲学包罗万象”。

这位生物学、心理学、逻辑学、伦理学、经济学等等许多门学科的创始人和奠基者，在科学史上做出了巨大的贡献；但他的学说又被神学、经院哲学奉为教条，反过来束缚了科学的进一步发展。

这位柏拉图的得意门生，又对老师的学说作了不留情面的批判。

这位古代辩证法的大师，对辩证法主要形式的研究令后人赞叹。

也是这位哲学家，比他那个时代任何一位哲学家都唯物，又比任何一位都唯心。

他似乎最没有主见，却又没有一个人比他更有主见。

“他是一个在历史上无与伦比的人”，在观点上针锋相对的后人，几乎异口同声得出这个结论。

三

形而上学——后人把它称为“第一哲学”而冠以这一源远流长的名称。

从此，形而上学与亚里士多德结下了不解之缘。人们谈起亚里士多德，首先想到的就是“形而上学”。

形而上学，是纯粹的哲学。它另立门户、另起炉灶，与其他科学界限分明。

形而上学（即哲学），是专门研究“存在作为存在”的科学，这在哲学史上还是开天辟地头一次。

哲学是研究“存在”，也就是“有”本身。

“有”者，乃是最基本的东西，为其他事务所凭依的东西，乃是其他事物借以取得自己名称的东西。

哲学的使命就是通过对这个“有”“存在”的研究，找到万物最初的根源和最高的原因。

这是其他具体科学力不从心、无能为力的事业。

所以，哲学高于其他一切科学。只有它有这方面的本领与绝招。所以，他称哲学为“第一哲学”。“第一”显然是一种荣誉。他探求并规定了“有”“存在”的实体的意义。

他发现实体，首先是个别具体的事物，并且把个别具体的事物称为“第一实体”。他又认为第一实体是变化的，能够被人们感觉到。

在这里，他阐明了个别具体事物的客观独立性和它的运动变化。这是难能可贵的。

我们佩服他哲学中的唯物主义和辩证法。但令人失望的是，他进一步的探索，并未指向正确，而是暴露了谬误。言多必失，在展开实体学说的时候，他不自觉地走向了唯心主义。

他竟然宣称，除了个别具体事物以外，还有永恒不动的非感性事物存在，并且固执地认为“即使我们不能指出这些非感性的永恒实体是什么，但它的存在总是必然的”。很遗憾，他又回到了柏拉图的理念说——唯心主义那里去了。

他继而提出了质料因、形式因、动力因和目的因“四因说”，来解释事物生灭变化的原因。

如何认识这个世界？他觉得“那引起感觉的东西是外在的——要感觉，就必须有被感觉的东西”。实体，即个别具体的事物，是现成的可感觉的东西。认识基于感觉，感觉的对象是个别具体的事物。

这又是一个精彩的唯物主义的火花。

然而，当需要他把这个思想贯彻到底时，他又一次令人失望，最终割裂了感性认识和理性认识的关系，割裂了肉体与灵魂，承认灵魂不死，跌向了唯心主义。

也许，在人们的失望中，暗含着对他的苛求。我们只能遗憾，而不能责怪他。

“详述亚里士多德哲学的细节是困难的，理解他要比理解柏拉图难得多。”

黑格尔叹息道。

四

关于幸福，亚里士多德有自己的看法。

他一口咬定“善，最高的善，就是幸福”。

他的伦理学，讨论了“最高的善”“绝对的目的”和“个别的美德”。

罗素宣称：“这部书投合了可尊敬的中年人的胃口，并且被他们用来，尤其自 17 世纪以来，压抑青年人的热情与热诚。但是对于一个具有任何深厚感情的人，它却只能令人感到可憎。”

“善，就是以自身为目的的东西。”

健康是医药的目的。胜利是战争的目的。财富是经济的目的……

而最高的善，即人类是至善，是高于一切目的的目的。

个人与国家的目的是相同的，国家的善比个人的善更“善”，“更大更完全”。所以，治理国家的技术——政治，表现了最高的善。

“人是天生的政治动物”，人离不开社会，离不开政治。

谈到美德，亚里士多德规劝人们，美德是两极之间的中项，即中庸之道。

例如，“在吝啬与浪费之间是慷慨，在激情与麻木之间是温和，在鲁莽和恐惧之间是勇敢”。

人人都应该有好脾气，毫无脾气或脾气太坏都不好。

“过犹不及”，既不能过，也不能不及。美德在于适当的度，在于“中庸”。

五

亚里士多德一生从未停止过思考和著书立说。

光是重要的著作，就给我们留下了一大堆:《形而上学》《论灵魂》《物理学》《工具论》《尼各马可伦理学》《政治学》等。

这些著作中闪耀着智慧的光芒，充满了脍炙人口的名言警句。

可是，这些著作中也有煞有介事的谬误，甚至令人啼笑皆非的论断。

他曾断言：“女人的牙齿比男人多。”

对于他思想所达到的高度，人们无不敬仰。然而，他的错误也十分显眼。

据说，他的前人的错误是青年人企求不可能的事物而犯的那种光荣的错误，但他的错误则是老年人不能使自己摆脱偏见的那种错误。这并不一定正确，然而，他确实同时带着真理与谬误于公元前322年离开了人世。

而在前一年，他的学生亚历山大先行一步匆匆地走在了老师的前面。

弗朗西斯·培根

培根抢先说了句“知识就是力量”，人们便崇拜了他。“虽然以前讲过同样话的也许还有人在，他还是从新的着重点来讲了这格言。”黑格尔唯恐别人对这句话不屑一顾。

“知识就是力量”，培根当年的口头禅，我们至今还不厌其烦地引用，成了口号、标语、座右铭，告诫人们不断吸取无穷的知识，这才是获得力量的正道。

一

1561 年 1 月 22 日，在伦敦的一个贵族家庭里，一个婴儿呱呱坠地。这个新生儿后来竟被马克思称为“英国唯物主义和整个现代实验科学的真正始祖”。

父亲是替伊丽莎白女王掌管“印把子”的国玺大臣。母亲是位颇有才华的名门淑女，希腊文、拉丁文娴熟，这对儿子无疑有很好的熏陶。

培根很小就显示了做官的天赋，也许这更应归功于他的家庭教育，“他的祖先和亲戚担任过政府的要职”，而且他那位掌玺大臣的父亲，对于培根热心于仕途不能没有影响。

培根一步入仕途，便官运亨通。

他有幸结识了伊丽莎白的宠臣艾塞克斯伯爵，并做了伯爵的顾问。有了这个靠山，他仕途坦荡无阻。据说伯爵常在女王面前替培根美言几句。

然而，艾塞克斯伯爵却因为自己的顾问倒了大霉。

培根当众控诉伯爵的罪行，帮助他的敌人起诉他。况且，这时伯爵正失去伊丽莎白的宠信。也许正是这样，培根才做出这些被后人责骂为“忘恩负义”“恩将仇报”的事情。

“墙倒众人推”，“靠山”也有倾斜的时候，靠不住了，索性推开。最后，伯爵被判处死刑。可培根并没有因“大义灭亲”的举动而受到皇室的赏识和女王的青睐，相反却受到了人们的唾弃。

“知识就是力量”等漂亮的警句，竟出自一个具有这样品德的人之口，很多人惋惜、摇头。

“人世间最聪明而又卑鄙的人”，是这些人对培根的评价。

然而，为培根鸣不平者也不乏其人。罗素就设身处地替他开脱过，说了些好话。

也许是报应，培根也好景不长。据说，在他巴结上国王，攀上英国掌玺大臣、大法官之后，竟因贪污受贿罪葬送了前途。

他被处以罚款和监禁。虽因官官相护并没有执行判决，但从此结束了他的官场生涯。他懊恼地从仕途退了下来，寻找另一条路。他很快就发现并踏上了这条路。

这条路比他的仕途更有意义，也更干净。

在这条路上，他树立起一个里程碑——实验科学。

二

“工欲善其事，必先利其器”或者说“磨刀不误砍柴工”。培根虽不见得知道中国的这些格言，但他意识到没有得心应手的工具，什么工作也难以顺利完成。

他愿意在“砍柴”——实现科学的“伟大复兴”之前，腾出时间专心致志地“磨刀”——寻找新的认识工具。

他终于使刀刃前所未有地锋利起来，并把刀尖直接指向了经院哲学。

他关于科学方法的探索，形成了他最重要的著作《新工具》。

显然，他从学生时代开始的对亚里士多德哲学越来越不满的情绪，终于吐了出来。

《新工具》就是对亚氏《工具论》的挑战，好像是在哲学领地里摆下的擂台，急切地要与亚里士多德较量，分一分高低。

尽管这场较量的胜负难以评判，但《新工具》对哲学史、逻辑史的影响的确是深远的。

《新工具》的要旨，就是要详尽地宣扬一种新的认识方法。

在这部书里，他提醒人们：

“有四种假象扰乱人心，妨碍科学”，“使真理难以进来，不能取得正确的认识”。这四种假象分别是种族假象、洞穴假象、市场假象和剧场假象。

因为“人的理智就好像一面不平的镜子，由于不规则地接受了光线，因而把事物的性质和自己的性质搅混在一起，使事物的性质受到了歪曲，改变了颜色”，这是人类作为种族共有的本性，所以取名“种族假象”。

“洞穴假象”与此不同，它产生于各个人所具有的本性上。由于每个人天性不同，所有的经历、所读的书籍以及崇拜的权威不同，对于事物的认识也不同。这是他自己的“洞穴”，使自然之光发生曲折和改变颜色。

由于人们的相互交流、交际，这个在市场上的交际，是“通过言谈而结合的”，“而语词的意义是根据个人的了解来确定的”。由于“语词选择的不好和不恰当，就会大大阻碍人的理解”。因而，错误的认识也就难免，这是“市场假象”。

而“剧场假象”，则是指“一切流行的体系都不过是许多舞台上的戏剧，根据一种不真实的布景方式来表现他们自己所创造的世界罢了”。因此，这些东西移植到人们的心中，也是假象，是妨碍科学的。

培根的四假象说，绝不是信口开河，他针锋相对的是经院哲学。多少年来，经院哲学就是在人们的心中培植错误的假象，培根对此深恶痛绝。

由于经院哲学脱离实际，不能产生实际效果，“好像修道尼姑一样，是不生育的”，培根嘲笑道。

三

实验科学，在培根时代得到了辉煌的发展。

实验科学总使培根欣喜若狂，他是当时蓬勃发展的实验科学的鼓吹者和倡导者。

提起“实验科学”，培根总打不住话题，“有了这种基础，自然哲学才不致消弭在虚无缥缈的烟雾里，才不致埋没在徒快人意的妄想中，才给人生以广大的福利”，对科学“最好的论证就是实验”。

当然，真正的科学是实验与理性的密切结合，“经验主义者像蚂蚁，他们只是收集起来使用。理性主义者像蜘蛛，他们从他们自己那儿把网子造出来。但是蜜蜂则采取中间的道路，他从花园和田野里面采集材料，但是用他自己的一种力量改变和消化这种材料”。真正的科学工作也正像这样。

然而，这个富有新意的精彩比喻，并没有使他对理性认识有足够的重视，于是他终于没有变成他所欣赏的“蜜蜂”，却使人在纵观他的全部学说时，更多地把他与“蚂蚁”联系到一起。培根太崇尚经验了，他虽然十分可贵地认识到了理性的意义，但从感情上，他似乎不情愿让理性的重要来转移他对经验的偏爱与笃信。

四

对于经验科学的狂热，并没有使培根麻木对于人生、社会、政治的兴趣。

当他在仕途上昂首阔步的时候，他曾写过《论王权》《论贵族》等文章，对于国家的治理，对于贵族，甚至对于商人和民众，他都有自己的见解。

并且，他发现了“肚子的作乱是最厉害的作乱”，物质的匮乏必然引起民众的变乱。显然具有了相当的真理性。不知是否也是源于经验——空腹时的经验。

这位伟大的人物，对文艺复兴的口号记忆犹新，他坚持“人就是人的上帝”。

人与神平等，人也是自然的主宰，人可以驾驭自然。当然，“要命令自然就要服从自然”。认识自然，是命令自然、征服自然的前提。

他从未停止接触自然，认识自然，认识须借助于实验。于是，他不停地做实验。

1626年，他又要做一次实验。他在刺骨的寒风里，把一只鸡肚里塞满雪作冷冻实验，不幸受了风寒，不久死去。

据说，他的这次实验成功了。

霍布斯

一

《圣经》里有一个力大无比的巨兽，名曰“利维坦”。霍布斯以此唬人，竟把他最伟大的著作以此怪兽命名。

《利维坦》因此使人感到震惊，但是并不是由于它恐怖的名字，而是由于其中包含的深刻思想。

《利维坦》喻示着一个无比强大的国家，这是霍布斯的本意。

作者在这个以野兽命名的书里，开宗明义，毫不含糊地表明了自己的态度——彻底的唯物论。

“大自然”，也就是上帝用以创造和治理世界的艺术，也像许多其他事物一样，被人的艺术所模仿，从而能够制造出人造的动物，生命也无非是“肢体的”一种造物。

“国家”——这个庞然大物“利维坦”，它是一个人造的人，并且霍布斯进一步找到了这位远比大自然身高力大的东西的“灵魂”“关节”和“神经”。

他说，“和睦是它的健康；动乱是它的疾病”。

在霍布斯那里，世界上存在着两种物体：自然的物体和人造的物体——国家。分别对这两种物体进行研究，就有两种哲学：自然哲学和公民哲学。

这位自诩为彻底的唯物论者，注意力始终没有离开过物体学说。他把培根的唯物主义系统化，苦心经营了一个典型、完美的机械论体系。他的贡献与不足都反映在这个体系里。

“物体”，几乎是霍布斯自然哲学里永恒的话题。他把物体明确规定为哲学的唯一对象。

物体不依赖于人的思想而存在，它“不能因我们的任何企图而被制造或消灭，被增加或减少”。

物体，在霍布斯那里，显然是客观存在的物质实体。这一点为他的哲学垫了块坚实的基石。

当然，他在自然哲学中对物体的属性、世界之物质统一性等问题，都考虑得很周到。然而，在他阐述这些可贵的唯物主义思想时，总是与机械论形影不离。

机械论与形而上学的纠缠，始终没有让他把唯物主义贯彻到底。

很遗憾，物质的色、声、味的问题，把他难住了。他栽了跟头，跌向了主观主义。

因为他坚持颜色、声音、气味不是物体具有的，而是人的心里的东西。

二

霍布斯对“国家”——“人造的物体”更感兴趣。他天真地试图用“机械唯物主义原则”来统括社会和国家学说。

为了这个企图，他耗费了大量的心血。

国家，在他眼中是一个物体，它是由人构成的。

“在人的本性中，我们发现发生争执的三个主要原因：第一竞争，第二猜疑，第三荣誉。竞争使人争利，猜疑使人求安，荣誉使人求名。”

人作为“自然物体”，有着“自然本性”——“他们的目的主要是自我保全”，“要达到这个目的”，“彼此都力图摧毁或征服对方”。

那么，自私自利，相互防范，贪婪，仇视，争战就是人的自然状态。

在这个状态中，甚至“人对人是狼”。

人们不仅“就寝时要把门关上，甚至就在屋子里面，也要把箱子锁上”，而且，还“保持着斗剑的状态和姿势”。

这样当然是悲惨的。那怎么样才能使人摆脱自然状态的窘境，进入国家状态呢？好心的霍布斯兴奋地劝人们，放弃自己的自然权利，把个人的权利托付给某个人或某些人组成的会议，这个人或集体就是主权者。这些权利一旦交出，就永远不能后悔要回。并且，大家都必须服从把权利托付给的那个人或集体。

这样，不必大动干戈，靠订个契约，就有了一个新的国家。

这就是伟大的“利维坦”的诞生——用更尊敬的方式来说，这就是“活的上帝的治理”，显然，他有些激动了。

然而，这位“用人的眼光来观察国家”（马克思语）的哲学家，认为最佳的制度，是君主制，人民只有绝对服从主权者的义务。实际上，他美化了当时就已处于“自然状态”的国家制度。他未能正视现实。

我们只好这么说。

三

霍布斯的父亲“愚鲁无知”并且性子坏。奇怪，他竟能做一个教区的牧师。农家出身的母亲也很普通。霍布斯既没有像父亲，也没有像母亲。

他天性聪明，15 岁时就进了牛津大学。

然而，他对大学里的生活评价不高。大学中的经院派逻辑和亚里士多德的哲学使他头痛、反感。在他的著作中，常有对大学不恭敬的言辞。

后来，他做了一个勋爵的家庭教师，几次随他的主人，也就是他的学生四处周游。这不仅使他大开眼界，了解到世界上除了亚里士多德的哲学以外，还有以实验为基础的科学，同时他也认识了很多人。这些人中，就有培根、伽利略这样的伟大人物。

1621 年至 1625 年，霍布斯经常同培根一起散步，并记录下培根不时迸发出的思想火花，因为霍布斯这时做了培根的秘书。

霍布斯年轻时本想立志于文学。据说，几次旅行把他的兴趣引向了哲学和科学。

欧几里得的《几何学原理》，使他如醉如痴，他倾心于几何学的魅力。

于是，他兴致勃勃地要用几何学的方法，准确无误地推导出“国家、社会、政治生活”的奥妙。

不久，他推导的结果，是写了第一本哲学著作《论第一原理》。然而使霍布斯被我们记住的，并不是这部书。

后来，《利维坦》的问世，才使后人有了津津乐道的东西。霍布斯才有了在人们记忆中占有位置的资本。

除了哲学家、思想家们注意《利维坦》的完整哲学体系之外，这部大部头的著作也给读者留下不少饶有滋味的妙语。

他说，“常存的希望称为自信”，“常有的失望就是不自信”。

“希望他人好的欲望称为仁慈、善良。”

“地位或优先权的欲望就是野心。”

“为了交往相处而对人产生的爱，称为亲切。”

“专爱一人而又想专其爱的爱情，谓之爱的激情。”

“根据他人的谀辞，或仅是自己假想一套以自得其乐，便是虚荣。”

“骤生的虚荣是造成笑的激情”，相反地，“骤生的沮丧则是引起哭的激情”。

“蔑视荣誉谓之厚颜”，“轻视他人的灾难或无动于衷，人们称之为残忍”。

他还专门讨论了“权势、身价、地位、尊重及资格”。

“成功是权势，因为他可以造成才智或幸运的声誉，使人们不是惧怕他，就是依赖他。”

“当权的人和蔼可亲是权势的增进，因为它可以博得爱戴。”

“高度评价一个人就是尊重，相反地就是轻视。”

博大精深的著作写得平易近人，他因此赢得了更多的读者。

霍布斯终身没有“专爱一人而又想专其爱”，他终身未娶，感情倾注在哲学和科学上了。

1679年，霍布斯走到了人生旅途的终点，恋恋不舍地离开了人世。

人们并未因此而感到悲哀，因为他活了92岁。

笛卡尔

一

据说，苏格拉底的思想结晶是“冻”出来的，而笛卡尔的思想则是“烤”出来的。前者喜欢站在冰天雪地里沉思，而后者离开了火炉子（或被窝）简直就无法活。

严寒与高温同样能产出意味深远的哲学，不过从这两位先哲的学说中，并不能体会出温度的差别。

勒内•笛卡尔于 1596 年诞生在法国。

笛卡尔父亲是地方议会的议员，省法院的法官。由于他有一份相当可观的地产，日子还算景气。

从 8 岁开始，笛卡尔进入了当时在欧洲享有盛名的拉斐来施公学读书。

在那里，笛卡尔涉猎了不少稀奇古怪的禁书，大多是关于新思想的。有了这些壮胆，他的眼里开始有了批判的光芒。

他学会了蔑视，他竟然瞧不起传统的学问：神学叫人升天，我们普通人学不进去。

哲学经历了千百年，哲学家不断涌现，而确有定论的观点却没有见到。

这些人“只是打着真理的招牌，骗取浅白的轻信而已”，笛卡尔的话越说越难听。

那么，对于其他科学呢？笛卡尔更是不屑一顾。

“甚至于其他学问，既然是从这样的哲学借来的原则，基础不牢，当然不能建立起什么坚实可靠的东西来。”

数学除外，对于这门科学，笛卡尔还是充满敬意的。

年轻时的笛卡尔，可不像后来那么谨小慎微。

父亲死后，笛卡尔只继承了遗产，却没继承父亲的遗志，老头子本想望子成龙做贵族。

笛卡尔变卖了地产，如痴如醉地研究起各种图形——几何学。

然而周围喧嚣吵闹的环境对他的沉思默想时有干扰。

他索性离开了巴黎，离开了法国，找一个更适于哲学家生活的乐土。

他终于找到了这样一块快乐自由的土地——荷兰，在这里，他差不多与世隔绝地待了 20 年。

这 20 年，使他在哲学史、科学史上占据了举足轻重的地位。

《方法论》《气象学》《几何学》《形而上学的沉思》《哲学原理》等主要著作，都是在荷兰期间，他的大脑思考的结果。

二

“普遍怀疑”——笛卡尔奉行的准则。没有普遍怀疑，就没有他的哲学。

他的哲学就是从这四个字开始的。笛卡尔《形而上学的沉思》里的第一个——就是“普遍怀疑”。笛卡尔对原有的一切信念持普遍怀疑、不信任的态度。

“凡是我从前信以为真的东西，没有一件我不加几分怀疑；我的怀疑并不是漫不经心地轻率而来，而是有很强的、考虑成熟的理由。所以我今后如果想在科学上发现某种确实可靠的东西，就应当小心翼翼地避免相信那些东西，同避免相信虚妄的东西一样小心。”

笛卡尔不相信一切。他怀疑旧哲学，怀疑感觉及所感知的事物。当然，不能为怀疑而怀疑。怀疑不是目的，怀疑是为了破除成见、去除谬误，找到确实可靠的东西。

笛卡尔的怀疑，具有进取的积极意义，而不是疑神疑鬼的消极厌世的怀疑论。

笛卡尔对什么都怀疑，“我可以设想怀疑上帝，没有天地，没有物体，甚至自己没有肉体等等”。

“只有一件事不能怀疑，那就是我在怀疑。”

我不能怀疑我在怀疑，或我在思想。这显然必须肯定我是某个东西，一个正在思想（怀疑）的东西，那么必须肯定我存在。

由于得出了这样一个著名的论断：我在思想所以我存在，或，我思故我在。

这就是说，我不思想，那么我就不存在。噢，笛卡尔恍然大悟。“我”不是物质性的东西，而是一个精神实体。

经过了如此一番艰苦而又饶有趣味的推理（或文字游戏）之后，

竟然得出了“我思想，所以我存在”的结论来，“大山临盆却产出了个小老鼠”。有人不解，“他要是说‘我吃饭故我存在’则更足以相信”。

然而，笛卡尔“我思故我在”是把“自我思考”“理性”提到了首要的地位，对于神学权威是一个威胁。但，思维又决定了“自我”的存在，这为神学唯心主义留了个活口。当然，这并不是笛卡尔不小心造成的疏忽，留这个“活口”，是他为神学唯心主义开的门。

在此以后，笛卡尔依据这个原理，为证明“灵魂不死”“上帝存在”等教条及天赋观念，费了不少的笔墨。

三

“我思故我在”是条真理，何以见得?

“它之所以为真，就在于它使我清楚明白地理解到：为了思想，思想者必须存在。”

因此，他断言：凡是清楚明白呈现于理性之前的东西就是真的，否则就是假的。

“清楚明白”好不容易使我们“清楚明白”。清楚就是不混杂，明白就是不暧昧。真理是自我意识的状态，以理性心灵为标准。并坚持说理性认识才是可靠的。

“怀疑”“思想”“理性”等，笛卡尔赞美的大多就是这些字眼儿。

无怪乎黑格尔这样评价说：“勒内•笛卡尔事实上是这代哲学真正的创始人，因为这代哲学是以思维为原则的。”

四

笛卡尔小心翼翼地躲避着神学的谴责，更确切地说是神学的迫害。伽利略的死也许使这个本来就“懦弱胆小的人”更加缩手缩脚。

他的《宇宙论》起码包含着两个真理，但在当时都是异端邪说——地球自转与宇宙无限。笛卡尔可能意识到，这部著作的公开将给他带来麻烦与不安。

对此，后来的学者们说法不一。

但，不管是因为他胆小怕事，还是审时度势避免不必要的牺牲，《宇宙论》在他生前并没有人知道。

数学史上，他有值得炫耀的一页，解析几何的发明，这似乎使他在哲学史上的形象也高大许多。

物质不灭、光的折射定律等都是笛卡尔的功劳。然而，在自然科学上，他也并不都是真理。他在医学上关于“生命精”的研究，后人不敢苟同。

这位“永远衣冠楚楚，佩带一柄宝剑”，并有一个私生女的哲学家，终身未娶。

晚年却得到了瑞典女王的赏识与青睐——笛卡尔经常和她通信，关于爱情，哲学家把它上升到理论高度发了些议论，写成著作送给了女王。

女王热情地把他请到了宫廷，并要在早晨五点钟听他讲课，可怜的笛卡尔一生都没有早起过，温暖的被窝是他生命与思想的寄托。

女王剥夺了哲学家的这点权力。

最终，不习惯早起使笛卡尔虚弱的身子难以支持，1650 年，笛卡尔匆匆走完了自己的一生。

那年，他才 54 岁。

洛克

一

奥提斯教堂的墓地里，有一块不大的墓碑，上面写着死者生前为自己撰写的碑文：

约翰•洛克长眠于此。你们若问他是何人，回答是：他是一位满足于小康命运的人，他是一位受过训练的学者、专心追求过真理的人。对此，你们可以从著作中得知。他的著作，比之于碑文上令人生疑的颂扬之辞，将更为忠实可信地告诉你们有关于他的其他一切评说。他的德行，即使有一些，既不足以说明他的声望，也不配作为你们的典范。让他的罪恶随他一起埋葬吧！德行的范例，福音书中已经有了；罪恶的范例，仍以没有为好；死的范例（你们可以从它吸取教益），所在皆是。

他生于1632年，死于1704年10月28日。这块本身即将腐蚀的石碑就是一个证明。

以碑文作为自我鉴定，无论从态度上，还是从方式上，都是少见的。

从“即将腐蚀的石碑”上的碑文来看，他自己并没有自吹自擂地“贴金”，也没有妄自菲薄，说一些忏悔式的谦辞。这种善始善终的认真精神，和他的实际生活与理论学说基本一致。

洛克有一个健全的大脑和一副多病的身躯。

他的健康状况，一直未能让他在政界、官场上忘乎所以地大干一场。“满足于小康的命运”也许并不是情愿，而是力不从心。

幸好，他并没有辜负大脑的天资，充分地利用了这个健全的部分，以弥补多病躯体的不足，扬长避短地为人类留下了不朽的思想。

洛克 1652 年入牛津大学读书。当时的课程仍然是经院哲学的课程，这对于 20 岁年龄的热血青年来说，以亚里士多德哲学为代表的课程未免太老气横秋了。

“这是浪费时间”，洛克对自己的朋友说了心里话。

不知是什么原因，洛克大学毕业时留校做了他所讨厌的课程的教师。

显然，他对这个职业并没有多少热情，因为他同时又着手研究医学。

后来由于身体不好，健康状况没有允许他的医学研究有多大进展。但他的医术还很高明，曾经医好过当时有名的政治家阿希莱久治不愈的疾病。

洛克对政治的兴趣不亚于对医学和实验科学的兴趣。

他在仕途上几起几落，每次失意都没有使他对下一次从政的机会有所放弃。

他在政界谋取的最高职位是商业和殖民事务委员，但都因身体不为他争气，最终辞去了公职。

值得庆幸的是，在他政治生命达到最高位时，他的哲学思想也取得了同样的高度，甚至更高的成就。他的名著《人类理解论》，就是他在做商业和殖民事务委员期间发表的。

罗素不无羡慕地说：“洛克是哲学家里面最幸运的人。他本国的政权被和他抱有同样政见的人掌握，恰在这时候，他完成了自己的理论哲学著作。”

在实践和理论两方面，他主张的意见在许多年里为最有魄力、威望的政治家和哲学家所奉从。他的政治学说，加上孟德斯鸠的发展，深深地留在了美国宪法中，每逢总统和国会之间发生争论，就能看到这学说在起作用。

哲学家，踉踉跄跄地走完了人生旅途。那个随时都可能把他从地球上赶走的肺结核，竟让他的生命延续了 73 年。

二

洛克不满于传统哲学。

这种不满情绪使他要大刀阔斧地干一场前所未有的事业。

他抱有一个愿望，就是清除知识障碍。

要构筑起壮观的知识大厦，总得需要有人去干那些夯实地基的工作。洛克自愿做一个小工，不是夯实大厦的地基，而是先为建筑大厦打扫出一片干净的场地来。

洛克早就意识到以往哲学常使用“暧昧含糊的说法和牵强附会

的言辞”，他批判这个弱点。

洛克对天赋观念说的指责、批判，是他花大力气清除的重要的知识障碍。而这项工作奠定了他在哲学史上的地位。

他首先证明了没有天赋的观念，“观念本身如果不是天赋的，则由观念所发生的知识、国家以及心理和口头命题，都不是天赋的”。

他形象地阐明了知识的来源。

人的知识不是先天就有的，人的心灵本来是一张白纸，上面没有任何印记，“我们的全部知识是建立在经验上面的，知识归根结底都是导源于经验”。经验印在白纸上面，才有了知识。清楚、通俗，这里确实没有“暧昧模糊的言辞”。

不过，经验在洛克看来，分为外部经验与内部经验两种。

前者是对外部事物的感觉，而后者则是对内心活动的反省。

他虽然称外部经验“是我们所具有大部分观念”的巨大源泉，但他却把“反省”提到了与感觉相同的层次，并申明反省“与外物毫无关系”，这给他的学说带来了矛盾。

由于对神学唯心主义的退却和让步，他的哲学染上了妥协的色调。

他并没有打扫干净他要扫除的垃圾。

三

世界史上著名的“光荣革命”——实际上是一场宫廷政变，改变了英国的历史进程。

在当时，这算是一场轰轰烈烈的事件，它要求洛克不能保持沉默，总该对英国从封建专制向资产阶级议会民主制的转变发表点儿意见。当然，这些意见是悦耳中听的。加上洛克本人在官场上几次起落，积累了很多经验，他于是写下了《论政府》，实际上针对霍布斯的国家学说。

在这里，他把霍布斯描述过的问题，又思考了一番。

关于“自然状态”，洛克有自己的看法。他觉得，那并不是一切人反对一切人的战争状态，而是人人平等自由的和平状态。

后来有些人“利己”的本性外露了，违反了“正义”原则，构成了对别人权利和私有财产的威胁，于是，解决的办法还是拿出张纸，大家订一个契约。国家就产生了。它的目的是保护契约人——公民的财产。

洛克反对专制，但是他并不主张民主共和。

自我开脱或者为当时存在的国家制度唱几句赞歌是可以理解的。况且，在他所称道的国家里，“人民是最高的裁判者”，政府为人民办事，受托于人民。他竭力主张这样。后人因此常常佩服洛克当时的胆量和勇气。

洛克是一个很有影响力的人，不仅在当时，更是在以后的时代。

我们可以开出一大堆近代人类文明史上的伟大思想家，他们或多或少都从洛克那里拿到了自己需要的东西。

从伏尔泰、康德、休谟、孟德斯鸠、卢梭等人的著作中，我们能够感觉到洛克思想的影子和他们对洛克深深的敬意。

似乎只有黑格尔，谈到洛克时，常常有些微词。

斯宾诺莎

一

和大多数哲学家一样，研究哲学并不能帮他解决生计大事，保证大脑的正常思考必须在从事哲学事业的同时选择另一种养家糊口的工作或职业。斯宾诺莎靠磨近视镜片的收入勉强维持进行哲学思考时的最低物质需求。其实这项职业和他的哲学事业同样重要，光学镜片给人的肉眼增加了视力，哲学思考使人心灵的眼睛更加明亮。

二

斯宾诺莎有幸生活在当时欧洲相对开明宽松的荷兰——笛卡尔曾向往之并在那里相对自由地生活了 20 年，并产生了卓越的思想。

然而，斯宾诺莎却没有体会到或满足于这个别人羡慕的环境对他的裨益。

这个犹太人血统的哲学家，祖先是西班牙人，由于逃避西班牙宗教法庭的迫害，移居到荷兰的阿姆斯特丹。

斯宾诺莎的祖父和父亲都从事几乎所有犹太人都离不开的商业，并很受当时周围人的尊重。

母亲早逝。年轻的斯宾诺莎得到了继母——一个笃信天主的犹太妇女的照顾和教育。父母对他的天主教熏陶，以及父亲经常讲述的犹太人的苦难过去，“一个犹太人，一个堪称信仰坚定的人，他被投入熊熊燃烧的火中，当他知道他必死无疑时，他开始歌唱圣歌：‘啊，上帝，我把我的灵魂献给您，并且唱着歌死’”。

悲壮的故事，深深打动了斯宾诺莎的心。

斯宾诺莎在接受了七年的犹太教会学校的教育后，也身不由己地从事了犹太人世代的本行——做买卖。似乎他的兴趣并不同经商的直接目的——赚钱一致。在这段时期内，他没有把世界看成大市场，却把市场、商摊当作了学校。他更多地获得了各种知识，却不是钱。他结识了凡•丹斯德，一个不本分的人文主义者，并跟这位老师学习拉丁文。

数学、物理、医学等自然科学和进步的哲学使斯宾诺莎更不安于经商。

父亲死后，斯宾诺莎彻底从商业事务中逃脱出来，埋头于哲学研究——竟和以往的哲学思想“讨价还价”。

然而，这位祖上一直受人赞美的商人的后代，却遭到了越来越多人的非议。当然，对斯宾诺莎不满的并不是顾客，而是犹太教集团的重要人物们。

因为斯宾诺莎的思想与犹太教的教义不合拍了。他明确表示了自己对灵魂不死的怀疑及论证。更难以忍受的是，他把上帝说成自然界中有广延的存在。

于是，教会想通过钱——每年一千弗罗林的固定收入，让他保持缄默。钱是瓦解商人最有效的手段。

但是，斯宾诺莎对于钱缺乏商人的热情，对于真理却有哲学家的执着。金钱，他不屑一顾，虽然这是生活，特别是斯宾诺莎并不宽裕的生活所必需的。他毫不客气地拒绝了这一次金钱与真理的肮脏交易。

斯宾诺莎这种令教会难堪的举动，使教会大为恼火，若不是他命大，他会死在教会的一次谋杀中。

最后，教会决定将对斯宾诺莎永远诅咒。

“谁都不得以口头或书面方式同他交谈，不得对他进行任何服务，不得与他同住一屋，不得同他并肩站立，不得阅读他编写的任何东西。”这一年，斯宾诺莎才 24 岁。

他只得以磨光学镜片度日，维持最低的生活需要。此时，他的大脑和磨镜片的手一样不停地运动。

他构思出比手磨镜片还要光明的思想，这些思想集中于《笛卡尔哲学思想》《知性改进论》，还有后来更著名的《伦理学和神学政治论》，这些比荣誉、财富更重要的精神财富，使他得到了比他的祖先更多的尊重与敬仰。

三

《伦理学和神学政治化》集中了斯宾诺莎哲学思考的精华。为了准确表达他的思想，他仿照几何学的证明方法，精心设计了他的每一个命题。

例如，已知……，求证……，证明……，证毕。

他像集邮那样，小心地把每一帖邮票都放在他设计的邮票夹内。但是，世界毕竟不是一个几何命题。他过于相信那个并不万能的方法。

斯宾诺莎关于实体的学说正是产生于几何证明式中。

实体就是神。而神即自然，实体就是自然界。

实体，不依赖他物独立存在，也不能通过求助于他物而得到认识和说明。

显然，他对超自然的幻想——上帝，并不抱有希望，而是主张以自然本身说明自然。

对于这个思想，恩格斯赞叹道：“当时哲学的最高荣誉，就是它没有被同时代的自然知识的狭隘状况引入迷途。它——从斯宾诺莎到伟大的法国唯物主义者——坚持世界本身说明世界，而把细节方面的说明留给未来的自然科学。”

《伦理学》更多的是一部哲学著作，但对于人类自身的问题，他还是做了一些探讨。

“保存自身的努力，即是事物自身的本质。”

他的实体学说和他坎坷的遭遇，使斯宾诺莎坚信这一准则。

他继续启发人们：“理性既然不要求任何违反自然的事物，所以理性所真正要求的，在于每个人都爱他自己，都要自己的利益。”

自私自利成了人的本性，得到这个结论，斯宾诺莎并没有泄气，相反，他相信在理性的指导下，人还是可以达到完善的境界。

在谈到政治、国家时，“尽管斯宾诺莎与霍布斯两人在气质方面有天地般的悬殊”，但二者的学说还是大体一致的。

四

肺病使斯宾诺莎没有和正常人停留相同的时间，1677 年，他过早地离开了人世，年仅 45 岁。长期磨制镜片的劳作影响了哲学家的健康，这使后人惋惜不已。

“斯宾诺莎是伟大的哲学家当中人格最高尚，性情最温厚可亲的。按才智讲，有些人超越了他，但是在道德方面，他是至高无上的。”罗素似乎动了情。

他的思想影响了后来的很多主要哲学家，而他的公正、善良、为自由做出的努力更得到后人的称道和缅怀。

艰辛的生活与遭遇造就了他的思想与品格。海涅曾说：“把他教育成人的不仅是学校，而且还有生活，这点使他和一切哲学家有所区别。”

莱布尼茨

一

莱布尼茨不赞成斯宾诺莎的哲学观点，但对后者的“几何学证明方法”像对斯宾诺莎本人一样重视和欣赏。作为数学家，他羡慕当时的数学方法——那是解决一切争端最好的办法，“有了这种东西，我们对形而上学和道德问题就能够几乎像在几何学和数学分析中一样进行推断”。他期待有一天，当哲学家发现彼此的意见发生冲突时，他们会说，这里有纸和笔，让我们来算算。

不过，世界虽然含有未知数，但是认识与客观之间未必能划出等号，并且难于得出一个准确的“解”来。

莱布尼茨终于得出了世界方程的“解”或“根”来，他把这个并不与原方程相符的解，称为“单子”。

“我们这里说的单子，不是别的，只是一种组成复合物的单纯实体，单纯，就是没有部分的意思。”

“这些单子，就是自然界的真正原子，总之就是事物的真正原因。”

对于他精心解出的“单子”，他详尽地解释，唯恐别人误解或不重视这个“单子”。

单子，是单纯的、精神性的实体。它无数多，也是各自独立的存在。

“独立并不孤独，各单子的表象是和谐一致的。”

他把这叫作“预定的和谐”，这是上帝的安排。莱布尼茨并不想得罪神学、教会。他一生都与他们相处得很好。妥协的性格，使他在真理与权力之间慑服于后者。他煞费苦心地论证神的存在。

二

莱布尼茨的哲学著作主要是《单子论》《人类理智新论》和《神正论》。

莱布尼茨出生于莱比锡。15岁时进莱比锡大学读法律。根据成绩，他完全可以获得博士学位，但是据说因为年龄偏低，失去了获得博士学位的资格。然而，1666年，他得到了另一所大学的博士学位，那时也不过20岁。

莱布尼茨的聪明，年轻时就有些逼人之势。

后来，他做家庭教师，在旅居英法等国期间结识了斯宾诺莎、牛顿、惠更斯等与“伟大”二字联系在一起的著名人物。

此后，他又担任过汉诺威图书馆馆长的职务，并在维也纳有幸结识了欧根亲王和帝国宫廷的参议，也许这也是莱布尼茨梦寐以求的。

然而，对于科学、哲学甚至宗教，他始终有着浓厚的兴趣。

他曾为天主教与新教结合而绞尽脑汁，费了不少神。他曾就面包和酒如何变成耶稣的肉和血的问题，做过深入的研究。

莱布尼茨愿意让哲学和宗教和睦相处，并情愿用自己的哲学，终生侍奉上帝。

要不是当时他的邻居们的注意，我们一定以为他是个虔诚的教徒。据当地人士私下说，莱布尼茨从未走进过教堂，就连弥留之际也没有请教士陪伴。

相比之下，在科学方面，他倾注了满腔热情与赤诚。他作为微积分的发明者之一，在数学史上享有很高的声誉。由于这个伟大的贡献，人们谅解了他的许多，如他在金钱上表现的吝啬与小气。

罗素曾为我们描绘了这位哲学家吝啬的一面：

“每当汉诺威宫廷有哪个年轻的贵妇结婚，他照例送给人家一套他所谓的结婚礼物，就是一些有益的格言。末了，还有一句下流的玩笑话，算作忠告。”

生活中节俭的美德并没有给他带来多少财富，他一直担任汉诺威图书馆的馆长，这在任何年代都不是孕育“富翁”的职位。

莱布尼茨晚年的处境与健康每况愈下，1716年，他悄悄地离开了人世。

三

莱布尼茨聪明过人，而且有人认为他有现代职员的可贵品格，“勤勉”“俭朴”“节制”“在财务上诚实”，只可惜他却是一位哲学家而不是银行职员。

但是作为一个哲学家，他的品德与斯宾诺莎相比则显得有些逊色。

因为“他所发表的都是蓄意要讨王公后妃们嘉赏的东西”，如果不是为了后者，哪怕“最精湛的思想”，他也会“束之高阁”不发表。对此，罗素不无鄙夷地议论过。

然而，对于在哲学与科学上有重大贡献的“另一个莱布尼茨”，罗素还是非常钦佩的：

“莱布尼茨毕竟是位大人物，他的伟大现在看来比之任何时代都明显。他卓越非凡，这且不谈，他又是数理逻辑的一个先驱，在谁也没有认识到数理逻辑重要性的时候，他看到了。而且他哲学里的种种假说虽然离奇缥缈，但是非常清晰……”

由于莱布尼茨在思想上似乎有两个自己，于是，在哲学史上他一人占了两个人的位置。对于同时处于两个位置上的哲学家，后人各取所需，持有各自相应的态度。

沃尔夫利用了莱布尼茨最糟糕的东西，而舍弃了他的精华，构筑了坚固的“莱布尼茨—沃尔夫”哲学体系。

他在德国讲坛上的影响曾很深也很坏。

当然，我们并不因此责怪莱布尼茨。

贝克莱

如果今天有谁一本正经地去证明“你眼前看到的一切，都只是你的感觉，真实的物体是不存在”的话，那么，这只能为精神科的医生添麻烦。

但是，贝克莱就是以这种荒谬而又可笑的观点奠定了他在哲学史上的地位。他的证明并没有作为病例搜集在疯人院里，相反，却成为经典著作，被以后的研究者们重视。

一

贝克莱本人作为历史人物，确确实实是客观存在的。他在历史上活动，并没有因为别人有时没有感觉到，他便从地球上消失。他有生、有死。

贝克莱于 1685 年出生在爱尔兰的一个乡村。

父母并没有像他们的儿子那样有那么多怪念头。作为乡村绅士的父亲，还兼个村子里的公职，为大家做事，取得一定的报酬。

学生时代的贝克莱，智力超常，成绩突出，常常引起同窗们的惊奇，是同学们议论的奇才。

贝克莱大学毕业后，经过几番努力，实现了留在母校——都柏林三一学院做初级研究员的愿望。这里有良好的研究条件，并在经济上有所保障。贝克莱不能不考虑工资——这涉及生计问题。

贝克莱在担任学院的辅导员、图书馆管理员、希腊语讲师等职务的同时，开始加强对他早就感兴趣的“非物质主义”的研究。

经过了两年，贝克莱的冥思苦想有了结果，他出版了一本从题目上看在当时还颇为时髦的著作——《视觉新论》。

在这本书里，贝克莱正式把物质的客观存在给否定了。视觉的对象并不再感觉者之外，而是在感觉者的心里。

接着不久，他另一部更著名的《人类知识原理》和读者见面了。在这里，他得出了更耸人听闻的哲学论断——“存在即被感知”。

贝克莱的这句警句，只能用来解释贝克莱本人，由于他的思想被人们感知到了，作为产生这个思想的贝克莱，才叫人们刮目相看，他在人们眼里再也不是以前的“存在”了，而是主观唯心主义的创始人“贝克莱”。

二

“观念的产生，并无必要假设外物的存在”，物，就是感觉观念，就是“观念的集合”。

“例如某种颜色、滋味、气味、形状和硬度，如果常在一块出现，我们便会把这些观念当作一个单独的事物来看，并用苹果的名称来表示。另外一些观念的集合，则构成一块石头、一棵树、一本书和其他类似的可以感觉的东西。”

被感觉成了仅有的认识对象。但总得有人去认识感觉观念吧？也就是对感觉观念必须有个感知者。

贝克莱还是给我们安排了一个感知者，那就是心灵、自我、精神。

物质感觉观念的集合，物的存在（比如苹果、树、石头等）也就在于被自我、心灵、精神所感知——这顺理成章。

“它们的存在，就是被感知，它们不可能在心灵或感知它们的能思维的东西以外有任何存在。”

贝克莱振振有词，还嘲笑别人说：

“在人们中间奇怪地流行着一种意见，认为房屋、山河、一句话、一切可感知的东西，都不必被理智所感知，而又有一种自然的或真实的存在。……这里其实包含一个明显的矛盾，因为除了我们用感官所感知的事物之外，还有什么上述的对象呢？并且，在我们自己的观念或感觉之外，我们究竟能感知什么呢？那么要说是任何一个观念或其结合体不被感知而存在，那岂不明明是悖理吗？”

显然，我们不敢顺着贝克莱的逻辑推下去。

物是感觉的集合，一切存在又是在于被自我所感知，那么，世界只存在于自我的感知中。除了自己以外，就不能承认别的存在。

“噢，天哪！他的妻子怎么能忍受。”据说当时的女士们一片惊呼。

三

贝克莱文笔优美，并能写一手漂亮的拉丁文。当然，这些都不足以勾销那些令人啼笑皆非的幻想。

贝克莱把物说成是观念的组合，并不是为自己，他本人同样避讳别人称他为唯我论者。于是，人有时总有必要做一些掩饰。

贝克莱苦心经营的这些，有一个“高尚的目的”，就是为了歌颂、赞美上帝的仁慈。在这个前提下，他承认科学实验和观察的作用。

所以，他也顾及了自然，提出了“自然符号”说。

火烧了我的手指，引起了痛的感觉，这并不是因为客观存在的火对我身体的工作，只不过是红火的感觉观念作为一种符号，使我想起了痛的感觉。

“观念之间的联系，并不是因果的关系，它只表示一个标记与其所表示的事物的关系。”

火并不是疼痛的原因，火与痛之间不存在因果关系。

火只是一种符号，敬告你，它不标志着疼痛。

原因概念，都是上帝（神）用来使我——不是我们，而是我，在贝克莱那里不能存在“我们”的字样——通晓事物的符号。

四

《人类知识原理》的出版，在伦敦引起了不小的反应。

“人们不愿意认真对待这部著作，甚至不愿多花时间去阅读它”，贝克莱否定物质的存在，这就够了。

他们转而议论作者。

一位医生说，作者一定是疯了，应当给以治疗。

一位主教说，作者不诚实，他的标新立异只是虚荣心作祟而已。

还有人说让这个年轻人练习练习他的智力吧，他毕竟还没有否定我们这些活人的存在。伊拉斯谟不是也曾经赞美过傻瓜吗？

书中的结论一时成为笑话。

然而，贝克莱殚精竭虑地证实“存在就是被感知”，并不是徒劳的，他为神学献了殷勤。

在《人类知识原理》遭到读者嘲笑的同一年，他得到了爱尔兰教会牧师的圣职——也是“肥缺”。

在此以后，贝克莱多次游历欧洲，献身于赞美上帝的事业。他曾设想要建立神学院，培养更好的传教士，共同赞颂上帝的恩泽，但终未如愿。

1728年，贝克莱与一个并不是感觉观念集合的法官的女儿结了婚。

他的哲学理论并未影响夫妻生活，他竟然是七个儿女的父亲。

1734年，贝克莱做了爱尔兰一个教区的主教，直到离开人世。

《人类知识原理》之后的贝克莱，再也没有影响更大的著作问世。也就是说，令人惊讶的思想都是28岁以前的思考。

我们只知道“他晚年丢开了哲学，去弄焦油水”，并出版了《关于焦油水的哲学反省及研究之链，并探讨相互关联相互发生的其他题目》，大概为了不辜负这个长长的题目，他把书写得很厚。

“贝克莱是英国哲学中神秘唯心主义的代表”，马克思这样评价他，并对其哲学的本质说了自己的看法，列宁也作了透彻的分析。

贝克莱影响了后来不少的哲学家。

伏尔泰

一

伏尔泰小时候很乖，3 岁就能记住拉封丹的《寓言》，再大些竟能写起诗来。

父亲是一位公证人，儿子对文学的痴迷并不是由于他，而是受到了富有浪漫情调的教父的影响。

伏尔泰难得的诗人天赋，本可以自由地把感情洒在一张张纸上，写一些长短句，去赞美田园里飘动的裙子或冬天飘落的雪花。

然而，他具备的不是柔情，而是激情。使他激动的不是一朵淡色的小花，而是黑暗的社会。

母亲比父亲更值得提及，因为她的姓前面有一个“德”字，这个贵族阶层特有的标志，使“所有法国中产阶级对此都肃然起敬”，连丈夫对她也另眼看待，尽管“她没有给丈夫带来一分钱的嫁妆”，总觉得这个字里面含有无数值得炫耀的故事。

她的儿子，这位伟大的启蒙运动之父，当时“也沉浸在被封为贵族的祖辈给他带来的荣耀里”，并因此换成了现在颇有贵族气派的名字——弗朗西斯•玛丽•伏尔泰，而原先的名字却是平民味儿十足。

伏尔泰先是在一所耶稣会的学校里读书，后来又去攻读法律——在父亲眼里，这是成为上等人不可缺少的教育。但是这并不对伏尔泰的心思。

年轻人血气方刚，加上文学趣味与诗人气质的骚扰，更使他整天激动不安。

过剩的精力与激情，使伏尔泰偶尔写点消遣的小玩意儿——诙谐的小故事，或为朋友们所读的文学作品。

此后，伏尔泰的教父，出任法国驻荷兰的大使，伏尔泰作为随员。由于与一个姑娘恋爱没有成功，他被遣返回巴黎。

此时，欧洲近代史上波澜壮阔的一场资产阶级思想革命即将兴起。浪潮到来之前的气息，引起了这位涉世未深的小伙子的注意。他的嗅觉一生都很敏感，能准确分辨出巴黎思想界的各种政治气味。

他试着写几首讽刺短诗，对统治者说了些不恭的话。

耳朵并没有失灵的统治者，岂能让伏尔泰占到便宜。不久，伏尔泰被关到巴士底狱，11 个月后伏尔泰才见到阳光，并从怀里掏出了在监狱中诞生的《俄狄浦斯王》——他的第一部悲剧。这部剧上演后，为伏尔泰赢得了“法兰西最优秀诗人”的美誉。

由于伏尔泰对一个“古老而又无用”的贵族开了几句玩笑，竟遭到了贵族仆人们的殴打，没等伏尔泰出口气，接着就被再次送进了巴士底狱。后来伏尔泰被逐出法国，不得不流亡英国。

当时的英国吸引了伏尔泰，这位思想家思考着异国的政治、哲学、宗教等方方面面，对于洛克经验论的“高见”，他产生了浓厚的兴趣。

在英国待了三年之后，伏尔泰的思考有了新的深度，《哲学通信》——他一生最主要的哲学著作，是他在茫茫雾都思考出来的。1729 年，他带着这部著作回到巴黎。

然而，《哲学通信》的出版，又让他失去了在巴黎居住的资格，巴黎总容不下这位乐观、俏皮的思想家。

无奈，伏尔泰只好又去了一个边远小城西雷住下，并因祸得福，他得到了十五年的安静。伏尔泰在这个小城里，写出了哲学、文学等方面的大量作品，如《形而上学论》《牛顿哲学原理》等等。

此后，他又在另一个法国与瑞士交界的僻静处所不停地用鹅毛笔在纸上倾吐着自己的情感和思想。

二

“人性、自由、平等”，伏尔泰开口必从这些字眼开始。作为启蒙思想家，他的哲学思考都为此服务。

“平等既是一件最自然不过的事情，同时也是最荒诞不经的事情”，伏尔泰为这句费解的话解释着。

上帝赋予每一个人的生存能力和权利，这是平等的；人可以依据自己的意愿去行动，这是自由的。

自由、平等显然是人的自然权利或“天然能力”。

可人的各种需要使人生来有贪婪、好逸恶劳的倾向，有剥削、奴役别人的愿望，于是，实际上人就不可能平等。

上帝创造了人，就让人过社会生活，法律必不可少，否则，整个人类社会就不可收拾了。

想到平等将带来种种“恶果”，他忧心忡忡，所以他一口咬定，社会上的贫与富的不平等是合理的、永恒的。

若仅仅表达这些，伏尔泰不会赢得人们的爱戴。

他要定的法律，不是封建统治者的专横，而是合乎理性的。在新制定的法律中，人们有人身自由，不用担心三更半夜被从妻子的怀抱中拖出去关进城堡，人们有向国家提出意见的自由，而不是稍有微词，便被流放。伏尔泰一生漂泊，对这一条自由据理力争。

对于暴政，伏尔泰咬牙切齿。

“所谓暴君，是指除了自己的私意以外不知法律，侵夺臣民财产，然后把臣民编为军队侵夺邻国财产的主权者。”而且，若干人的暴政比单独一人的暴政更可恶。一个暴君，叩一次头就行了，一百个暴君，就得叩一百次头。伏尔泰觉得：“如果一个人没有非常柔软的膝盖的话，长久则会非常讨厌。”

三

伏尔泰是哲学王国里的幽默大师，他用笑声粉碎了世界的虚伪和无聊，撕下了那个时代的假面具。他说：“为了不让自己发疯，我要大笑。”

伏尔泰的笑声极具穿透力和煽动性。他把哭当成了尖刀直接刺向神圣——宗教和教会。他直言不讳地指出，基督教就是建立在“最下流的无赖编造出来的最卑鄙的谎话”基础之上的，宗教迷信的原因正是由于人们的无知和僧侣的欺骗。他要用理性之火照亮人们的心灵之路，同愚昧黑暗的宗教势力抗争。他情绪激动地冲着僧侣吼道："你们曾经利用过无知、迷信、疯狂的时代，来剥夺我们的地产，把我们践踏在你们的脚下，用苦命人的脂膏把自己养得肥头大耳。现在你们发抖吧，理性的日子来到了。"

伏尔泰揭露教会，讽刺暴政，是为了唤醒被蒙骗了的人民，他是法国启蒙运动的旗手，他肩负着结束黑暗统治的使命。在他看来，以平等、自由和财产为基础的社会秩序才是最公正的。"在我们这个不幸的星球上，生活在社会之中的人们不可能不分成两个阶级：一个是支配人的富人阶级；另一个是服侍人的穷人阶级。"所以，"平等既是一件最自然不过的事，同时也是最荒诞不经的事。"那怎么办呢？伏尔泰认为必须通过法律来解决，即各种不同身份的人都需得到法律的平等保护。

伏尔泰一生写下了许多剧本故事，却是一位哲学家。他把真理包裹在笑的夹层里，让人笑着思考、笑着觉醒。

据说，直到最后，哲学家还是用玩笑告别了人世。在他弥留之际，牧师的出现似乎让他很不爽。他问道："牧师先生，是谁派你来的？"牧师回答："是上帝派我来的，先生！""是吗，你能把证件拿给我看看吗？"伏尔泰取笑道。

休谟

一

休谟，为人随和，喜欢交往，“我这个人秉性温和，克制脾气，性情开朗，乐交游而愉快；可以眷爱，但几乎不能有仇恨”。休谟的自我评价和同时代人对他的印象基本一致。

想必，他这个人要比他的理论更容易让人亲近和接受。

这位怀疑论者对自己的朋友从不怀疑。他不仅和亚当•斯密关系密切，而且同狄德罗、爱尔维修、卢梭都有过密切的交往。虽然他和卢梭后来不欢而散，但在这份感情上，休谟倒表现得忍让可佩，但是患有被害妄想症的卢梭坚持一刀两断。

大卫•休谟出生于苏格兰。2 岁时，父亲——一个律师死了，母亲把他培养成人。

他本想继承父业，攻读法律，可“在我约 18 岁的时候，一个新的思想天地展现在我的眼前，它使我激动万分，使我凭着年轻人常有的热情，抛弃了其他一切爱好和事务，全力从事于此。我对原来打算从事的法律讨厌至极，我想除了当学者和哲学家之外，没有别的途径能使我在这个世界上开拓伟大前程”。

看来，休谟兴奋地选择了哲学事业，并在开始的一段时期内，刻苦发奋，最后搞得形如枯槁，大病一场。

休谟 28 岁时，把他的著名的《人性论》的前两卷奉献给了读者。

这位生性快活乐天的青年，正幻想着人们对于这部充满着不合时宜的论点的著作的强烈反应，并跃跃欲试地准备反驳种种可能的责难和非议。

然而，令休谟大失所望的是，当时并没有人理会这部出于无名之辈之手的著作。

“它从印刷机器一生出来就死了，它无声无息，甚至在狂热者中也不曾激起一些怨言来。”休谟的这几句话似乎已带着哭腔。

还好，他并没有就此灰心而撒手。

相反，他攒足了勇气、胆量，把《人性论》第一卷删减、修订为《人类理解研究》。

二

“我们的一切观念都来自感觉”，对于这句话我们并不陌生。实际上这是休谟重复洛克的说法。

贝克莱的唯心经验，给休谟留下了深刻的印象，但他又对前者的学说不满意，认为它既肤浅，又不能自圆其说。

改变这种状况，批判与吸取是发展理论的积极态度。

休谟与贝克莱在同一起点上起步——感觉。相信感性知觉是认识的唯一对象。

休谟把“感性知觉”分为两类：印象与观念。

印象是最强烈、最活跃的知觉，是一切思想的来源和材料。

观念则是原有的感觉印象在记忆和想象中的再现。这是第二类知觉，它是在反省感觉印象时我们所意识到的一些较不活跃的知觉。

印象是观念的原本，观念则是印象的摹本、映象，并且这个映象还是暗淡的。

每个人都不难辨认，当一个人感觉到灼热的烫痛或温暖的舒适时，和当他事后在记忆中重新唤起这种感觉或在想象中预感到这种感觉时，在心灵的这两种知觉之间，是有很大差别的。回忆和想象虽然能摹写这些感性知觉，但是远不能完全达到原来的感觉那么有生气和有力量。

一个正在发怒的人与一个想要发怒的人在态度上是很不同的。如果你告诉我有人沉溺于恋爱之中，我很容易了解你所说的是什么意思，并且对这个人所处的境况形成一个正确的概念，但是我们绝不可能将这种概念与这个人在恋爱中的实际上的神魂颠倒等同起来。

最生动活泼的思想，还是抵不上最迟钝的感觉。

通信的文字，生动地表达了休谟的思想。他认为，人的思想看起来无限自由，实际上永远限制于感性知觉的范围之内。

人的精神所具有的创造力量，不外乎是将感官和经验提供给我们的材料加以联系、置换、扩大或缩小而已。

当我们想到金山的时候，我们只是将已经熟知的“金”和“山”这两个合理的观念连缀起来。

那么不由自主地产生了这样一个问题：这些感性知觉是从哪里来的？

来自外物？从心灵来？上帝赋予的或是我们未知的原因？休谟摸起了脑袋，这个问题无法解决。

休谟最终采取拒绝回答的态度，即存疑的态度。他称之为“温和怀疑论”。

他走到了“不可知论”的死胡同里，这个方向，不可能再往前进。

对于唯物主义的因果性、规律性，休谟并不赞同。他认为因果性只是“习惯的联想”。

因果性基于经验。

休谟开导我们，在自然界所见到的只是一个现象跟随另一个现象之后而产生。当我们对这种现象观察多了，就形成了一种习惯。以后再见到某一种现象时就联想到另一个现象，并且相信另一个现象一定会随后出现。

他让人们相信，这是因果观念形成的根源和全部内容。因为，前提是休谟否认了自然界的规律性联系。“必然联系”，这种观念只是“心灵的习惯”。

当然，休谟并没有贬低习惯，他肯定地说“习惯是人生的伟大指南”。

三

《人类理解研究》的问世，使休谟在学术界崭露头角，名声日增。

此后，他除了改写《人性论》的第三卷《道德原理研究》，兴趣又转移到政治、经济、历史等方面。

他写下了《政治论》，并在政治、经济等领域里，成了“一位值得尊重的人物”（马克思语）。

在历史研究上，他花了大量的精力，写了洋洋四卷的《英国史》，由于他坚持用历史事实说明他的哲学思想，于是，唯心主义史观是属于他的。

这部历史有很多缺陷，不仅体现于整个历史观上，在一些具体的史实上也有漏洞。并且因为后者，该书在出版时，就遭到了来自四面八方的责难，这出乎意料，但尽管这样，它还是一部有价值的历史著作，并不只是“热衷于证明苏格兰人优于英格兰人”。

消化思想与消化食物完全是两回事，休谟在后者的能力更差一些，他肠胃不好，晚年病情恶化，1776 年 8 月病逝。

休谟的哲学比较特殊，它“在历史上所受到的重视有过于它本身的价值，它的历史意义在于：真正说来，康德哲学是以它为出发点的”，黑格尔说。

他的哲学“对也好，错也好，代表着 18 世纪重要的精神财产”，罗素说。

“休谟的怀疑论今天仍然是英国一切非宗教哲学思想的形式……这种怀疑论的实践完全重复着法国的唯物主义。”恩格斯说。

“研究哲学对某种气质的人来说是个惬意的消磨时间的方法，除此以外，没有研究它的理由。”休谟常说。

“休谟……”后人常说。

卢梭

虽然卢梭作为一位哲学家，并没有解决以往哲学家几乎都必须涉及或回答的所谓标准的哲学问题，但他思考的确是“时代的精神”，因此，即便是他的思考或思维方式与历史上的哲学家们习惯的方式有些格格不入，“是从人的情感来推判人类范围以外的事实”，“透过朦胧感伤的泪水观察世界”，他依然撼动了人心灵深处的每一根细微的神经。

“同时代的人被他的思想打动了，也掏出手帕加入了流泪的行列。”

卢梭情感丰富的思想，启发了一个时代，影响了差不多整个世界。

一

时至今日，仍然脍炙人口的《忏悔录》使卢梭的家史、生平甚至隐私都暴露无遗。

《忏悔录》无疑吸引了读者的视线、兴趣，同时也为传记作者增加了杜撰逸事的难度。

让•雅克•卢梭，1712年诞生于日内瓦。父亲是个钟表匠，整天为他人能更加准确地计算岁月的流逝，以及为一家老小的一口饭而忙碌着。严峻的生活，使卢梭过早地步入社会——乌烟瘴气的染缸之中，这位贫家子弟，财产匮乏却感情丰富。

生活坎坷对他的影响，却不比感情上的波折对他的刺激更大。

他憎恨他不得不从事的种种诸如学徒、店员、仆从等职业，却疼爱着一个又一个在常人看来根本是不可思议的、年龄相差悬殊的贵妇人。

华伦夫人，使卢梭进入到一个新的世界，在这位比他大好多岁的妇人身上，卢梭尝到了男人对于女人的一次胜利。

最后和他终生同居的是旅馆的用人，这件事情更令人费解，因为她“又丑又无知”，是个文盲，甚至不晓得十二个月份的名称，不会数钱。她的母亲又贪得无厌，两个人一同把卢梭及他的全体朋友们当作财源来利用。

罗素对此大惑不解，认为卢梭之所以能亲近她，是因为只有与她相比，卢梭才有优越感。她是彻底依赖卢梭的。“他与大人物为伍总不自在，从心底喜欢贪财愚蠢的人。”

他爱女人，更爱人类。

终生漂泊的流浪生活，使卢梭尝够了出身低下者所受到的种种侮辱与辛酸，他同情自己，更同情别人。

他的眼泪不是顾影自怜时落下的，资本主义的繁荣是以手工业者和小资产阶级的破产和倒闭为代价换来的。

贫穷与巨富的强烈反差，直刺他的眼睛。

富人甚至金钱，一直是卢梭厌恶、憎恨以致不共戴天的东西。

晚年，他对于国王支付的养老金嗤之以鼻，拒绝领取，宁愿以抄写乐谱的微薄收入延续生命。

在这件事情上，感情脆弱的卢梭变得意志坚强。“卢梭不断避免向现存政权作任何即使是表面上的妥协”，马克思评论道。

二

挖掘“人类不平等”的根子，并开拓平等自由的光明大道，是卢梭一生的夙愿。《论人类不平等的起源和基础》这篇代表作，凝结了他艰苦挖掘与开拓的汗水和智慧。

“人生来是自由的，可无所不在枷锁之中。”那种自以为当主子的人，反倒比别人更是奴才。

自由是人的本性——卢梭进一步启蒙着被他的声音惊得目瞪口呆的人民。

“这种人人共有的自由，是人的本性的结果”，人的第一条法则是维护自己的生存，人最先关怀的是他自己；人一达到理性的年龄，单凭自己来判别适于自保的手段，从而成为自由的主宰。

面对着自由不敢触及、争取的人们，卢梭在激励着：“放弃自己的自由，就是放弃自己做人的资格，放弃人的权利，甚至放弃了自己的义务。”这样，人则一无所有，所以，卢梭急切地想使每个人意识到这个严重性，“一个人放弃了一切，是不可能有任何东西作补偿的”。

对于强者，卢梭愤愤不平。

“强者，也不会强到永远当主子，除非他使自己的暴力转化为权力，使屈服转化为义务。”然而，“暴力并不产生权利，我们有义务服从的只是合法的权力”。

人们不自由也就是不平等，而不平等就必定要不自由。

要想自由，要想恢复人的天性，就得平等。

卢梭把挖掘出来的“不平等”的根子展示给人们。

卢梭躲在森林深处经过冥思苦想后，差不多绘声绘色地揭示了不平等产生的过程或者是故事。

人之初的时候，人类处于自然状态，卢梭把这些人称为孤独的自然人。他们没有语言、住所等现代人的一切。只有现实人类缺乏的自由和平等。因此，也就不可能有“你的”“我的”这些在卢梭那里“不中听”的古怪念头，那时候的人们，既不善也不恶。

“一次可悲的革命，带来了冶金术和农耕”，还有该诅咒的私有制，打破了人的自然状态。因此，卢梭对于科学技术从未说过好话——他最早是因为论证“科学与艺术是道德的罪恶敌人”而名声大振的。

“而有了生产技术的提高，体力、智力的不平等导致了收获的不平均。体力强壮、智力发达者有了财富，与此相反，弱者、愚人无法维持生计。”接着，又出一个人“把一块土地圈起来说这是我的，而且找到了一些头脑十分简单的人，居然相信了他的话”，结果，这个骗子竟成了“文明社会的真正奠基者”。

“文明社会”并不文明（卢梭用这两个字时，只是指当时的社会状态）。

“自从私有制出现以后”，卢梭显然有些悲哀，为我们描绘了一个可怕的现实：“奸诈虚伪”、“专横冷漠”、阴险、嫉妒、竞争倾轧等等。

“这一切灾祸，都是私有财产的第一个后果，同时也就是新产生的不平等的必然产物。”

而且，“在富人方面，他们已认识到统治的快乐，便抛弃一切其他的快乐……他们好像饿狼一样，尝过了一次人肉以后，便厌弃一切别的事物，只想吃人了”。

于是，穷人为了生存，就得向富人抢劫。这必然酿成战争。

富人们毕竟有头脑，他们清楚地意识到了问题的严重性，于是他们向穷人建议说：“咱们联系起来吧，好保障弱者不受压迫，约束有野心的人，保证每个人都能占有属于第一次的东西。”

而穷人们并未汲取以前受骗的教训，又一次相信了富人的话。于是，傻乎乎地与富人订了契约，建立了富人统治穷人的国家政权。

穷人还是愚蠢的，在这个“新”国家里，他们连契约上的权利都没得到，反而处境不如从前。

政府腐败，权力专制，法律也不起作用了。结果是只有暴君，而暴君竟把国家作为自己的私有财产，这一下人民彻底失去了一切，包括自身。

卢梭把这幅可怕的图景展现在人们的面前，但是他自己没有绝望，最后，他为恐惧不安、心惊肉跳的读者留下了一条“光明”的路：

“还是订立一个契约，但这个契约的内容是民主共和国。”

不论富人和穷人，都把自己的一切交给集体，怕富人不接受，卢梭建议，人们从集体中获得的是与交给集体财富等价的权利。

国家与法律是全体成员的最高永恒的意志。它可以维持“公共幸福”“公共利益”，于是，这里人人都是自由平等的。

诸如此类，卢梭兴奋地运用了一大堆美好的形容词，表达眼中的幻象。

三

卢梭曾把这部慷慨激昂的大作《论人类不平等的起源和基础》送给伏尔泰，伏尔泰的反应却大出所料：“我收到了你的反人类的新书，谢谢你。在使我们都变得愚蠢的计划上面运用这般聪明灵巧，还是未有过的事。读尊著，人一心希望四脚走路，但是，由于我已经把那种习惯丢了六十多年，我很不幸，感到不可能再把它捡回来了。”这无疑是向卢梭的脸上吐唾沫。但他们闹僵还是以后的事情。

最后，伏尔泰把卢梭说成疯子（当然，以后不仅一个人这么看卢梭），而卢梭也反唇相讥，说伏尔泰“令人作呕”。

当然，这部著作并不像伏尔泰说的那么糟糕，它在人类思想史上还是光辉的。他在探求人类自由、平等的道路上，比孟德斯鸠、伏尔泰更进了一步，影响也超过了后者，不论在当时还是以后。

恩格斯在提到《论人类不平等的起源和基础》时，把它称为“辩证法的杰作”。

四

其实，卢梭的成名作是一篇诅咒科学与艺术的标新立异的论文，是在他发表《论人类不平等的起源与基础》之前。

在这篇论文中，他认为“科学与美德势不两立，而且一切科学的起源都卑鄙。天文学出于占星术的迷信；雄辩术出于野心；几何学出于贪婪；物理学出于无聊的好奇；连伦理学也源于人类的自尊；教育和印刷术可悲可叹……文明人有别于未开化野蛮人的一切一切全是祸患”。

“卢梭既然凭这篇论文获得了奖金，骤而成名，便照着论文中的处世方法生活起来。他采取了朴素生活，把表卖掉，说他不再需要知道时刻了。”

这篇论文在给他带来奖金的同时，也带来了讥讽甚至谩骂。然而，这些并没有给卢梭造成多大妨碍，他的另一部书——小说《爱弥儿》的问世，却给他带来了不幸。

当局查禁了《爱弥儿》，并要逮捕卢梭。卢梭不得不逃到瑞士，但瑞士并不接受这位思想家，只好又逃到普鲁士，后来到了英国，好心的休谟帮助了他。当时，《忏悔录》已经开始写作，但由于卢梭“疯长的敏感”，两位哲学家不得不分手。

1770年，卢梭在法国政府解除通缉令后回国。

在他有了一大批狂热的崇拜者后，老人开始过着隐居的生活。他为人类的自由平等奔波过，现在却怀疑一切人了。

他相信自己关于人类自由平等的学说，却不相信周围的人。

他独自“忏悔着”，剖析自己内心的世界——思想与情感。“他乐于自表为大罪人，往往在这方面渲染”，罗素揭了这个短处。但是《忏悔录》却是人类文学宝库中的稀世珍品，“一首世界文学中最美的诗”。时至今日，仍然有诱人的魅力。

1778 年，卢梭孤独地死亡，留下了未完成的《一个孤独散步者的遐思》。

康德

康德几乎是乏味、枯燥、晦涩、抽象等的代名词和同义语。这些词汇不仅用于评价他的思想，也完全可以概括他的日常生活。

诗人海涅说得很干脆：康德根本就没有生平，也没有历史，就像一张枯燥的牛皮纸。

然而，这位一生没走出家乡小镇的抽象人物凭借他脑海里产生的艰深思想影响了整个世界。人们围绕着他实际生活的一片空白撰写出无数本内容丰富的生平传记。

一

1724 年 4 月 22 日，伊曼纽尔•康德降生于哥尼斯堡。今天看来，那一年幸亏康德来到了人间，否则“1724 年，在人类史上没有什么重大意义”。同一年的另一件大事是“波斯国王穆罕默德精神失常，下令屠杀伊斯法罕的所有居民”。

康德的父亲是一位小手工业者，专门制作马具，算是个手艺人。生活虽不富裕，但吃穿无忧，且信仰基督教，属于敬虔派，倡导“心灵的宗教”，教徒之间关系密切。

八岁时，康德入敬虔会主办的腓特烈中学，在“狂热者的严格管教之下”读书。表面上看，康德的中学时代是一个听话守纪的好学生，但其内心深处都充满了对其所学教育的反感和抵触。“整个的学校弥漫着压抑和机械刻板的气氛……，使人丧失独立思考的勇气。”康德常用“虚伪、奴性和傲慢”三个字眼忤逆自己的中学。他说：“许多人认为少年时期是黄金岁月，但这或许是个错觉。那是最难受的时期，有令人喘不过气的纪律，朋友寥寥无几，自由则更难得。”尤其是校方要求学生定期撰写自省材料，向训导人员报告自己“灵魂的状况”，以期达到“意志顺服”。这使得康德很不舒服。后来他曾反思道，这种自我内省、自我观察、自我剖析、自我数落的做法“可能导致狂热思想甚至是精神异常”。

还好，康德经过了几年的“痛苦呻吟”，精神并没有明显的异常变化。他就近入读了哥尼斯堡大学。

二

哥尼斯堡当时不足 5 万人口，是东普鲁士的首府，号称是最具普鲁士精神的城市。在康德看来，它是“一个大城市，是帝国的中心点……可以视为拓展对人的见识与世界视野的好地方，虽不远行亦能知天下事”。基于这种对自己家乡的过高估价，他选择了当地唯一的大学——哥尼斯堡大学继续拓展自己的“世界视野”。

与中学相比，大学多了许多前所未有的自由，至少“再也没有人可以强迫他在自己的灵魂深处探索罪恶”了。

大学期间，康德十分节俭，既“不喝酒也不打架”，据考证，喝酒打架是 18 世纪德国大学生的家常便饭。

“康德外表严肃，不苟言笑。他虽然有幽默感，但不是其他学生所习惯的那一种……他的笑话对大部分同学来说都过于难以捉摸……甚至到了晚年，他的幽默依然是‘干’的，他的玩笑很难懂，而且是板着面孔贡献出来的。”当然，康德有时也喜欢玩，“台球是他唯一的娱乐”，他还能打一手好牌。

康德最喜欢上哲学课，许多同学都有此爱好。哲学系共有二十八位正教授和几位副教授与讲师，开设的课程包括希腊文、希伯来文、修辞学、历史、逻辑、形而上学、实用哲学、数学与物理学等等。康德表现出了强烈的求知欲，他兴趣广泛，对哲学、神学和自然科学中的许多问题均有所涉猎，甚至一度迷上了天文学并对彗星情有独钟。

经过八年的大学求学生涯，康德于 1748 年毕业，他不得不自己谋生。他选择了家教——做家庭教师或“伴读”，这个职业和一般佣人的地位差不多。

康德曾自我评价说自己可能是史上最差的家庭教师。六年之后，他开始准备硕士论文，并下定决心要在自己的母校谋一份工作。1755 年 4 月，康德提交了《简述几个关于火的思考》一文，两个月后，获得了硕士学位，名声也逐渐“火”了起来。

拥有了硕士学位和讲师资格，康德便开始“租”教室讲课。按照学校的规矩，讲师上课要用自己的房间或租来的讲堂进行，学校并不提供所需场所和讲课报酬。学生们按钟点儿缴费，教师的收入完全依赖学生听众的数量。

康德的讲课效果不错，尽管他不像其他教师那样经常讲一些低俗的笑话活跃气氛，但时而也会冒出几句冷笑话，学生笑了，他自己都从来不笑，也搞不清笑点在哪里。

三

康德的一生基本上是在课堂和居室里度过的。但他也有朋友间的交往，其中也出现过女性。

有人曾为他的眼睛而着迷:“康德的眼睛像是苍穹中的以太做的，心灵深处的凝视，仿佛穿透了薄云，温润地闪烁发光。”这位身高仅为一米五七的小个子男人，长着金色头发，虽然偶尔哮喘，呼吸不畅，但谈吐举止却显得十分优雅，着装穿戴也十分讲究。

随着名气的增大，有许多上流社会的人士慕名向他求教，包括公爵、军官、商人、银行家等等。他甚至长期与凯泽林克女伯爵来往密切，这位比康德小三岁的女伯爵对他宠爱有加，经常邀请他参加聚会，并请他坐在最尊贵的位子上。康德对女伯爵的赏识报以同样的感激，称她为“女性中的碧玉”。令人遗憾的是，尽管交往时间很长，但他们之间并没有发生两性间进一步的亲密关系。

康德曾有过与某位相貌与修养俱佳的年轻寡妇共同生活的愿望，但他“仔细计算了自己的收入与开支”，终于退却了。这种情况不止一次发生过，都因为康德的犹豫迟疑而错过了机会。后来康德曾自嘲过：当我需要女人的时候，我养不起。在我能养得起的时候，却不需要女人了。据说他还给婚姻定了个十分生猛的定义："婚姻就是生殖器的相互利用"。

他晚年自我辩解道："每当想起这个世界上有某位女人因为没嫁给我而幸福地生活着，我便感到莫大的安慰！"

四

排除了情感的冲击和婚姻的羁绊，康德只剩下了纯粹的精神活动。他的思想历程与生活历程完全合二为一了。思考就是散步，散步也是思考。当地居民都熟悉这位哲学家刻板而机械的生活节奏，会根据他散步经过的某处时间校对钟表。

康德思考的成果主要体现在"三大批判"之中，即《纯粹理性批判》《实践理性批判》和《判断力批判》。这三部大书，堪称哲学巨著，奠定了康德荣登当代最伟大哲学家榜首的崇高地位。而此后的德国哲学，基本上都可以视为是康德哲学的注脚。

很难能用通俗而简洁的话语来概括和转述康德博大精深的哲学思想，它的深邃与晦涩，丰富与枯燥是相伴而生的。只有砸开坚硬的外壳才能吸吮它的甘美的浆汁。但一个未受过严格哲学训练的人，根本就无法敲开它那厚硬的包裹。

在康德 57 岁才完成的《纯粹理性批判》一书中，他的野心是想让哲学第一次成为真正科学的哲学，而要实现这一目标，哲学必须来一场惊心动魄的革命，"使各种相互对立的哲学派别结合在一个体系中”。

在康德看来，我们的一切知识的确始于经验，但这未能判定它们源于经验。因此，要有先天与后天之分。先天知识是独立于一切经验的知识，具有必然性和普遍性。除先天知识之外，还有后天知识，也就是源于经验的知识。

有人讲，康德的批判哲学旨在回答哲学中始终非常重要的三个问题:“我可以知道什么？”“我应该做什么？”“我可以希望什么？”《纯粹理性批判》处理的是第一个问题，即“我可以知道什么？”

在接下来的两部重要著作——《道德形而上学的基础》和《实践理性批判》中，康德进一步艰难而又雄辩地阐发了他的伦理道德思想。他认为，唯一能够无限制地成为善的，只有善良意志。追求幸福就等于善良的意志，人的本能就能实现这个目的。善的意志并不因为它达成的东西而善，它就自身而言是善的，他说：“道德和能够具有道德的人性是唯一具有尊严的。工作中的技能和勤奋具有一种市场价格；机智、活跃的想象力和情结具有一种鉴赏价格；与此相反，出自原理（不是出自本能）的信守承诺、仁爱具有一种内在价值。”

至于《判断力批判》主要探讨了“审美的判断力”和“目的论的判断力”。若把“三大批判”用一个字概括的话，即分别阐述了“真”“善”“美”问题。

五

1799 年，75 岁高龄的康德发表了最后一篇文章并从此告别了哲学讲坛。他再次声明“我的《批判》必须逐字逐句去了解……”，显然，他那一套艰深晦涩的哲学思考让同时代的许多同行们感到头疼，且引起了理解上的分歧。

老年康德，德高望重，闻名遐弥。一些社会名流和学者慕名而至，或听其讲课或与其聊天或向其求教，都以能亲眼看见这位哲学大师的尊颜或亲耳聆听其教诲而自觉荣幸。

康德年过七十，仍思维敏捷、谈吐清晰，他甚至比年轻时显得更优雅从容、风趣幽默。他胸怀更大的抱负，对宗教、自然科学、历史、人类学等的诸多疑难问题都给予了最后的关注，并对法国大革命感到振奋，“因为我看到了世界的荣光”。

在生命的最后几年，这位拥有人类历史最伟大心灵的矮小哲学家，肌肉日渐萎缩，牙齿已经掉光，大小便困难，记忆力极度衰退，连身边的人也认不出来了，谈话无法连贯，“似乎已经完全失去了理性的气息”。

有段时间，“他活在世界上仅存的乐趣之一是观察一只鸟”，当这只鸟离他而去飞向远方时，他十分沮丧。

1844 年 2 月 12 日，康德宁静地离开了人世，没有任何痛苦的挣扎表现。他在半昏迷状态吐出了三个字：“这很好！”

康德临死前十个月，曾在记事本上写下了这句话：“圣经的说法，人的一生有七十年，最多八十年。如果它甜美的话，那是因为工作与辛劳。”

第三辑 在人间

父爱高于山

一

爸爸已满 70 岁了，他的五个儿子中已经有三个过了不惑之年。两个小儿子也早已做了父亲。

他初为人父时的年龄显然比我们要小得多。他的大儿子（我的大哥）已年届半百。换句话说，他老人家已经做了半个世纪的父亲了。此时此刻，在爸爸 70 岁生日的时候，我的耳边总萦绕着一曲熟悉的旋律，那是我读大学时流行的一首台湾歌曲，叫作《酒干倘卖无》："多么熟悉的声音，从来就不需要想起，永远也不会忘记。没有天哪有地，没有地哪有家，没有家哪有你，没有你哪有我……"

其实这首歌的内容与我的父亲并不搭界，他从未卖过酒瓶子。

父亲生于大连，原本是城里人。小时候曾在日本人开办的学校里读了四年书。他 11 岁那年，我的奶奶患上了肺结核（当时叫痨病），由于青霉素尚未用于临床，肺结核属于不治之症。为了延续生命，根据医生的建议，爷爷辞去了邮局里的公职，陪着奶奶，带着我的父亲举家迁往乡下，到那里去呼吸新鲜空气。

这种无可奈何听天由命的自然疗法，竟使我奶奶奇迹般地起死回生了。她一直活到了七十多岁，最后死于肝癌。

作为长子，我父亲从此当了很长一段时间的农民。乡下的空气好，但粮食少。奶奶靠着新鲜空气养好了肺，父亲却因为缺乏足够的食物而饿坏了胃。我父亲从刚到农村时的水土不服，发展到了胃吐酸水，并落下了干咳的毛病，一直咳到今天。

二

咳嗽归咳嗽，这似乎没有影响父亲的发育。

父亲身高一米八〇，年轻时是方圆几十里有名的美男子。从父亲年轻时的黑白照片上看，他的确是英俊、帅气的。眉、眼、鼻、嘴搭配得和谐端正，符合公认的审美标准，是几代男影星都难以企及的。可惜的是我们这些做儿子的，未能弘扬他的相貌。我们长得更像母亲。

母亲嫁给父亲时才 17 岁。她是一位从小失去母亲的穷山沟里的丫头。母亲没念过书，也未曾接受过良好的家庭教育，且性格倔强，这就注定了父母婚姻的不和谐。

父母之间打架是家常便饭。至少我和两个哥哥是在“战斗中成长的”。两个弟弟差不多也是如此，只是随着爷爷奶奶的去世和父母年龄的增大，他们之间战争的激烈程度和发生频率有所减轻和减少。

我至今仍然认为，爸爸和妈妈之间的矛盾，主要责任在于妈妈。当然这是历史问题了，现在早已不存在了。退休以后，父亲对母亲格外好，好得像新婚夫妇似的。因为妈妈的身体很糟糕，生活需要照顾，这个重任便责无旁贷地压给了父亲。

三

据说爸爸年轻时当过农业合作社的社长，年仅 18 岁。后来他还当过生产队队长、农业中学的老师，教过体育，也教过语文。

20 世纪 70 年代初，当地的盐场招收一批农民合同工，父亲去了那里做“盐工”。盐工的工作属于常人难以忍受的重体力劳动。一耙子盐超过三百斤，耙盐堆盐全靠人工。赶上下雨天，要把池子里的盐收上来，一干就是一整夜。因此，盐工被当地人称为“盐驴子”。

盐场离家有十几里地远，父亲每天步行上班，起早贪黑从不误工。那时家里条件差，不光没油水，连玉米饼子都不管饱。他带饭上班，其实就是用玉米饼子蘸着咸盐充饥，那样就可以多喝水，能把肚子撑起来。

不管有多累，他一回到家还要挑起水桶给园子里的土豆浇水，家里有三铺炕大的一块自留地，那是弥补全家粮食不足的唯一希望。他盼望着土豆能长得大一点，就使劲地浇水，宁肯自己累死，也不能让孩子们饿死。

四

同一批招进盐场的几十个农民工半年就跑光了，只剩下父亲一个人。他不怕累，只要能一个月比在生产队多挣四块钱就满足了。他坚持住了，一直坚持到成为正式工，直至退休。

父亲极端孝顺，对爷爷奶奶毕恭毕敬言听计从。如果家里仅剩下一块饼子，他会把它掰开，大半留给爷爷奶奶，小半分给五个孩子，手上沾的渣渣留给母亲，他从来不饿，越是没东西吃他越不饿。他三天不吃饭还会在孩子们面前打饱嗝。

叔叔大学毕业后分配在兰州工作。他每月给爷爷奶奶寄来二十块钱，这对于乡下人来讲，是一笔很大的款项。这个钱是为两位老人增加营养和治病用的，别人休想打一分钱的主意。家家户户连稀饭都喝不饱的情况下，我的爷爷奶奶还能保证每天早晨喝碗点心水（饼干、核桃酥、蛋糕用开水泡）或喝碗牛奶，这在当时的乡下人看来无异于毛主席的生活。

如果把买点心钱省下一点就能买更多的苞米面，这样孩子们就能多吃顿饱饭，这是非常简单的道理，但我父亲绝不做这情理之中的事情。我们不仅不敢去碰爷爷奶奶点心匣子里的饼干，就连舔一口他们喝完了的空碗，甚至在爷爷奶奶吃饭时去盯着看都会遭到暴打。因为那样爷爷奶奶就会可怜孙子们而咽不下去饭的。所以，爷爷奶奶一直是单独一个饭桌。我们从不上桌与爷爷奶奶一道吃饭。

五

我 10 岁时，奶奶去世了。三年以后爷爷也离开了人间。

奶奶是腊月走的，天寒地冻。老太太一辈子性情刚烈，连下葬时墓穴都是用炸药崩开的，镐头根本刨不动。地是爸爸选的，他说老太太喜欢敞亮，奶奶背北面南地斜靠着山坡躺着，眺望远处的大海。

奶奶走了，父亲悲痛欲绝。我曾几次看到他偷偷一个人躲在屋里哭。他跟姑姑说，咱妈没了，下一拨该轮到我们啦！

爷爷咽气前，是爸爸给换的寿衣。按照风俗，要在弥留之际穿上新衣。爷爷当时身体是软的，爸爸生怕他难受，小心而又麻利地把爷爷的胳膊伸到袖子里，他一边流泪，一边叹气，跟傻愣愣地站在边上的我们说："等我到了这一天，你们别讲这些规矩了。等我咽了气你们再给我穿衣！"

爷爷奶奶弥留之际我们都在场，这是难得的死亡教育。从侍候病人，到守灵、送葬，我都全过程参与了。

六

父亲 32 岁到盐场至 60 岁退休，一直没有离开那里。

他从一名合同制农民工转为正式职工，又从一名普通职工成长为一名干部。他做过分场的场长，最后从总场办公室主任的位置退了下来。

父亲能写。先是在班组，后来到分场、总场宣传部，他写了许多通讯报道、经验介绍、工作总结和领导讲话，是盐场有名的"笔杆子"。

父亲喜欢音乐。由拉二胡改拉小提琴，自嘲总带着二胡的味道。退休后，他每天练琴四五个小时以上，现已坚持了十年。据说水平大有长进，熟识他的人能从演奏的曲子里了解他的为人和人生思考。

可惜我对小提琴一窍不通，因而失去了从音乐的角度理解父亲内心世界的机会。

父亲多才多艺，还编过剧，谱过曲。现在还经常在社区的活动站里教老头老太太们唱歌，每年居民小区参加街道的合唱比赛时，他还上台指挥，至少得过三个脸盆和八条毛巾的奖赏。

七

父亲一直是为父母和孩子们活着。

他面子窄，平时很少求人，但为了孩子他能豁出命来。大哥中学毕业后回生产队干活，才 17 岁。农村活儿苦，收入少，找媳妇都很困难。那时，农村人能当工人简直比登天还难。我们家人口多，穷得远近出了名，姑娘们最怕嫁到这种家庭。我爸没门子，却为大儿子想出路。他最后横下一条心，向场里提出提前退休，让儿子接班，那一年他才四十多岁。场子里同意了他的请求，把大哥招为子弟工，这是政策允许的。只不过是后来场里把父亲又留用了，因为他能写，没人能替代他。

让二哥学小提琴也是他的主意。为了让儿子有个体面的职业，他费尽了心思和钱财。山沟里的乡下人学那洋玩意儿，哪有那个条件。他出面请老师，不断地招待人家吃喝。吃饭时他很少动筷子，唯恐饭菜不够吃。

二哥后来要去当兵，体检完全合格，却又给刷了下来。父亲急了，他坐车去县里征兵办理论，终于讨回了公道，让二哥在部队这个大熔炉里锻炼了四年。

我考县城高中时，总分第一，数学却仅有36分，人家没录取。爸爸又奔了县高中，愣是替儿子挽回了上学的机会。

八

1979年，父亲决定要盖新房子了。他当时兜里有六十块钱，这点钱连砌个猪圈都不够。他愁啊，想啊，儿子大了，该结婚了。一家七口人只有两铺炕怎么办呢？他不停地抽烟，一个人蹲在河套边冥思苦想。

“干，有条件要上，没有条件也要上。”这是大庆铁人王进喜的豪言，不知父亲当时是不是耳边响起了这句话。反正他真的动手建房了。

为了这座新房，他瘦了一大圈，人都脱了相。

那时我正在县城里读高中，有一回父亲到县里办事时顺便来看我。他买了一包带壳的炒花生，让我多吃点。我一边剥着花生，一边看着父亲充满血丝的眼睛。他那天穿着一双低腰的解放鞋，脚脖子露在外面，东北的三九天寒风刺骨，他竟然光着脚，穷得连双袜子都没有，却要盖一座村里最好的房子让儿子高高兴兴地结婚。

九

我和弟弟先后考入了中国人民大学和北京大学，如今都成了“高级知识分子”。我们都已成家，孩子大了，日子过得很富裕。

我的大哥、二哥和小弟现在都过得很好，也都是做了父亲的人了。

有时我们兄弟凑在一起，会不自觉地议论共同的父母，能回忆出过去许多感人的事情。

作为已过了不惑之年的我，在家排行老三。读完大学留在了北京工作。每年回家探望父母时，确实觉得他们一年比一年老了。但父亲的威严依旧，他在儿子们小时候心中树立的形象依然高大。父母不愿意给儿女们添一点儿麻烦，他们始终把孩子们的幸福视为自己的幸福。

有时自己老想，对照父亲的一生，我们做儿子的比他强吗，比他更成功吗？我觉得不能这么说。如果把父亲当成一把尺子，一面镜子，我倒认为自己有许多不如他老人家的地方。概括起来说，一是骨头没他硬，二是牙根没他紧，三是境界没他高，四是胸怀没他宽。

假设一下，如果当初是我处在他的位置上，在那种生存状况下，能做得比他好吗？不敢妄言！

母爱深似海，父爱高于山。我越来越觉得父亲是一座巍峨的高山，岿然不动。

2005年1月

幸福的母亲

我妈自己觉得一生很幸福，可我们做儿子的却认为她遭了一辈子的罪。

我妈不是那种强装欢笑的虚伪人。她有一说一，有二说二，冷就是冷，饿就是饿，绝不会冻得发抖扇扇子，饿着肚子打饱嗝。她说她幸福，那就肯定是幸福。

幸福在于被感知，那是一种真实而愉悦的感觉。妈妈的幸福感从何而来呢？这是一个值得探究的谜。

我妈在不满两岁时母亲病逝，父亲瘫痪，她几乎成为孤儿。她的父亲（我从未见过的姥爷）炕上拉尿，生活完全不能自理。尚不会说话的她只好跟着她年迈的爷爷和年幼的哥哥弄口饭吃。大人们喂鸡、喂狗时顺便抓一把吃的扔给我妈，若鸡不叫，狗不咬，他们也想不起时常被饿得哭不出声音的“小死鬼儿”。再大一点时，我妈就能爬着、跑着与猪狗争食吃了，她没有被饿死、被猪狗咬死，简直就是世间奇迹。

我们曾经问她，小时候遭罪吗？她回答，那才多大点儿，根本就不记事儿，哪知道什么叫受苦遭罪呀！这么多年了，早忘得一干二净啦！

妈妈幼年的事情，是她的哥哥（我的舅舅）后来告诉我们的，我妈确实早就忘了。我妈的记忆力很有意思，有极强的选择性。凡是对自己不利的事情，她转头就忘。受过的苦、遭过的罪她记住的很少。相反，她专记好事，包括梦里吃了顿饱饭，若干年后还能津津乐道，像真有那么一回事儿似的。这大概就是妈妈感到幸福的奥秘之一。

只有一件事情她一直耿耿于怀，那是三十多年前，二儿子（我二哥）偷偷拿了她的八毛钱又给弄丢了，她为此几乎把二哥活活打死。那时妈妈在生产队里干活，因她个子小，每天只记 5 个工分，相当于男劳力的一半。当时，年景不好，10 个工分才兑 9 分钱，八毛钱是一个月起早贪黑的全部收入。

妈妈越老越喜欢钱，喜欢得要命。她乐意把大票子换成零钱，再一遍一遍地数。现在我们要是给她一百元一张的大钞票，远不如给她一百张一元面额的小票子更能使她兴奋。如果票子是新的，她更欢喜得不得了。她甚至愿意用两元钱的旧票换一块钱的新钞。这些年，她常把一捆捆崭新的纸钞，小心翼翼地存放在各种花花绿绿的点心盒子或绸缎包裹里，生怕有贼进屋偷走，结果往往是自己弄不清钱放到哪去了，急得满屋子转。若有邻居来串门，她还时常把一沓沓新票子拿出来给人看，说是儿子儿媳孝敬她的，以换取邻居们的羡慕和嫉妒。其实，那点钱数目很小，但在她看来，这是儿子儿媳们的心意，是一笔数不清的财富。她搞不懂百、千、万、亿之间的数量关系，俨然以为自己是“百万富翁”，富得不能再富了。

像许多穷苦出身的劳动人民一样，妈妈生活得很节俭。剩菜剩饭是绝不会倒掉的，就连长了绿毛霉烂变质的窝窝头，她也要咽下去。她说她吃了新鲜的东西会坏肚子，这种歪理邪说她坚持了一辈子。令人难以置信的是，她至今没有因为吃了腐烂的食品而中过毒。父亲和我们曾为此经常和她发生激烈的争执，但从未改变过她的饮食习惯，她顽固地奉行着自己的主张。

洗脸水是不能用一次就泼掉的，她要先洗一遍手巾，再洗一回抹布，然后可能是袜子之类的东西，直到那盆水变得发黑发黏发腻为止。不足巴掌大小的碎布，妈妈也要把它收藏好，留着补衣服用。如果在前二十年，这是可以理解的，但坚持到今天，显然已经是很滑稽了。节省是她快乐和幸福的又一源泉。

我妈妈 34 岁以前，一口气生了六个孩子，五男一女。女儿命薄，9个月大时夭折了。这是母亲心里永远的痛，谁也不敢轻易提起。她说，只有这个女儿长得像爸爸，很好看。因为我父亲年轻时的确是个美男子，这不仅是我妈妈的看法，也是村子里人人皆夸的。直到现在，只要她想起曾经拥有的女儿，便泪水涟涟，她说，她天生就是没有女儿的命。她又说，儿媳妇们对她比亲生的女儿还好！她很知足。

我妈说得没错。她的儿媳妇们个个都很孝顺，她们对婆婆的照顾和挂念几乎超过了对自己的母亲。妈妈从小没有得到过母爱，“自己做了母亲也不会疼爱孩子”，这是她老人家 60 岁以后，经常说的一句自责话。小时候，我们常挨妈妈的打和骂，她脾气不好，家里的孩子又多，日子过得很苦，吃了上顿没下顿，大的叫，小的闹，她哪有耐心哄孩子，只有采取简单粗暴而又直接有效的方式来调教儿子。乡下人说，“棍棒底下出孝子”，这句话在我们家真的灵验了。她的五个儿子没有一个人不孝敬妈妈的。心理学家告诫父母说：打骂会使孩子自卑。我妈养的五个儿子没有一个逃过母亲打骂的，但他们现在都很自信。我们兄弟间曾不止一次地专门讨论过这个话题，结论是“小时候挨过的打和骂，锻炼了我们坚强的心理承受力和自强不息、不屈不挠的奋斗精神”。我妈说，“你们小时候挨了我那么多的打，可一个也没打傻了，都是老天爷在照应。”她虽没直接说她打我们“有理”，但也暗含着打我们“有功”的意思在里面。她常向前来“取经”的邻居们介绍说：“我的这五个有出息的儿子，都是我打骂出来的。这是她感到幸福的重要原因。”

妈妈没念过书，到了晚年才自强不息地认了十几个字：大、小、中、天、日、白、上、下、人、东、西、北、牛、马、生、死。她的儿子中有读北京大学的，于是她学会了“北”和“大”。有读于中国人民大学的，她又认出了“中”和“人”。大儿子和二儿子都当干部，她便掌握了“上、下”和“东、西”。小儿子当了大夫，她又知道了“生”和“死”。

儿子不自卑，她更不自卑。妈妈虽大字不识几个，却敢在北大校园里自称“教授”。有一年夏天，我妈来北京，住在北大的儿子家里，闲着没事儿，便下楼到院子里跟邻居家的保姆唠嗑。人家问她是干什么的，她脱口而出：“我是北大教授。”说话时脸不变色心不跳。等儿媳妇回家时，她原原本本地把自己的“自我介绍”学给媳妇听。儿媳妇——堂堂的北大哲学博士竟笑得直不起腰来，冲着乡下婆婆竖起了大拇指，说：“妈，您真棒，我还是副教授呢！”

妈妈弄不懂博士、硕士有何不同，在她眼里儿媳妇是平等的，她从不以学历高低来做区别。在妈妈看来，儿媳妇就是儿媳妇，博士、硕士、护士、战士统统一样。她有两个儿媳妇拥有博士学位，但她并不另眼相看。在我妈眼里，儿子都有本事，媳妇得听儿子的话，永远要服从于丈夫。除了大儿媳妇她略有偏爱外，其他四个儿媳妇她都一视同仁。每个媳妇过门时，她都给二百块钱，谁也不多不少。妈妈跟每个儿媳妇都谈得来，没有任何沟通障碍。她没受过系统的教育，说话有时会深一句、浅一句，不讲究语法和修辞，但这丝毫不影响她与儿媳妇们的深度交流。头一回我带妻子回家，妻子性格内向，少言寡语，这让我妈很不习惯。她瞅了我一眼，当着头次进门的儿媳妇的面说：“你怎么找了个木头人？”我妻子脸红着尴尬地笑了笑，我妈紧接着来了一句：“吓死人了，木头人还会笑！”

我们这五个做儿子的在找对象、谈朋友时都把丑话说到了前头，事先告诉她们未来的婆婆说话做事的种种怪异惊人之处，以便让做儿媳妇的有个心理准备。也许是“预防针”打得太多了，儿媳们后来凑在一起说：“咱妈可不像他们哥儿个说得那么邪乎，多好哇！天底下哪儿能找到这么好的婆婆啊！”儿媳妇们从心底认同并爱戴和孝敬这位自以为是“北大教授”的文盲婆婆。没上过大学，没受过所谓的科班教育，这也是她的幸福所在。

我妈只来过两次北京，每次也只住了一个月。她说，不管是南京还是北京，都没有住在自己家里“精”。她生活在乡下，不习惯住在都市里，更不愿意给儿女添麻烦。她来北京住，与其说为了享福，不如说是为了照顾面子。邻居们常羡慕老太太的福气，夸赞她儿子有出息并怂恿她搬到北京来住。她身体不好又晕车船，坐车很痛苦，但她还是下定决心要到北京的儿子家住一住，她要用行动证明给乡亲们看，让他们相信自己儿子的无限孝顺。在北京的日子她很寂寞，儿子儿媳白天上班，她一个人独自在家，没人陪她说话。头几天还好，等过了一个星期，她就成天念叨着要回老家。我们劝她多住些日子，她流着眼泪咬牙坚持住了一个月，说什么也要回去了。回到老家，她便不停地向那些连县城都很少去过的老太太们炫耀京城的繁华和儿子儿媳对她无微不至的孝敬。

三年前，妈妈又一次住进了医院。她年轻时身体就不好，长年的劳累和营养不良使她患上了气管炎、哮喘、肺心病等多种疾病。那一次她病得很重，连大夫都说准备后事吧！弟弟从北京急飞老家，与其他三个兄弟和媳妇、小弟妹昼夜守护，终于把母亲从死神的手里又一次夺了回来。

妈妈 50 岁以前从不上医院，她最大的本事是能给自己治病。牙疼了，她实在熬不住了，就自己用粗线套在牙齿上，生生地给连牙带肉地拔下来。手脚上划个大口子，她就用灶里的草灰抹一抹，继续干她的活儿。身上长个瘤子，她也是自己用生锈的锥子愣是给挑开了。疼能幸福吗？不能。但花钱她更心疼。相比较而言，妈妈宁可忍受肉体的疼痛，也不愿意花钱看病。正像她吃了一辈子的腐烂变质的食品而没中毒一样，她为自己动的一次次“手术”也从未感染过。什么扁鹊、华佗、关公“刮骨疗毒”，与我妈相比，不论是作为医生还是患者，他们都不在话下。

妈妈常说："我活着的时候你们常回来看看，等我要死了，你们该忙什么就忙什么，用不着急三火四地往回跑。大夫都说不行了，你们回来了有什么用。我要是死了，你们也用不着扯着嗓子大哭，我烦！"

妈妈大病痊愈后，竟把预备送终的寿衣穿在自己身上照相，然后把照片寄给我们看，让儿子儿媳着实吓了一跳。惊悸之余，我们又为老母亲视死如归的精神所震撼。她的生死观是那样的豁达。她说，她不管何时闭眼她都知足了，她享福太多了。

妈妈经常告诉我们的一句名言是"别做伤天害理的事，老天爷长眼呢！"她觉得老天爷不仅存在，而且还长着眼睛。她在注视着人间的一切，并会惩罚那些作恶多端的坏人。妈妈的话成为我们哥几个多年来做人处事的长鸣警钟。

妈妈不仅相信老天爷，还自称相信"主"。她常在床上跪着祷告，祈求上帝、菩萨、真主和老天爷等各路神明保佑她的儿孙们不生病、不惹祸、不遭灾。她卧病在床，这是她为儿孙唯一能做的事情。

妈妈耳朵有些背了，我们在电话的这边喊，她在那头也喊。她年纪大了，说话的声音也大了，而且口才比年轻时要好得多，说起话来很生动。前些天打电话，我问她："我爸最近对你照顾得好吗？"她说："好着呢，就像刚娶了个新老婆似的！"这就是我妈，一位目不识丁的幸福知足的老母亲。

我们是妈妈身上掉下的肉，血管里至今还流淌着她的血。父母的幸福，是儿女们最大的心愿。我妈疾病缠身、省吃俭用仍觉得自己很幸福，儿女们还有什么不能替她做的呢？

《安娜•卡列尼娜》一书里有一句话："幸福的家庭总是相似的，不幸的家庭却各有各的不幸！"我套用这个句式说：幸福的母亲都是相似的，不幸的母亲却各有各的不幸。

不管怎么说，现在我妈感到很幸福！

2005年2月

蒙古袍

妻子是地地道道的蒙古人。

据说自她的父母上溯，从未与汉人通过婚，血统很纯正。

妻子从小便生活在蒙汉杂住的地区，汉人多，蒙古族人少。

二十多年前，妻子以骄人的高考成绩考入北京一所名牌大学。按政策，少数民族的考生可以享受加分的照顾，而对她来讲，这项政策毫无意义。

我与妻子在大学校园里相识。她在大学期间学习成绩依然突出，大学四年她几乎门门课程全优，包括体育课。毕业时，她以“优秀毕业生”的身份获得了免试攻读研究生的殊荣，因为那时“保送”的名额极少。

虽说是蒙古族，妻子在饮食起居、服饰穿戴等方面没有任何区别于汉族的地方。她不会蒙古语，不穿蒙古袍，很少吃牛羊肉。除了填表时在民族一栏中写上“蒙古”二字外，几乎找不到丝毫蒙古人的影子，对她来说，蒙古族只是一个抽象的符号而已。

结婚时，我们俩商量着同去照张相。她说，要是能穿上蒙古袍就好了。我听了大笑不止，大红大绿地穿在她身上我真想象不出多滑稽。她红着脸说，没有就算了。

结婚十周年时，我想送给妻子一件礼物。我问她喜欢什么，她说你能给我买件蒙古袍吗？我说要那么个怪里怪气的东西干吗？穿出去会把熟人吓跑了。妻子没有说什么，接受了我送的一条项链。

去年妻子满 40 岁了，我再次征求她的意见，问她喜欢怎样的生日礼物。妻子说，要是有件蒙古袍就知足了。我又嘲讽道，在大都市里谁能穿那玩意儿！她笑了笑说，你送什么我都高兴！于是我给她买了个戒指。

不久前，我去内蒙古出差。我们下榻的宾馆十分好客，为每一个客人送上了一件蒙古袍，还请蒙古族演员为我们演唱草原歌曲。那哀婉忧伤、厚重奔放的马头琴曲和草原歌声以及优美矫健的蒙古舞蹈深深地感染了我，就在那一刻，我情不自禁地想起了妻子，想起了妻子二十多年来几次提到的蒙古袍。我跟接待方商量，把送我的那套蒙古袍换成女式的，他们欣然同意。我把这个消息通过电话告诉了远在北京的妻子。她在电话的另一头哭了，那是喜极而泣。我搞不懂她为什么老是念念不忘那根本就穿不出去的民族服装。她在电话里哽咽着告诉我：小时候她曾经见过与她同龄的女孩子穿着色彩艳丽的蒙古袍。她非常羡慕，跑回家里跟妈妈要。妈妈说，咱家穷，那袍子很贵买不起，咱们要跟汉族人穿同样的衣服。她咬着嘴唇跑了，从此再没跟妈妈要过。妻子说：“我是蒙古族人，我从未穿过自己民族的服装。我觉得那衣服太漂亮了，其实我只想穿上它照张相，让我圆一个梦，让我看看自己到底像不像个蒙古人。”

听了妻子的话，我激动不已。这是一种怎样执着的民族情结，是一种多么纯粹的民族情感。一件蒙古袍，多么简单朴实的想法，就连这点最基本的要求，身为丈夫的我却让她整整等了二十多年。我觉得很愧疚，愧疚得难以言表。

当我把她梦寐以求的蒙古袍送到她面前的时候，她又一次流了泪。她迫不及待地穿在身上，对着镜子看了又看，让儿子拿出相机替她照了又照，她不停地用手摸着袍子上的每一个细部，像是在寻找什么。

2005 年 8 月

一张烙饼

初次进城，是小学毕业时。

“城”指的是县城，那里能看到火车和大楼。

为了能凑足坐车的钱，毕业班的学生们跟着老师整整刨了一冬天的树根。

学校要把树根卖给翻砂厂，然后租一辆大卡车把学生们统一拉进县城。

山上的槐树根很大，刨下一棵得用半天的时间。同学们年龄都在十二三岁，胳膊小腿没有镐把粗，连吃奶的劲儿都使出来了，手上全是血泡。小伙伴们向往着城里的光景，兴奋地盼着进城的日子。

一个冬天下来，树根在操场上堆成了小山。大伙儿天天望着那堆树根，盼着早点卖出去。春天到了，那座小山终于不见了。我们盘算着卖树根的价钱，生怕不够雇一辆车的费用。有的说能卖 10 块钱，也有的说至少得卖 100 块钱。我们一起笑话他，因为在小孩子的眼里 100 块钱是个天文数字，只有信用社里才会有那么多钱。再说，那位估价最高的同学是我们班有名的“泥包”，就是笨蛋的意思，他的算术一塌糊涂。如果不让他掰手指头，他就搞不清二加二等于四。

不管卖了多少钱，反正我们得到了校长的确切通知——“五一节”前全校的毕业生集体进城。

毕竟是长这么大第一次去县城，我兴奋得几天都睡不着觉。

进城的头一天晚上，爸爸为我烙了两张白面油饼，还用空酒瓶子装了从井里打的水，那是预备路上喝的。

一辆卡车停在校门口，老师组织我们按顺序上车。车头的四周加上了粗麻绳，那是出于安全的考虑。一百二三十人都挤了进去，带队的老师也站在车斗上，校长享受了特殊的待遇，他跟司机并排坐在驾驶室里。

从学校到县城约有二三十公里远，我们一个个在路上挤得脸红腿软。卡车上下坡时，车斗上的人前后拥着，憋着喘气都困难。同学们照顾我，让我站在最前排，双手能抓着车头的横杆，能看到路上的风景，站在中间的同学就没有这个优待了，他们一路尖叫，嚷嚷着“快憋死了”。一位姓姜的男生把屎屙到裤子里，一声不吭地忍受着同学们的嘲讽和谩骂。

目的地终于到了。那是靠近县城的一座阶级教育展览馆，名字好像是“龙王庙阶级教育展览馆”。展览馆的主要内容是“万人坑”，日军残害中国人民的残暴罪证。

从“万人坑”里走出来，我们开始坐在展览馆前的台阶上吃饭——吃我们各自从家里带来的午饭。那时家家户户的生活都不宽裕。个别家境好的女生能吃上饼干就让我们馋得口水淌成了小河。我打开铝制的饭盒，那里装着爸爸为我烙的油饼，我炫耀着给小伙伴们展示，并掐下一小块分给周围几个同学，让他们也尝尝，因为他们饭盒里装的大多是玉米饼子或菜包子。那是我吃过的最好的一顿饭，也是我在同学中颇有“面子”的一回。那白面油饼的香味至今仍印在我味觉记忆的深处。

严格说来，那一次我们并没有真正进城，只是到了县城的近郊，但火车和楼房我还是看到了，并吃上了平常吃不到的烙饼。

小学毕业时的最后一次困难补助我没有享受到，因为老师说我进城时吃的是白面油饼——一张烙饼“暴露”了家庭的经济状况。

后来，我吃过无数次白面烙饼，但再也不是记忆中的味道了。

还行吧，挺好的

“一个内心世界丰富的人，用不着四处瞎走！”这句话是儿子十三岁那年给我的忠告。

当时，我和妻子正为他终日被网络游戏拴于屋里而忧心忡忡，每当看到他日趋膨胀的身体便长吁短叹，甚至恶语相加。不知为此絮絮叨叨讲了多少大小道理，然而这些滔滔不绝的口水并未对孩子改变其生活方式和精神状态起到丝毫影响，他的固执与叛逆令我们绝望得热血沸腾、怒发冲冠、火冒三丈。

“读万卷书，行万里路”的古训，经我们打折后作为对儿子提出的最低要求：一年看两本书，出一趟门如何？经过极不愉快的讨价还价过程，终于达成一致：读一本书可以，到外面旅游免谈。他还不耐烦地冒出这么个哲理：“一个内心世界丰富的人，用不着四处瞎走。”

我们搞不清楚这句名言是他的原创还是从网上借用的，更看不出他的内心有多丰富。

我和妻子只好唉声叹气地从遗传上推卸责任。我认为这种性格完全来自其母亲的古怪基因，儿子的母亲和姥爷均属于足不出户的

"宅人"，若非紧急情况，如地震、火灾等，他们几乎可以一生枯坐于屋内。妻子笑着揭短说，父亲的遗传也好不了多少，顶多偶尔在屋前屋后转转。

虽说是气话，其中难免有夸张成分，但总体上讲，我与妻子以及父辈确属不好走动之人。据打探和考证，祖先亦从未有过迁徙逃荒长征远游的经历，家族留下的遗训和忠告有：金窝银窝不如自家的草窝；南京北京不如在家里精；在家千日好，出门一日难……全是闭关锁国故步自封的腔调。

儿子考大学时选择了油画专业，这是他在幼儿园时拿定的主意，一直未曾动摇过。从小学到中学，凡遇到必须亮出自己理想的时候，他都会说，我要当画家，从不隐瞒和含糊。

画画的人总要四处走走，写生采风，不能仅限于住宅小区。画家一般都要遍访名山大川，游历五湖四海，尤其是学油画的，总会虔诚虚心地前往欧洲油画艺术的发祥地去观摩朝拜，以"师夷技之长"补己技之短。然而，我儿子除参加教学安排的外出写生外，从未自己主动远游过，更没有去欧洲的打算，这实在令我们困惑。每每劝说开导他时，他总有自己的理由，最戗人的答复是：画什么都是画自己，何必舍近求远呢？

儿子的自我辩解绝非基于成熟的思考，抽象地谈问题看似有道理，其实是走向一种极端。不肯远走别处，不想闯荡异地，总与性格内向懦弱有些关系，而非内心丰富自我满足所致。孩子自小好静，胆小谨慎，不喜欢出风头、凑热闹、争表现。读小学四年级时，我曾参加过学校的家长会并旁听过语文、数学两节课。上课时，见全班孩子们个个争先恐后地高举小手，屁股不沾凳子，积极争取回答老师的提问，再看看自己的儿子坐在那里始终无动于衷，心里十分不悦。课后问他是不是听不懂老师的问题，他若无其事地回答“都懂”，那你为什么不举手发言，他竟甩了一句老气横秋的谚语：“多一事不如少一事嘛！”上初中后，有一天一位同学惊讶地问他，你爸爸是校长，你怎么不告诉我们？他却阴阳怪气地回敬道：“家丑不可外扬。”一副饱经沧桑看破红尘的口气。

儿子平时少言寡语，十天半月没句话，跟他妈妈很像，一直缺乏叙述和表达的欲望。若按“沉默是金，雄辩是银”的标准衡量，这娘俩儿便是钻石级的，朋友们曾戏言我们夫妻，说我像广播学院毕业的，而她则是聋哑学校的。我也曾经调侃过惜语如金的妻子和儿子，如果有一天他母子俩被日本鬼子抓去了，虽经严刑拷打却总不开口，那绝不是意志坚强，信仰坚定，而是天生不爱说话。

儿子如今已临近大学毕业，还要继续读硕士学位，除了沉浸在自己的爱好之中，通过光线与色彩认识和把握世界外，他的感情变得越来越细腻。妈妈出差或出国时，他便会不断地发短信提醒我，别忘了带房门的钥匙和检查家里的水电开关以及少喝酒多吃菜早睡觉等等，生怕我饿了冻了摔倒了磕磕碰碰了。

若我出差，他妈妈一个人在家时，他的关心会更琐碎、更细腻。儿子的细心只能说明一点，他大了，我们老了。偶尔从学校回来，他总是傻呵呵地拥抱父母一下，然后便钻进自己的房间，像执行秘密任务的地下工作者一样把门反锁上，一直到喊他吃饭，这才肯露面。问他的近况如何，他只答三个字——还行吧！他也时常问我们怎么样，我和他妈妈也只回敬三个字——挺好的！表面看，“还行吧”也许是儿子对父母的搪塞；“挺好的”同样是父母对儿子的敷衍。实际上，这种平常的废话般的问答正反映了父母与孩子的真实关系。

有一次，朋友问儿子，你爸妈对你怎么样？他答，挺好的！又问我们，你们儿子表现如何？我们异口同声：还行吧！

2010 年 12 月

笑得“无厘头”

似乎没有哪位喜剧演员能像周星驰那样把“笑”发挥到极致。

笑的颠覆性和摧毁力在周星驰的影片中表现得稀里哗啦。

以搞笑而闻名于世的“星爷”一脸率真，眼神里总存留那么一丝擦不了的呆滞和偶尔闪过的惊异。

那种表情挺无辜，也很无奈。

自有人类以来便有了笑，笑是人类共享的快乐。不论民族、肤色、信仰有多大差异，在笑面前总能取得相似的亲近。周星驰不见得对喜剧精神、幽默理论和笑文化以及巴赫金的狂欢学说有多深的钻研，但他的搞笑本领差不多是前所未有的。

在以《大话西游》为代表的周氏搞笑片中，笑和幽默技巧的运用简直到了无以复加的程度，那笑如滔滔河水滚滚而来，让你避之不及。与传统的幽默影视不同，“星爷”搞出的笑料是全方位、多角度、立体化的，他会让观众一笑到底，笑得捧腹喷饭，眼泪鼻涕一块儿流，笑得呼吸都很困难。

他的许多作品很难一一指明哪儿可笑，因为整部作品除了笑还是笑。或者说，离开了笑，周星驰别无所有。

周星驰的确是个搞笑大师，在他那里，整个世界统统可笑，包括每个细节。影片的情节可笑，人物可笑，背景也可笑。而出场的每一个人从穿着打扮、表情神态、行为举止、话语对白、声音腔调无不怪异、夸张、荒诞、诙谐、滑稽，出人意料。

周星驰使笑闹剧达到了“无厘头”的境界，他把原本是艺术和人生中调味品的笑料当成了主食大餐，而暴饮暴食。他把属于点缀辅助性的喜剧手段演变成了颠覆传统逻辑和价值体系的主要武器。周星驰的笑是彻底的不留余地和情面的，他超越了逻辑的底线和审美的边界而形成了唯一的创新模式。

周星驰没接受过系统的教育，即没有读过什么像样的大学。他曾跟我耳语道：“我不会写字，这个秘密别让他们知道。”这是 2004 年 12 月我请他吃饭，他贴着我的耳朵悄悄告诉我的，因为在场的几位影迷请他签名。

饭桌上的周星驰异常认真，除了神态目光仍旧像影片中挂着些许呆滞和无辜之外，看不出有丝毫的笑星机智的踪影。他请教每一道司空见惯的菜名和做法，很仔细地聆听别人的闲扯，且惊讶于某个人人皆知的常识，又极其谦恭地反复追问他未听懂的某个无关紧要的词汇，并对怎样理解“人文”“人民”而大伤脑筋。他的普通话很糟糕，我曾跟他叫板：“如果是讲笑话，我用手捂住半拉嘴都会比你说得利索。”他没有直接回应我的鄙视，却反问了我一句：“你会功夫吗？”“不会，但咱俩可比试比试。”星爷笑了：“算你狠，我打不过你。”他还竭力推荐我看他的新作《功夫》，比上门卖货的推销员还执着。

头一次住院

一

伴随着一声长长的雷鸣，北京下起了入冬以来的第一场雪。顶着纷纷落下的雪花，我腼腆地住进了医院。

印象中打雷只与下雨有关。雷声过后却飘下了雪花，这似乎是头一次注意到。正如住院总是与大病、急病、重病联系在一起一样，在我感觉健康状况良好的情况下便住进了医院，这对我来说也是头一次。

我患糖尿病八年有余，血糖一直居高不下。也许是因为自己年轻粗糙或反应迟钝，我始终未感觉到糖尿病凶残的一面。据许多朋友和病友讲，糖尿病是健康的冷血杀手，是万病之源，是导致死亡的罪魁祸首，它引起的各类并发症，能把一个好端端的躯体折磨得惨不忍睹，痛不欲生。

灾难在未降临到自己头上之前，人往往会有一种侥幸的心理，总认为奇迹会发生在自己身上。我内心深处就觉得自己会是个例外。从小挨饿，吃糠咽菜，刚吃了几天饱饭，竟然尿起了糖来，我不理解也不在意。不疼就不叫病，我没有痛感，也就不以为然。自己虽然受过高等教育，对科学没有丝毫不敬，但当需要科学处理自己生活中的事情时往往变得像个未开化的野蛮人。

当好心人每每神情庄重地劝我注意控制病情时，我常笑着告诉他们："这是慢性病，死后才会有症状。"当病友积极热情地向我介绍或传授各类治疗药品或秘方时，我总以嘲弄的口气反劝道："这世上，越是治不好的病，能治的人越多。"

盲目乐观的心态并没有使自己的血糖降下来，相反越升越高，像股市中的绩优股。朋友、同事、大夫们警告我："若你长期抱以这种不负责任的态度，你将自食恶果。"

为了给关心我的朋友一个真诚的交代，为了让妻子和家人心里感到某种安慰，我终于在那个难忘的雪天，心甘情愿地住进了北大医院。

二

雪是夜里悄然而至的。趁着人们熟睡的时候，雪花急匆匆地从天而降。透过街灯的光束，你能看到满天的雪花像是要去完成一项紧急任务似的，急行军般地向着同一个方向进发。

早晨推开窗户外望，一片洁白的天地。那一颗颗小小的、柔弱的、看似不起眼的雪花，前仆后继，不屈不挠，前面的融化了，后面的又跟上来，终于用不计其数的瘦小的躯体覆盖了整个城市。天亮了，雪停了，它们的任务完成了。

住在医院里，望着窗外银色的世界，屋里屋外，心里心外似乎融为了一体。病房里的门窗墙面是白的，床单被罩是白的，就连进进出出的医生、护士也是白的。白大褂、白帽子、白手套、白口罩，她们的牙齿和眼白也比一般人要白许多。

白色是干净的，纯洁的，也是单调乏味的。

住进医院之后，面对着白色的主调，心里平静了，颜色单一了，反差缩小了，时间长了，脑袋是不是也会变成了一片空白呢？

白色有时能使人产生空灵感和虚无感。我们常说“白活了”“白干了”“白费了”“白忙了”等等，骂人也有用“白痴”的。白者，无也、空也、没用也。

白色也意味着开始。没有污点，没有负担，一切都清清楚楚，这是难得的好的开端。

一场洁白的初雪，预示着重新开始的未来。

三

一些朋友和同事“惊悉”我住院后，纷纷打来电话表示慰问，并声称要前来探望，这是我最忌讳的事情。

论年龄，我还远远不够住院的资格。年纪轻轻的，也配生病？我常自责。生了病像做了什么见不得人的事儿一样，唯恐别人笑话。住院时，我像夜里的小偷似的，蹑手蹑脚悄悄溜进病房里，办完了手续，我跟陪同的同事说，此事绝对保密，不得声张。你们谁也别来看望，我烦，只想静养几天。

“好事不出门，坏事传千里”，这话简直就是冲着我说的。平时你得个先进、获个奖励什么的，祝贺的人并不多。等你躺在病床上，这事人人都兴奋异常，电话不断，我在电话这头咬牙切齿地说谢谢，电话的另一头则“幸灾乐祸”地说保重，并在电话里“威胁”我一定要来医院看看。这怎么得了！我说我没事儿，只是装病！对方说“我宁肯装疯、装傻、装孙子，也不装病”。我劝阻道：“千万别来看，人本来就没什么看头儿，进了医院又变不成一朵花，就更难看了。”对方执意道：“我们就想看看你现在的惨样。”我最后不得不恐吓他们：“我得的是传染病。”这句话的效果，能吓回百分之八十的热心人。

牛校长是我的兄长兼朋友，让我住院治疗他是最积极的倡导者。我住进医院的当天，他就乐呵呵地张罗着要来看我。我赶紧在电话里千恩万谢并竭力劝阻他老人家别为我那点似是而非的小毛病耽误宝贵的工作和休息时间。他坚持要来，并阐述了他的“住院观”：“住院一定要像模像样，别不讲究。住院就是要人看的，没有人探视的住院那不叫住院。”我大笑不止，心里觉得还是牛校长有水平！

谁愿意看就让他来看吧，我只好认了。

“经过、路过、别错过，瞧一瞧，看一看，年纪轻轻就住了院。”一连几天我的耳边总有此类吆喝声回响，大概是幻听吧！

四

在现实生活中，职务级别往往具体化为相应的待遇。

按照规矩，医院把我安排到了一间单人病房。那里的条件很好，把我的心情搞得挺复杂。

幸亏病号服没有跟其他患者做进一步的区别。我在护士的看护下换下了西装，套上了标明你健康状况的统一的住院服装。

病号服具有的特点十分明显：一是极端不合身。裤腰肥得能同时套进两个孕妇。衣袖短得捉襟见肘。二是漏洞百出。补丁连着补丁，袖口裤腿早就磨出了毛边，一些地方已疏松到了泾渭分明的地步，不知有多少人穿过它。三是花色古怪，小蓝格格让你眼花缭乱。四是非常干净。

穿上病号服，我的眼神似乎一下子变得暗淡了，肩也耷拉了，腿也发软了。患者的身份立刻被确认了下来，角色的转换似乎就是在服装更换的那一瞬间完成的，病人显然属于弱势群体，即使是健康人，如果穿上了为患者特制的衣服，那种弱势的感觉便油然而出。“我需要帮助。”我有气无力地自言自语道。

晚上躺在床上，我还继续胡琢磨，为何不把病人的衣服设计制作得更体面一些。让患者在健康出了问题的时候仍然有一份尊严。

嗨，也许自己真是病得不轻了，甚至影响到了精神。但若是西装革履或穿着绫罗绸缎躺在病床上，那看起来可能更滑稽。

五

初次住院，没有经验，手足无措，处处显得很笨拙。

看一看周围病室的病友，个个年事已高，阅历丰富，躺在床上心安理得，确有患病者的神态。

鄙人年纪尚轻，缺乏养病治病的专门训练，在病房里坐立不安。过了几日还找不到病人的感觉，于是自视甚微。

每当有医生或护士进屋打针送药，我便一骨碌从床上爬起来，像招呼客人那样，请他们入座。他们习惯于站着跟躺在床上的病人说话，这使我感到很不自在。每当此时，我一定要穿上鞋子站在地上，认真地回答他们的提问。其实，这些问题在家时是老婆经常唠叨的，但同样的话从穿着白大褂、挂着听诊器的医生嘴里说出来就显得格外重要。

医护人员觉得我过于客套了，所以来查房的次数便少了许多。我的不必要的礼貌，把他们拒之门外。

护士的年龄更小，她们一般喊我“马老”。面对如此苍老古朴的称呼，我猛然间发现自己的背驼了，眼花了，走路时总想扶着墙或者其他东西，否则站立不稳。

开始时，我是主动要求帮她们搬搬东西或拖拖地板。后来一听她们“马老”“马老”地叫着，我便打消了做“青年志愿者”的念头。

也许自己真老了，该“撒泡尿照照”了，于是，后来的那些日子，我也心安理得地躺在床上，再也不必慌慌张张地站起来跟医生说话了。有几次，我甚至同意护士把桌子搬到床边，我干脆在床上吃饭。

六

住院前，身体并没有明显不适。

亲朋好友比本人更着急，整日地催促、劝导和恐吓。出于人际关系的考虑，我住进了医院，以此作为对家人和朋友的答谢。

此前我对糖尿病所知甚少且不以为然。医生、患者和朋友们把该病将会导致的恶果描绘得惨不忍睹，令人毛骨悚然。我听惯了恐怖故事，很难身临其境，因此总报以嘲弄式的笑容。

现在我相信即使身体健康的人若住进了医院，只要穿上病号服，并在病床上躺上一两天，吃上三四顿病号饭，那他就会对自己的健康状况产生怀疑，并确信自己是个地地道道的病人。这用不着医生明确地告诉你。当你向无休无止为你查体温、量血压、看舌苔、抽血样的大夫们询问结果时，他们只是暧昧地笑一笑，然后用狡黠的口气安慰说“没大问题，要多注意休息！”或者温柔地警告你：“别胡思乱想，要听大夫的话”等等，这反而会让你白天六神无主，夜里辗转反侧。用不了几天，你就会明显地感到精神不济，遍体酸软，周身不适。

再住上几日，你就会急着要求吃药、打针。查完的结果，你半信半疑，总以为医生轻描淡写的态度中隐藏着不可告人的东西。大夫耐心和蔼的解释，会使你想到“临终关怀”这个词。

养病、养病，不养哪能有病。要想得病，得精心培养，从无到有，从小到大，从轻到重，病才能慢慢养起来。养病之后才是治病，再由大化小，由重变轻，从有到无。住院就是养病到治病的过程，然后出院。

住院的时间不宜太长也不宜过短。除了养与治都需要一个过程外，还有给看病即探视留出一定时间。探视病人是一种礼节，尽管头一天你还和你的同事们在一起说说笑笑，打打闹闹，但第二天你一住进医院，大伙儿便郑重其事地来看你。你可能千方百计地磨破嘴皮谢绝他们的来访，那也行不通，大家还是成群结队地到你的病房里表示慰问。据说，没人看就不叫住院。客人来了，你要起来招呼，他们又把你按到床上。然后，大伙儿围在床边，像瞻仰遗容似的看着你，那滋味一点都不好受，好不容易送走了一批，另一批又围了上来。那时候，我真想表演点杂技之类的绝活儿给大家看，可惜我不会。我甚至想把自己变成一朵花儿或一部美国大片儿，让大伙儿饱饱眼福，可惜这又不现实。

养、治、看三个环节是同时进行的，排序不分先后。

七

医院的条件非常好，除了伙食。伙食费的标准是每天 15 元。菜量不仅少而且“糙”并“素”，吃到嘴里能“淡出个鸟来”。

菜谱可能是根据患者的病情确定的，不好吃，但想必是完全符合科学。科学并不见得讨人喜欢。凡是你想吃的，大多是医学或营养学教科书中明令禁止的。有些食品虽然允许吃，但也仅仅是尝一尝，除了勾起你肚里的“馋虫”，并让你流一大堆口水之外，没有别的效果。吃那么一点点，还不如干脆与它们一刀两断。

医院和医生残酷、冷血的一面主要表现在对你饮食习惯的无情改变上。假如你偷偷摸摸地往嘴里塞私货被护士发现了，那你的自尊心将会在严厉的呵斥或刻薄的讥讽中丧失殆尽，让你无地自容。

他们常以科学的名义阻止患者做一点自己喜欢做的事情，比如吸烟。他们也常用病情未来发展将产生的恶果以及患者本人即将面临的惨状来进行恐吓。

肚子在咕噜咕噜地叫，像惊涛拍岸一般，忍着吧，要想活着，哪能事事都由着个人的性子呢？为了健康、为了把生命再往后延一延，每一位糖尿病患者都要咽下口水，勒紧腰带，把美味佳肴视为仇人、敌人，要旗帜鲜明地横眉冷对。

医生说，你若有这样的想法就对了，这才能提高生活的质量，而不会被疾病折磨。我连连称是，可是反过来想一想，又觉得大夫说对了一半儿。健康当然是生活质量的关键要素，可是为了多活几年而不得不放弃了如此多的生活乐趣，包括口腹之乐，战战兢兢、哆哆嗦嗦、小心翼翼，连饭都不敢吃饱，那种生活质量能叫高吗？

八

住进医院之后最盼望的是出院。

能否出院的决定权不在于病人，而取决于大夫。

要治好病、养好病得有个好性格、好脾气、好修养。急三火四坐立不安的人哪能躺得住，整日抓耳挠腮如坐针毡。所以急性子千万别生慢性病，没病死先急死了。

住院治病先得办手续，然后是一系列烦琐细致的入院检查。为了克服“头痛医头，脚痛医脚”形而上学的片面的糊弄人式的医疗方法，现代医院采取了辩证系统的治病策略，即“头痛医脚，脚痛医头”。如果你脖子不舒服，那就从你的脚腕子检查起，假如你得了脚气，但大夫没准儿要去看看你的舌苔。作为患者你绝不能对此表示异议，因为你不是专家，不具备申辩的资格。如果你着急上火，上蹿下跳在医院里待不住，那你就不配生病。得病容易养病难，住院容易出院难，这可是不少病人的心得。

既来之，则安之。一些久病成医的老患者看得开，也住得惯。他们说，人这一辈子在哪里住都一样，而且医院可以说是最理想的居住场所了。健康是人的第一需要，医院是保证健康的坚强后盾。在医院里当一个名副其实的病人，会受到来自方方面面的精心呵护。即使你偶然出点差错，别人也不会与你一般见识，因为“你有病”。在这个意义上说，得病也是得便宜。没人把你视为竞争对手，你是弱势群体中的一员，能得到许多健康人无法得到的东西——同情、怜悯、安慰以及少量的幸灾乐祸。你甚至会成为警示教育的好案例：你看某某，年纪轻轻的就病成那样，工作玩命呗！或者说，别看某某挣多少钱，现在还不是躺下了，没几天活头儿了。再难听的话，我就不说了。

反正在鄙人看来，你要有本事，最好别生病，如果生了病，那就一定得治病。人类的发展史就是一部跟疾病斗争的历史，人类至今仍繁衍生息，那就说明胜利者还是人。每个人的一生都是与疾病共存的过程，有了病也用不着大惊小怪的。治病、养病都是慢功夫，得花点时间，你得耐住性子。

九

医院是一个不大讨人喜欢的地方，就如同人们不愿意上法院一样。凡是去医院的人，一般都是健康出了问题的病人或者叫患者。简单地说，医院里只有两种人，有病的和没病的。前者是病人，后者是医护人员。有病的占医院的大多数，因此说白了医院就是病人聚集的地方。

喜欢是一回事儿，需要又是一回事儿，不管你在心里对医院持何等排斥态度，但人吃五谷杂粮，孰能无病，只要你觉得哪儿疼了、坏了、烂了、碎了、断了、不舒服了，你心存的最后一丝希望就是赶紧上医院。

医院不是专门为你设的，那里经常是人头攒动、人声嘈杂、人满为患。对了，人满为“患”用于描述医院里的求医群体那是最贴切不过了。

病痛常把去医院的人折磨得龇牙咧嘴，焦头烂额，气急败坏。加上医疗条件，医院管理以及医生修养方面存在的种种不足，使得许多人自认为医院能把没病的人也给气成有病的人。所以，不少人有病宁肯自己忍着，也不愿意进医院的大门。

在现代社会，一辈子不上医院的人几乎没有。有人说，医院是通往天堂的最后一站，而疾病则是向死亡交付的利息。其实，不管怎么说，医院也是咱病人的庇护所，医生是保护神。因此，医护人员有“白衣天使”之美誉。

医护人员不容易，整个职业生涯面对的群体全是“有病的”。治好了是应该的，治不好却总受到非理性的指责。

医患之间应相互理解，如果失去任何一方，另一方便失去了许多。

病情通报

为答谢各位领导的亲切关怀，满足部分同事的好奇探询，消除少数朋友的疑虑猜测和担心牵挂，本人现将近日因病住院的前因后果及全部治疗过程简要报告如下，不再一一口述。同时，也把几点肤浅的体会呈奉给大家，以供参考。

养痈成患

本人背部背椎上方正中间处平白无故地长出个小包，例行体检时被大夫发现，命名为“粉瘤”，个头儿相当于小花生粒。有医生说，趁早一刀宰了它，省得留下后患。另一大夫说，算了吧，它又不痛不痒，何苦挨上一刀，这种小东西一般不会闹事的。作为患者，我当然喜欢后者的建议。

若干年后的2006年，在秋高气爽的黄金季节里，那个趴在背上乖乖陪伴我数年的家伙突然痛了起来。我不以为然，用“小泥鳅翻不起大浪”之类的谚语搪塞妻子劝我就医的唠叨。那个不起眼的小包包，在我看来不足挂齿，它之所以疼痛，说不定哪个瞎眼蚊子叮了一口，不去理会也能自然退却。有些小病跟日常小事一样，越重视，它就越来劲；不理不睬，视而不见，往往它也就自讨没趣地消失了。因此在此后的两个月间，我既未寻医，也没问药，只是采取嘲笑、鄙视的态度和方法来对待它，任其在后背上肆无忌惮地茁壮成长并夜以继日地用疼痛来骚扰折磨我。

我终于忍无可忍了，不得不迈着沉重的脚步磨蹭到学校医院就诊。医生撩开衣服，先是一声惊呼，哇，这么大的肿包；夸张声引来了三四位大夫围观，用尺子一量背部红肿直径超过 8 厘米。大伙儿争先恐后地责怪我为何把它养得如此之硕大，同时又声讨我讳疾忌医的愚昧恶习。总而言之，是我自己故意把包养大吓唬人的，完全属于自作自受。我毅然接受他们的批评并诚恳地征询治疗方案。有人主张马上手术切开，有人提议保守疗法，有人说得立刻输液，又有人担心我晕针所以建议先口服头孢类抗生素，还有人推荐外敷膏药。在一片探讨声中，我选择了对自己最便利的办法，即口服加外敷，免受皮肉之苦。

两周过后，肿块并未缩小甚至有增大的迹象。于是，大夫决定让我去一家更大的医院看看，我只好听命。

大医院的大夫果然不同凡响。他们瞄了一眼大包后，便开始重新确认这个包的身份。尽管我事先已告诉他们这个大包的出身很卑微，仅仅是一个小花生米大小的粉瘤，但大夫们却用另外的名字称呼它。有人说这是痈，有人说是疖子，有人叫蜂窝组织炎等等，我只希望他们最后别采取掷硬币式划拳的方式确诊。当得知我有糖尿病病史时，他们又异口同声地认为这是典型的糖尿病并发症。我本想再次声明这个包块原初真的是个小粉瘤，且与我和谐相处了至少有七八年之久，但还是没说出口。因为我想起了一个笑话：一位仁兄遭遇车祸，抬到医院急诊室时已血肉模糊，大夫看了一眼说，推到太平间去吧，人已经死了。这时病人急了，大呼，我没死！大夫一听，不耐烦地呵斥道：我是医生还是你是医生。在医院里，得听大夫的！

内外科的医生们最后达成一致，不管是痈、是疖还是瘤都得先消炎后手术。我补充道，若能消炎最好别做手术。大夫哼了一声，懒得跟我搭腔。

从注水肉到全棉背

消除炎症的首选方式是输液，即挂吊瓶、打吊针。输进体内的是溶于盐水或葡萄糖中的抗生素。因本人患有糖尿病，享受不了甜水葡萄糖，而只配选择咸的氯化钠注射液，里面的真杀手是青霉素类的“优立欣”以及芳名“福德”的另一种药。每天 4 瓶，输液的时间约为 5~6 个小时，输了 14 天后，背上的肿包不见小，人倒显得水灵了，眼睛也是水汪汪的，连打嗝、放屁、撒尿都有一股青霉素味儿。我自感成了注水肉，嘴唇、眼皮似乎也厚了起来。同事来探望，还试着用餐巾纸沾一沾胳膊，看看能否从皮肤渗出水来，甚是夸张。

医生每天查房，总把我的衣服撩起，仔细端量一番包块的变化情况。我自觉后背日渐轻松便主动积极地向大夫报喜，说感觉好多了。但医生的看法却跟我不一致，每天用尺子量一量，总认为那包依然死皮赖脸地屹立不动。医生有些沉不住气了，又让我做了一次超声波，通过B超探个究竟。结论很快就出来了，肿块的体积为8.8cm×8cm×2.2cm，深层有液体，却无红色血流。这就说明两周输进的40多瓶抗生素抵达不到红肿处，只能使其局限而不扩展。因此，他建议再请外科大夫会诊，寻找新的消炎途径。

刚刚做完大手术的外科医生疲惫地来到病床前，嘴里嚼着口香糖，他瞧了瞧我背上的包又用手摁了摁，只说了一个字：“切！”我心头一紧，“保守治疗不行吗？”我试图躲过这一刀。“不行！肯定不行！点滴都打了快半个月了，效果很差。再打下去，不光机体产生了抗药性，还会对其他器官有影响。弄不好会进一步感染，变成菌血症，那就麻烦了。还是趁早切开吧，很快就消肿了。”主治大夫没等外科大夫表态，便迫不及待地做了结论。“很快有多快？”我不安地问。外科教授答道：“一个月吧。”“手术后能仰着睡觉吗？”我还是有些担心。“干吗非得仰着睡，侧着也能睡！”大夫不屑的神态使我倍感自己愚蠢。

第二天上午，我走进了门诊手术室，心里放松了许多。因为这的确是个小手术，对于经常做肝移植大手术的主刀大夫来说，真是太小儿科了。

三十分钟后手术就结束了，医生说我后背形成了一个腔，比较深，里面填上了纱布和三根引流管。“那纱布是纯棉的吗？”显然我对纯棉制品情有独钟。“当然了。”医生边收拾手上的污物，边回答我提出的这个不着调的问题。于是，我觉得嗓干口渴，想象着身后背负着一个巨大的棉花垛。

伤疤未好已忘疼

尽管是微不足道的小手术，主刀大夫还是严格按照外科医生指南规定的程序就一些相关问题和患者进行术前沟通。他告诫我小手术也不能不重视，同时他强调小手术有时也很疼，因为手术的大小不是以疼痛感的强烈程度来划分的。后来的这句话对我刺激很大，虽然貌似平静的我在手术单上签了字，但心里头却一阵发紧，对疼痛的惧怕是许多人的弱点，自己尤甚，每次打针都面部扭曲，浑身冒汗。

想象和记忆中的疼痛和当时的主观感受还有很大距离。俗话说，“好了伤疤忘了疼”，那是希望人们不要忘了痛苦的过去，不能光记住对自己有利的历史，要以史为鉴，吸取血的教训。其实换一个角度，对于疼痛的转瞬遗忘是人们自我保护的本能反应。假如一个人每当回忆起曾经真实发生在自己身上的剧烈疼痛时便犹如身临其境，感同身受，那他怎么能活得下去。相反，人类的记忆和想象对于美好和快乐等事物却有放大、延续、强化的作用。如果你馋某种东西，会垂涎三尺，但真正吃到嘴里时倒不一定有想象和记忆中的味道那么好。

手术进行中医生告诉我，下刀的深度要比预先的深很多，且局部麻药无法达到那里，让我忍一忍。我脸部冲下嘴里含糊不清地嗯嗯了两声。于是，大夫的手术刀开始划下并用刮匙清除各种坏死的组织。直到完全干净为止，然后在腔内用碘酒消毒，说是要烧一烧，接下来开始向伤口填塞纱布和引流管，手术结束后我已经是满头大汗，全身战栗哆嗦，久久不能平静。第二天早晨起来，感觉脑袋后头的两根大筋和两只胳膊的肌肉酸痛，原来是手术时咬牙过紧，双手拽在床板上用力过猛造成的。从手术台下来时，大夫、护士夸我是好样的，我故作笑脸，但是嘴角和眼角都在不可遏制地抽搐。

第一次换药时，大夫告诉我可能有些疼，因为不用麻药要把“腔”里的纱布和引流条取出来，并重新塞进新的。如果我觉得忍受不住就喊出来。换完药后像洗完桑拿似的，全身都湿透了，我忍住了。医生笑着问：“你刚才干吗不喊？”我答：“没想好喊什么。”若喊救命，这是大夫正在做的事情，喊爹喊妈又怕他们打喷嚏，也太俗了。想喊点有品位有水平的口号，又一时凑不成句子，还是忍了吧。

我的老朋友——西安交通大学副校长闫剑群教授是国内研究疼痛的著名专家，他给疼痛下的定义是：“疼痛是有机体对伤害性刺激作用于机体的保护性反应。”这种简明扼要的说法对于遭遇疼痛的人来讲一点止疼的效果都没有，不如在我手术时替我喊一嗓子。

北京大学常务副校长兼医学部主任柯杨教授告诉我：“只要能治好病，疼一点也值。”我看她是站着说话不腰疼。

莎士比亚的《威尼斯商人》中有这样一句台词：“一个人给绑上了刑床，还不是要他怎么讲就怎么讲。”好在我手术时身上没藏有“密电码”“联络图”之类的绝密，否则后果还真不敢保证。

托•富勒说过：“痛苦过后是欢乐。”此言不假，换了几次药后，伤口虽仍处于开放状态，但自己似乎已忘记了当初的剧疼。所以，应感谢上帝赐予人类的遗忘本领。

久病成医与久医成病

事情得两面说。久病成医是患者长期经验的积累和运用，是自己给自己当医生的过程。尤其是慢性疾病，绝非三天五日便可药到病除。“病来如山倒，病去如抽丝”，得病容易治病难，患者要有打一场持久战的心理准备。在医生治疗的同时，要注意结合自身的特点，掌握自我疗养自我护理的规律、常识和基本方法，配合大夫战胜疾病。

久医成病则至少有两层含义。一是指大夫的职业病，用医生的眼光看人，似乎人人都是患者，谁都有病。当然，医生也是人，同样会生病。“时代先锋”华益慰同志生前是三〇一医院的外科主任、著名的专家，他这一辈子切除了许多胃，为患者挽回了生命，自己却未能幸免，最后死于胃癌。医生的职业很辛苦，责任很大，他们的健康状况总体上也不尽如人意。

久医成病的另一层含义指的是长期治疗、住院，本来去看牙，最后经过反反复复的检查发现眼睛出了问题，又在治疗眼疾的过程中，诊断出了脚指头染上了毛病。所以，常有这种现象，入院前只有一种病，出院时却又多出了一种甚至是多种病。

病是查出来的，在这个意义上讲，疾病也在于被检查。现代化的医疗器械五花八门，检测的类别也名目繁多。病人一入院，验血、验尿、验屎都是最基本、最常规的，接下来便是心电图、胸透、B 超、CT、核磁共振等等。待检查完毕再等结果出来，说不定还要复查，一拖就是几天的时间。特殊的病还要做更为复杂、细致、特殊的检查，一圈儿下来，真得有个好体格，否则将半途而“废”。

现代医学专业划分越来越细致，且有愈演愈烈之趋势。内外科不搭界，中西医不沟通。一个骨科也要分成若干种，看肋骨的看不了腿骨，治脚指头的顾不了手指头。也许有一天，左右两只耳朵也得挂两个号，设左耳和右耳两个科。专家专家，专而不博，他们只是对最小的事情知道得最多。想要聚在一起拿出一个综合治疗措施那比登天还难。不同专业的医生们对同样一种病症看法不一，甚至大相径庭。让患者不知所措，但有一点是高度一致的，不论你到了哪个科，不管你得的什么病，几乎所有的大夫都说能治。试举一例，本人患糖尿病十余年，看过的大夫不下几十位，都说没问题，拍着胸脯打保票，结果又都治不好。这次背上长了包，在抗生素不奏效的情况下我求助于所住医院的中医科和理疗科，他们的态度都很乐观，都说是小事一桩，中医大夫特别能"忽悠"，看了一眼患处便来了句："我前天刚治好了一个跟你同样的病，怎么传得这么快?这种病中医治最拿手，用不着手术。给你开两服药，估计就差不多了。"开处方时看到门外有患者候诊，便大声地自言自语，"天天都是这么多病人，连喝口水的功夫都没有，人要是出名了，那就得累死 。"但我至今尚不知道这位"名"医的大号。理疗科的医生也很自信，告诉我做三次超短波（俗称烤电）就能见效，最后也不了了之。外科大夫说："那只不过是辅助治疗，要想彻底治疗还得靠我手中的刀。"一副"一刀闯天下""刀起病除""以刀治国"的隆重架势。

手术做完了，并不是一了百了。还要打抗生素以防止感染并继续以前的治疗，似乎只要不出院，各项大小毛病就会接踵而至。于是乎，鄙人强烈而恳诚地要求出院，并向大夫们反复申明：不住院不等于不休养、不治疗！甚至表示可以从医院这里买一身病号服穿着并把家里的床单换成白色的，若允许还可以在自家门窗上贴一个大大的红十字。

医生笑着叹了口气，同意了我的请求。

几点启示和建议

一、小病不拖，大病不得。小病不看，终将酿成大患。本人此次住院就是个深刻的教训。区区一个小粉瘤，从发炎肿起到初次就医整整耽误了两个月，名副其实的养痈成患 ，若早一点听人劝去看医生，几粒口服抗生药或几贴膏药便可解决，何至于请假住院。这是犯了典型的低级错误。

二、防患于未然。平时饮食注意，外加适当的体育运动，合理安排作息时间，对于预防各类疾病都有好处。保健、养生胜过治病。

三、听人劝，吃饱饭。特别是多听听大夫的建议。尽管大夫们经常有夸大其词的职业习惯，但毕竟是专业人士。有人说，大夫的话不能全听，也不能不听，这有一定的道理。尤其是后半句，“不能不听”。千万别学鄙人长期养成的恶习，对于医嘱之类的权威忠告采取不屑一顾的态度。

四、建议健康时偶尔也去医院里走走看看，不能光逛酒店，逛商场，医院是三观（世界观、人生观、价值观）教育的重要基地。去医院大厅或者走廊里转转，你会有另一番感受。不身临其境，不一定能体会到患者的痛苦和医护人员的辛苦以及作为健康人的幸福。

五、当亲人、朋友、同事患病时多一点关心照顾。一次探望、一个问候，都是对患者的安慰和鼓励。人在患病的状态下会感到孤独、脆弱和无助，内心会发生些许奇妙的变化，需要他人的理解和帮助。另一方面，对于探视、看望者来讲，也是提醒和告诫。在这里我由衷地感谢那些在我住院治疗期间前去陪护、探望和问候的各位领导、同事、朋友和亲人。尽管各位不是医生或者护士，我也不是美国好莱坞大片，但看看总不是坏事。

六、小病是福。人生在世，岂能不病，疾病是健康的伴侣，也是向死亡支付的利息。病痛能使人变得谦虚谨慎，能在一定程度上戒骄戒躁。不管哪里不舒服，人都会在神态表情、动作举止上有所反应。处于疼痛中的人，极少有昂首阔步者，多弯腰弓背、捧腹托腮或步履蹒跚、行动迟缓，这种种姿态多是弱者的表征。有些时候你会发现，不管一个人官有多大、职务多高、背景多深、形象多靓，但在病痛的折磨下都显得谦虚低调。如果伤愈病好后仍能保持一些病中的心理、姿态和品质，不张狂，不斗狠，那才是额外的收获。问题是绝大多数人都会“好了伤疤忘了疼”，这多少有些遗憾。

再次感谢各位的关注、关心、关怀和关爱。

2006 年 12 月 22 日

第四辑　笑里乾坤

笑的存在

一

笑者在笑。

人是笑的主体，同时也是笑的客体，即人也是笑的对象，自嘲是最典型的例子。

谁在笑？人在笑。“人是唯一会笑的动物”，亚里士多德就是这么认为的。人是笑者。

笑什么？笑一切。一切都是可笑的。可以笑，可以笑所有的一切。这里不去狭义地划定可笑与不可笑的界线。

二

笑可以视为人类的一种生存状态、生存方式，或者通俗地讲是人类的“活法儿”之一。

笑的状态是快乐的、美好的，即使是瞬间即逝的。

笑因而在某种意义上说也是人类的追求。

“某种意义”到底是哪种意义。某种就是某种，是难以或无法明确归类的一种。当笑以揭示某种“无意义”为己任时，它的意义便同时显示出来了。

三

从一个角度看，人类的历史就是笑与严肃较量、抗争的过程。

严肃性拥有了制度保证。制度把权力固化下来，成为统治力量的铜墙铁壁。

笑，显然是非官方、非正统、非主流、非制度的民间诙谐状态。

严肃性成了神圣、秩序、法律、政令、科学的冰冷面孔和灰色外衣。

强势是严肃的，不严肃属于弱势群体的“通病”。

官方文化与民间文化相区别的重要界线就是严肃程度的差异。

四

巴赫金说：“笑就其本性来说就具有深刻的非官方性质；笑与任何的现实的官方严肃性对立，从而造成亲昵的节庆人群。”

笑是对严肃性的摆脱。巴赫金还说：“在笑看来是欢乐的、正面的、快活的事，能摆脱期待的恼人的严肃性、郑重其事和关系重大之感，能摆脱面临情势的严肃性和郑重性（一切原来全是瞎扯，不值一提）。”

选择了笑，并不意味着选择了快乐。选择的另一头是放弃，放弃了严肃，便选择了认真。

笑是对严肃性的化解。“笑的消极一端（因素）恰恰是反对期待，反对努力的；它们在笑看来先已是官方的东西，无聊的东西，做作的东西。笑要消解这种努力和期待的严肃性……”

五

什么是期待？期待是期望与等待。期望是面向未来的，等待是渴求结果的。

20 世纪著名思想家保罗•蒂里希认为：等待意味着没有也意味着拥有。我们等待我们所没有的。

然而，让我们不要忘记，这种等待是巨大的紧张，它阻止了因不拥有而产生的骄傲，阻止了对部分拥有的人的冷嘲热讽，阻止了沉溺于怀疑和绝望之中。

我们的时代是等待的时代；等待是我们时代特有的命运。每个时代都是等待永恒到来的时代……每个时代不论对于个人或是历史来说，都是期望。时间本身就是等待：并非等待下一段时间，而是等待永恒的到来。

作为神学家的蒂里希的“等待”是严肃的、神圣的，“以绝对严肃态度等待的人，已被他所等待的持有。在忍耐中等待的人，已经得到他所等待的东西给予他的力量”。等待就是忍耐，信徒对耶和华的等待是耐心的。

六

在现实生活中，在一个风雨交加的深夜里，等待末班车的感觉如何呢？若末班车停运呢？

萨缪尔·贝克特的《等待戈多》把两个流浪汉无意义和无终的共同等待的荒诞意义暴露无遗。

当未来永远不来，结果化为泡影，便有了扑空的感觉，荒诞与可笑相伴而生。

康德所说，当期待突然化为乌有，便导致了笑。其实，这只是一种可能，也可能不笑，甚至是哭。而且，并不是所有的笑都是因为期待和努力的突然中断而引起的。

七

“扑空”容易引发笑，它也是一种行为失当。那么“悟空”呢？

“悟空”是想明白了，不会再萌发期待的心理和采取期待的行为了。

庄子的逍遥、潇洒、快乐，源自他的“悟”性，他想得深，看得透，他是自由的，可以“与天往还”。他笑的是规定的、做作的东西，消解了令人窒息的严肃性。

《西游记》中的齐天大圣，法名便叫“悟空”，从猴子变化为人，再由人而成神。“悟空”的天性是快乐的，是有趣味的，“使命感”和紧箍咒，让他遭受了“严肃性”的残酷迫害。

笑是不正经的，与完成西天取经的宏伟大业相比，笑所体现的个性和自由是渺小而不能容忍的。

“悟空”在制度化的铁幕下是眼噙泪水的，尽管他努力地笑。

八

文学意义上的笑，是有选择性的。经过了挑拣，就有了意味和企图，其嘲讽特征便冒显出来，是带刺的花，是藏针的绵。嘲笑是裹上糖衣的否定和批判，是轻柔的冒犯，而不是暴力。

笑是态度。

笑的态度背后是我们通常严肃表述的世界观、人生观和价值观。

笑在笑者那里既是立场，也是观点。

人类的个体是乐意以笑的方式存活于世的。放在群体当中，笑的程度都会减弱。

笑时刻受到禁止和打压，又时刻获得哺育和滋养。

笑是一种意识，还是一种存在?

人类是笑的存在。

“我笑故我在”，或者说人类本身就是笑。套用一句拗口的严肃的哲学句式：人类是在笑者的笑中存在着。

人类不灭，笑声不断。

古老的笑声

在一定意义上讲，人类的历史是一部笑话史。人类在笑声中忍受苦难，并在苦难中寻找欢乐。笑是人人随身携带的唯一的防身器和娱乐品，哭声和笑声交织在一起，构成人类社会的悲喜剧。

一

中华民族既是一个庄重严肃的民族，又是一个风趣诙谐的民族。伴随着几千年的兴衰荣辱和欢乐痛苦，中国人的笑声始终不断。他们笑一切可笑的事物。或笑得深沉，或笑得苦涩，或笑得无奈，或笑得畅快，或笑得狂妄，或笑得开心，或笑得复杂。历史在笑声中蹒跚，人民在笑声中成熟，社会在笑声中进步。

笑，是人类独具的尊严和权利。笑，是人类抗拒压力的良方。笑，是人间最悦耳最美妙的音乐，是上帝赐予人类的厚礼。

我们的祖先曾经笑过，并给我们留下了许多笑的遗产。我们有责任保护这笔宝贵的遗产，并有权利与祖先共享这份欢乐。在清点和整理这些丰富遗产时，我们时而欢笑，时而叹息，时而悲切，时而豪迈——悠悠岁月，茫茫众生，千古兴亡多少事，怎一个“笑”字了得！

二

以笑为生，即以搞笑为职业，替王侯消愁解闷的滑稽艺人，最早出现于春秋之际。

许多文献记载了中国首批“搞笑人”的状貌及职业特征。虽然，文献中涉及此类人与事的文字并不详细，但也足以印证了俳优这一特殊群体和特殊行为的存在。

“俳优”，是专门在宫廷中从事一些滑稽表演，插科打诨，适时说一些俏皮话逗国君王臣一笑的艺人。

据刘向《列女传》上说，夏桀时代“倡优”就出现了。

春秋时代俳优盛行，这是不折不扣的事实。当时各国国君似乎都有这种取笑的嗜好，豢养“优人”，调笑取闹，属于常事，并成为流行时尚。

三

什么样的人能成为俳优？按照现代人的标准，能逗人发笑的人多属性情开朗、伶牙俐齿、机智幽默、善于表演“绝活”之士。古代“俳优”想必也具备上述条件。

从《史记·滑稽列传》所记录的几位滑稽天才来看，他们的气质、性格和表演才能均属上乘。

与现代不同的是，春秋前后的俳优行当的从业人员中，多以侏儒为主。身体畸形、相貌怪异、动作滑稽，容易引人发笑。残疾成为别人，特别是那些身居要职的国君、重臣们取笑和嘲弄的笑料。《礼记•乐记》称："及优侏儒，犹杂子女。"《国语•郑语》中有"侏儒、戚施，实御在侧"。《管子•小臣》记载："倡就侏儒在前，而贤士大夫在后。"《史记•滑稽列传》称优冉为"秦倡，侏儒也"。

在中国历史上，艺人的地位一直十分低下，加上俳优自身的残疾，其处境越发悲惨。

四

"优"是从"巫"发展而来的。

"巫师"掌握"巫术"，是专门用来驱鬼散神的"职业技术"。巫师在人类早期的原始社会阶段，扮演着人间救星的角色。他能逐疫驱邪，治病消灾，能与鬼神对话交流，主持和操办祭祀活动。

巫师扮相奇特，大多头戴面具，浑身涂上颜色或佩戴各种饰物，大喊大叫，边舞边唱，驱打妖魔鬼怪，并讨好神、敬神、颂神。巫师活动的场面各异，气氛神秘甚至恐怖。巫师是原始社会阶段人们心目中的大人物，属半人半神性质。他们无所不知，无所不晓，也无所不能。

巫师与巫术活动的产生和盛行，是生产力低下的表现。由于人类早期认识能力极为有限，对于一些自然现象缺乏科学认识，又试图寻求解释，于是巫术与巫师便应运而生。今天尚存的傩戏中还能看到原始宗教中巫师驱鬼斩妖的情节。冯沅君所著的《古优解》认为，古优的远祖就是巫，优源于巫：“随着社会的演进，巫者技艺逐渐分化为各专业……倡优则承继他们的娱神的部分。”

王国维的《宋元戏曲考》指出：“要之巫与优之别：巫以乐神，而优以乐人；巫以歌舞为主，而优以调谑为主；巫以女为主，优以男为主。”

巫近鬼神，而优则近人事。巫讨神欢喜，优则逗人发笑。由巫到优，乃社会进化的结果，其戏剧色彩越来越浓。

五

“俳优”是适应诸侯贵族阶层的审美娱乐口味的变化而兴起的。

“俳优”提供给君王们的是笑料和滑稽表演，目的在于博取主人一笑。游戏、逗乐、调笑，是这些“宫廷小丑”们的本分。“俳优”生活在国君、诸侯的身边，属于近臣、近侍，有接近最高统治者的机会，因此，他们常借助自己的独特身份、独特地位和与众不同的表达方式，参与朝中某些决策。在搞笑的同时也兼搞政治，或者说是以搞笑为幌子，实现政治参与的目的。

“俳优”们通过故意说反话、说疯话、说傻话、说风凉话等形式，“谈笑讽谏”，来表达自己的政治见解，传递民意，为民请命。这种做法被称为“优谏”。实际上，就是用说笑话这种比较容易接受的方式，给国君提点意见。笑里藏“谏”。

尽管这种参与并非很直接，也不见得很管用，还是被那些不苟言笑的正人君子视为“俳优鄙艺，污辱视听”。

《国语•越语》称：“今吴王淫于乐，而忘其百姓……信谗、喜优、憎辅、远弼。”

《国语•齐语》中有管子认为：“优笑在前，贤材在后，是以国家不日行，不月长。”

《管子》称：“然则国适有患，则优倡侏儒起而议国事矣，是驱国而损之也。”

《韩非子》有云：“与优侏儒断事，是以遇贼。”

凡此种种，可见当时优人参与政治绝非特例。“俳优”多了，并围在国君周围，难免议论国事。

排除“俳优”的政治倾向和社会功能不讲，从其自身价值来看，它无疑是我国说唱艺术、喜剧艺术的渊源。

六

司马迁很伟大，于屈辱之中写下了不朽之作——《史记》。

耐人寻味的是，书中不仅记录了历代帝王政绩和诸侯国存亡的过程以及重要人物的事迹，还破天荒地为淳于髡、优孟、优旃三位滑稽诙谐的“另类”专门立传，取名为《滑稽列传》。

司马迁开宗明义直截了当地表明了自己的态度：

孔子曰：“六艺于治一也。《礼》以节人，《乐》以发和，《书》以道事，《诗》以达意，《易》以神化，《春秋》以道义。”太史公曰：

“天道恢恢，岂不大哉！谈言微中，亦可以解纷。”

“六艺”对于政治有用途，“笑”同样有用。只要谈笑合乎大道，也可以化解矛盾，消除纠纷。所以“笑”应与《礼》《乐》《书》《诗》《易》《春秋》相提并论。

名垂青史的这三个滑稽者分别是淳于髡、优孟、优旃。淳于髡是位外交官，屡次出使诸侯。后两位则是宫中艺人。他们的共同特点是诙谐机智，善于适时说一些笑话，除了活跃气氛之外，还能笑着规劝或纠正君王的某些错误主张，即所谓“讽谏”。这显然是一种相当危险的举动，是典型的拿生命开玩笑的事情。但，他们还是以笑作掩护，伺机表达正确的想法。

淳于髡曾成功地让齐威王戒了酒，把心思用于国家的治理上。优孟则把楚庄王“贵马贱人”的荒唐做法顺势推向极端。这位国君爱马甚于爱人，竟然要用大臣规格的葬礼来为他的宠物开“追悼会”并厚葬。优孟假装对楚庄王的爱马之死悲痛欲绝，竭力主张把葬马的规格提高到国葬（即葬君王）的水平，致使庄王明白了自己的过分，终于让他们把马“葬之于人腹肠”，饱餐一顿。

优旃更是“善为笑言”，又“合于大道”，大概是笑话讲得很有分寸。所以，他竟敢跟暴君秦始皇开玩笑。秦始皇好打猎，想扩大猎场，“东至函谷关，西至雍、陈仓”。面积显然比当代的高尔夫球场占地要多，造价想必也很高。优旃一听马上兴奋地附和：“好啊，再多养些禽兽，等有敌人来攻打我们国家时，咱们就把猎物里的麋鹿放出来，用角顶死他们！”秦始皇还真能听得进优旃的嘲讽，因此，放弃扩建猎场的打算。秦始皇死后，其子二世继位，这位仁兄更有气派，想把城墙漆刷一遍，相当于今天的“要给长城贴瓷砖、给黄河加护栏之类”的高档豪华装修了。优旃立即表示：“好啊，太好了。您就是不说，我也正打算给您出这个主意呢！漆城对于老百姓来说虽然负担很重，劳民伤财，但还是好事啊！城墙漆得油光发亮，敌人就爬不上来了。”秦二世听后大笑，没有去干这个两千多年前的“面子”工程。

所以，太史公赞曰：“淳于髡仰天大笑，齐威王横行。优孟摇头而歌，负薪者以封。优旃临槛疾呼，陛楯得以半更。岂不亦伟哉！”

晋代刘勰在《文心雕龙·谐隐》篇中夸道：“优旃之讽漆城，优孟之谏葬马，并谲辞饰说，抑止昏暴，是以子长编史，列传‘滑稽’，以其辞虽回，意归义正也。”

七

我们今天能听到的最久远的笑声是从先秦传来的，距今已有两千多年的历史了。文学记录并传递了这些古老而智慧的寓言笑话、机智妙语以及欢乐的气氛。

最初的笑话，并非出自凡夫俗子之口，而是由那些万世景仰的思想家们亲口说出的。这些精彩的笑话散见于经典著作——诸子论集之中，随同深刻的哲学、政治、文化思想而流传后世，经久不衰。笑话，从一开始就孕育着理性的色彩，并深得先贤们的青睐。尽管这些笑话最初产生于民间，正如那些思想家的出身一样，但并非被达官贵人所不齿，而是很快便登上大雅之堂，帮助政治家、思想家们阐述深奥的思想。于是，当我们捧读先秦经典时，常会被穿插其中的一段轻松寓言所打动，字里行间时而会依稀传出一阵阵耐人寻味的笑声。

中国古代文化典籍浩如烟海，先秦诸子百家的理论著作在其中占有重要地位。多数著作堪称经典中的经典。这些博大精深的思想宝库，竟有笑话镶嵌其中，不禁令人惊奇不已。让笑话阐释思想，用思想保存笑话，堪称一绝。显然，这些名副其实的经典笑话并不是说说玩的，逗逗乐子，而承担了“笑以载道”的重托。

八

寓言笑话是用笑话说理。这种形式在古代深得文人喜爱并被广泛采纳。古希腊的《伊索寓言》即属于此种类型。中国古代的许多著名寓言笑话被当时的思想家、政治家引用，并写入其著作中，至今仍家喻户晓。

笑话不仅仅是说着玩的，博人一笑或一笑了之。大道理难讲，要讲清楚，让听者明白，就要举例子，使其通俗易懂。古代圣哲们看来是深谙此道，于是民间创作并流行于民间的各类笑话，成了他们用以阐发哲理的精彩案例。《孟子•梁惠王上》有“五十步笑百步”之说，同是临阵脱逃，有逃出百步的，有只逃出五十步的，而逃出五十步的竟然嘲笑逃出一百步的人为胆小鬼。

《孟子•公孙丑上》中讲了一个著名笑话：有一位仁兄因为田里的庄稼苗长得慢而着急，便自作聪明地用手把苗往上拔一拔，让苗长得快一点，结果可想而知，都枯死了。

简单的笑话在这里揭示了深刻的道理，微言中有大义。

庄子同样擅长讲笑话、用笑话。《庄子·天运》中有东施效颦的故事：大美人西施身体不适，手按胸口，柳眉紧皱，越发美丽动人。同村奇丑无比的东施见了，觉得不妨也照此办理，学西施的姿态，结果看着恶心，把人吓跑了。

《庄子》中同样精彩的笑话还有“井底之蛙”“郢人运斧”等等，现已成为人们经常使用的成语。

《韩非子》收录的笑话更多，至今脍炙人口的经典笑话有“滥竽充数”“守株待兔”“自相矛盾”“郑人买履”等等，笑料无限，寓意无穷，以笑载道，令人彻悟。

九

作为万世师表的孔夫子是人们心目中最一本正经的圣人。其《论语》亦被后人奉为一本正经、一部真经。要了解孔子，必读《论语》，其作用之大，非其他典籍可比，并有“半部《论语》治天下”之盛赞。

《论语》文体活泼，语言生动凝练，记录了孔子讲学的生涯和言行。孔门弟子精心编辑而成。字里行间不仅表达了孔老夫子的深刻思考，也跳动着这位旷世圣哲的气质性格和音容笑貌。

孔子的笑没有哈哈声，仅是“莞尔而笑”，微微一笑，很有教师风度，笑得文绉绉的，显示了修养与学问，并说了一句“割鸡焉用牛刀”，相当于今天我们常说的“大炮打蚊子——大材小用”。

孔子与学生们之间的对话交谈并非板着面孔，不苟言笑，而是时常比较随和近人的。孔子的思想不是我们探讨的话题，我们只想知道，像孔子这样的大人物是否也笑。看来，他不仅能笑，也爱说些笑话。由此可见，开玩笑，讲笑话（戏言），绝非小民之娱也，更没有低俗之嫌。

笑是人类的本能，也是人的需要。孔子都笑了，还有谁可以矜持到连笑都放弃的程度？圣人的笑可以起到示范作用，并给人以亲近感。

十

会笑的不仅有中国人，西方人也笑。

希腊神话经过几百年的口头创作，被变成文字，通过《荷马史诗》《神谱》以及其他著作流传于世，成为后人取之不尽、用之不竭的文化宝藏。

在记载诸神起源和英雄事迹的字里行间，我们听到了奥林匹斯山上诸位大神们那朗朗的笑声。这是西方笑的原生态。

奥林匹斯山是一个神秘的地方。它的入口处是一座云彩大门，由四季神把守。诸神的宫殿建筑于悬崖峭壁之上，谁也无法攀登。山上风和日丽，雨雪不能光顾。众神之王——宙斯的宫殿尤为辉煌，每天早晨众神都前往这里，向宙斯祝福。

宙斯与他的兄弟靠抓阄的方式分配宇宙。宙斯权力最大，有资格打雷。宙斯作为男性之神和多数男人一样有好色的一面，喜欢过许多女人，并想方设法骗过爱吃醋的妻子。

众神们的生活是无忧无虑地聚在一起，大笑一番是常见的事儿。

十一

维纳斯是美与爱的女神，专门负责“爱”“美”和“笑”。

维纳斯美丽绝伦，超出人们的想象，那时的维纳斯的胳膊很美，不像今天人们看到的那位著名的“残疾人”断臂维纳斯那样。这位美神特别爱笑，经常甜蜜地嘲笑那些被她的计谋所征服的人，由于她的美貌、笑容和机智，使众神为之神魂颠倒，连大海都为她发出笑声。

那位身上长着一对金色翅膀，手持弓箭，活泼可爱的丘比特是被人们经常提起的名字。这位小爱神是维纳斯的儿子。这个小家伙扮演了中国月下老人的角色，能用箭把爱情射到人们的心窝里。快乐与痛苦常常都因此而生。据说丘比特常常蒙上眼睛，因为爱情往往是盲目的。

被宙斯一怒之下扔出天门而摔断了腿的赫淮斯托斯成为神话中的一个瘸子（中国神话中也有著名瘸子“李铁拐”）。

神的夫妻之间也经常吵架，宙斯与妻子赫拉便是例子。他们之间时常爆发激战，让儿子赫淮斯托斯为难。他为了保护母亲被父亲宙斯弄断了腿，又想方设法讨母亲欢心，用自己精心制作的酒杯给母亲斟酒，赫拉微笑着，从儿子手上笑嘻嘻地接过那只杯子。于是赫淮斯托斯又去服侍其他的神，从左首开始，用他的调羹将那甜蜜的琼浆玉液给大家轮流斟，那些快乐的神看见他在大厅上一瘸一拐不停奔忙的样子，禁不住哄堂大笑起来。

十二

戏剧中的笑，集中在喜剧里。

喜剧得让人发笑，笑是喜剧效果的充分体现。

古希腊喜剧是世界上最古老的戏剧之笑了，它起源于遥远的酒神祭祀。阿里斯托芬是那个时代最优秀的戏剧家。

据罗念生先生介绍，“一个喜剧家要善于讲笑话，阿里斯托芬在这方面算是能手。他的喜剧处处滑稽，引人发笑。但是，他并不滥用他的笑话，而是用得恰到好处，收到很大的效果。阿里斯托芬喜剧中的故事完全是诗人自己构想出来的。剧中的情节本身往往就是一个大笑话，所以，即使剧中的人物不说半句笑话，这些戏剧也可以称得上喜剧了”（《罗念生全集》第四卷）。

让•诺安称阿里斯托芬是“一个天才的乡巴佬”，“他的名字以字母A开头，在世界上所有制造笑话的大师名字中名列前茅”（让•诺安：《笑之历史》）。

阿里斯托芬一生创作了四十多部喜剧，第一部剧《宴会》首演于公元前427年。在时光流逝了两千五百年之后，我们的耳边似乎仍能听到那遥远的笑声。阿氏有11部作品完整地流传至今，这为我们透过笑声了解当时雅典政治、社会状况和人民生活提供了独特视角。

《阿卡奈人》《骑士》《云》《马蜂》《地母节妇女》《蛙》

等喜剧剧本，表现了喜剧这一戏剧样式在发挥笑的讽刺、挖苦、批判和抨击功能中的有效作用。

古希腊不仅是全人类严肃科学和深奥哲学之发源地，也是轻松喜剧和笑的起始站。古希腊精神中，从此拥有了生生不息、绵延不绝的喜剧精神，开辟了讽刺、抨击政治腐败、社会丑恶和人性弱点之先河，点亮了人类追求自由、张扬个性的欢乐火炬。

自古希腊开始的人类历史，一直是文明与野蛮、喜剧与自由、欢笑与严肃抗争的历史。在两千多年的抗争中，古希腊消失了，古罗马衰亡了，中世纪的黑暗时代结束了……人民的笑声却经久不断。

十三

人民在创造历史的同时也创造了笑话。创造历史是一件神圣得令人永远肃然起敬的伟业，而创造笑话无法获得同等的神圣感和知名度。人类的一切文明成果均在时代的交替过程中或继承或传播或遗忘或抛弃。时间最是无情，我们祖先曾经绞尽脑汁、流血流汗、为我们这些肖与不肖的子孙创造的不少让他们当时骄傲和兴奋得彻夜难眠的大业，却被时间残忍地化为乌有。“古今多少事，都付笑谈中”，轻松地咧咧嘴角，便成了摧枯拉朽的否定和宽宏大量的谅解。留下来的是一段段常听常新的古老笑话。

笑话源于生活，具有历史纪实成分。

笑声与哭声交织在一起，汇成历史的真实声音。

笑话总是被烙上时代的印记。一部笑话史，常常可视为正史的有趣而有力的补充。谁在笑？笑什么？为什么笑？

历史不是一部枯燥乏味的记事簿，丰富多彩的人类生活不能被抽象为一连串的数字和大人物笔直的脚印。

笑话是不经意的历史记载和轻松的传播方式。民心与民意，事实与愿望都因此得到表达与反映。笑话、民谣是鲜活的历史，是情绪的历史，是心灵的历史，是最具说服力和感染力的。卡莱尔曾说，“笑是解开全人类之谜的万能钥匙”，透过笑话，我们看到了祖先的生存状态、生活方式和价值取向以及我们自身的弱点。——笑也是一种改正的力量，能防止我们异化。

窃笑：没事儿偷着乐

中国没有西方意义上的狂欢节，很难理解那种肆无忌惮、纵情狂热的爆笑场面和深刻交杂的文化背景。

笑（诙谐）是狂欢节的直接表现和目的。巴赫金把狂欢节式的笑的复杂本性做了归纳：第一，它是全民的，大家都笑，“大众的”笑；第二，它是包罗万象的，它针对事物和人，没有高低贵贱之分，整个世界所有事物都是可笑的，都可以从笑的角度，从它可笑的相对性来感受和理解；第三，这种笑具有双重性，——它既是欢乐的、兴奋的，同时也是讥笑的，冷嘲热讽的，它既否定又肯定，既埋葬又再生。既笑己又笑人。

中国的传统民间节日也洋溢着喜庆气氛，如春节、元宵节、端午节、中秋节等，但只是喜上眉梢或喜气洋洋，而不会欣喜若狂。我们的节日延续着日常生活的基本秩序和节奏，是稍微的放松而非极度的放纵，节日表现的情绪是肯定、赞赏和歌颂，绝没有颠覆社会逻辑秩序、颠倒上下大小关系的企图和冲动。喜悦和快乐是中国人节日笑容的唯一成分，并不存在嘲弄、讥讽意味。因此，汉民族传统节日总体上讲是庄重的、节制的，是循规蹈矩前提下的“宣泄”，是有一条严格的底线不可逾越的。傣族的泼水节相对要“宽松”一些，人们可以不分男女老幼、尊卑高低而尽情地相互泼水嬉闹以示祝福，但乘机搞恶作剧，泼热水、泼污水是绝对不允许的。老北京的秧歌、高跷队伍中有小丑出现，增添了喜剧诙谐的气氛，深受民众喜爱。但，那小丑的形象肯定不是皇帝、大臣或地方行政长官。西方传统狂欢节中可以随便把国民妖魔化，可以高呼“该死的国王死了”，这在中国几千年的历史上绝无仅有，那已经不是一般意义上的冒犯了，而是犯了死罪。

中国人在节日里的笑是一种满足，带有程式化的痕迹，与拉伯雷笔下的狂欢节中的笑有着本质的区别。我们的笑是单纯的，没有批判、否定的内涵。

当然，由于文化的差异，中国人始终认为笑是一种应受到管束和限制的不当行为。笑的强烈程度要与场合和身份相符，大庭广众之下的哈哈大笑总令人不快或不安。哄堂大笑出现的概率很少。

中国人节日聚会的规模从人的数量来讲并不大，除了赛龙舟、观焰火、放花灯等大型活动外，人们成千上万自发地聚集在一起共同参与滑稽表演的时候几乎没有。这也是不会形成全民齐笑的原因之一。

“没事偷着乐”“窃笑”，乃是中国人笑的习惯方式。“背后笑话人”使嘲弄、讥讽的本领得到了充分的施展和发挥。三五个人、七八个人聚在一起品茶、喝酒、吃饭时，人们常会讲一些逸闻趣事、段子笑话乐和乐和。所以在小范围、小圈子内，笑得“捧腹喷饭”“弯腰打滚”，则屡见不鲜。人一多，笑声就消失了，一个个会变得严肃紧绷起来。从这个角度看，中国人对于笑的态度是有保留的，他们笑得很隐藏，不公开，不张扬，选择性也很强。

可笑的认知偏差

一

一个小男孩慌慌张张地跑回家，上气不接下气地向父亲报告：

“爸爸，不好了。我刚才看到在咱家农场干活的那个叔叔，领着我家大姐钻到咱家的棉花垛里去了。我看见那个叔叔脱下了裤子，我姐姐脱下了裙子，你快去看看吧，要是去晚了，他们就会把棉花尿湿了……”

他的父亲听到这儿，操起一把木棍冲出门去，边跑边吼道：“傻小子，你说的都是事实，但是结论是错误的！”

从事实出发，是我们判断和认识事物的前提，但从事实出发，并不一定得出正确的结论。认识有一个发生的过程，小孩子缺乏起码的涉世经验，对于“性”这类属于成年人专利的活动并不了解，才有了认为他们一起去尿尿的判断。其实我们在日常生活中也会犯同样性质的错误。

二

科学是基于事实的。现代科学更是离不开试验。请看一个实验记录：

某位学生在实验室里对一只青蛙做试验。

他把一只强健的青蛙放到实验台上，然后大喊了一声：“跳！”

青蛙跳了起来。实验者用尺子量了量青蛙跳过的距离：1.5 米。

然后，青蛙被切掉了一条腿。

“跳！”青蛙忍疼跳了起来。

“正好 1 米。”大学生量了量说。

他又切掉了青蛙的一条腿。

“跳！”他大喊一声。

青蛙跳了 80 厘米。

他又切掉了青蛙的第三条腿。

青蛙吃力地跳着，这一次只跳了 10 厘米。

实验者接下来切掉了青蛙的最后一条腿。

“跳！跳！跳！”他声嘶力竭地大喊大叫。

青蛙没有跳，它一动不动地待在那里。于是，大学生把试验结论记录了下来：“当青蛙被切掉四条腿后，它就变成了聋子！”

青蛙被切掉四条腿这是事实，但这并不意味着青蛙的听力丧失了。我们在科学的名义下得出的结论都是正确的吗？

1958 年的“大跃进”，把稻子集中堆放在一亩田里，于是就把一亩田里所能堆放的重量变成了产量，结论公之于世，亩产稻米 10

万斤。

与此相似的计算方法：猪的体积取决于猪圈的大小。猪圈越大，猪长得越壮。于是就有了 3 吨猪的说法。一头猪可以长成一座山，因为猪圈比足球场大。

三

一位盲童问妈妈：

“妈妈，您在干什么？”

“好儿子，我在喝牛奶。”

“什么是牛奶？”

“牛奶是一种白色的液体。”

“那什么是白色的？”

“天鹅是白色的。”

“那什么是天鹅？”

“天鹅是一种脖子弯曲的鸟。”

“那什么是弯曲的？”

于是，母亲把自己的胳膊做成弯曲状并让儿子摸一摸并对他说：

“这就是弯曲的。”

“噢”，盲童一边用手摸着胳膊一边兴奋地说：“妈妈，我终于知道什么是牛奶啦！我原来还以为这是胳膊呢！”

这是一个与盲人摸象类似的故事。这里丝毫没有嘲讽盲人的意思。双目失明乃人生之大不幸，失去了对颜色、形状等一目了然的把握，他要借助于嗅觉、听觉、触觉等感知外部世界。

然而，眼睛明亮、视力良好的正常人就一定能准确全面地认识世界吗？不见得。在现实生活中还存在着“有眼无珠”“视而不见”的现象。

心明才能眼亮，眼亮不一定心明。“眼见为实”的说法有时也经不起推敲：

“飞流直下三千尺，疑是银河落九天。”你会产生这种视觉错误吗？黄河之水天上来，黄河是从天上流下来的吗？还有：“稻堆堆得圆又圆，社员堆稻上了天，撕块白云揩揩汗，凑上太阳吸袋烟。”不仅视觉出了问题，而且嗅觉、触觉统统产生了幻觉。

四

一位患者愁眉苦脸地跟大夫诉说病情：“我不管碰到身体的哪个部位都会感到疼痛。”

“怎么会呢？试给我看看！”医生说。

患者伸出手指按了一下另一只胳膊，马上疼得叫了起来。她又按了一下肚子，又叫了一声。接着按了一下膝盖，还是疼，按脚背也是一样，反正是不论碰到哪里，她都疼得直叫。

“没事了，别按了。你身体的各个部位都没有问题，只是你的手指断了，也就是说骨折了！”大夫诊断说。

碰到哪儿都疼并不意味着碰到的部位出了问题，毛病在手指头上。手指骨折了当然碰到哪儿都会感到疼痛了，手指头疼却怀疑碰到的东西不正常，显然荒唐。但现实世界里此类看似荒诞的事情却屡见不鲜。

戴着有色眼镜看东西，用半拉脑袋思考，得出的结论往往与该患者大同小异。

五

某日，一位先生发现他的手指尖儿发黑了，惊恐不已。于是，他慌忙挂了急诊。著名大夫建议他通过手术来解决，把发黑的指头切下来，以免病情继续发展。术后不久，患者发现，新愈合的伤口又变黑了。大夫不得不又做了一次手术，继续截掉一段。病情并没有得到根除，因为出院后，他的手指头又在变黑了。大夫依然坚持原治疗方案，即再做截指手术，患者绝望了，他决定换一家医院看看。

这位大夫听了患者的介绍并认真地观察了一番说："没事儿，不用再做手术了，你的手套掉色了，以后不要再戴了。"

手套掉色，把手指头染黑了，却被大夫切了手指头，惨不忍睹。

权威也会犯常识错误。你向炮兵请求灭蚊妙法，他说不定真能把导弹用上。专家解决问题有一套专业的思维模式和专业的处理方式。很多人迷信专家而最终耽误甚至毁了自己，这也是常有的事。

语言的无奈

一

语言是交流的工具。一场亘古未有的学习外语（主要是英语）的热潮席卷神州大地。几乎所有的华夏儿女炎黄子孙们都拿出了“头悬梁、锥刺股”的痴迷执着自觉的精神来攻克那叽里呱啦饶舌聱牙的鸟语，以克服“鸡同鸭讲”“对牛弹琴”的交流障碍。

有一则人人皆知的笑话阐释了学习外语的极端重要性：一个老鼠妈妈领着她的孩子们在街上玩耍。突然，一只凶恶的猫出现在他们的眼前。怎么办？三十六计走为上。鼠妈妈带着她那一群可爱的小耗子们撒腿便跑。猫岂能善罢甘休，他以百米冲刺的速度玩命地追。距离越来越近了，鼠妈妈瘫倒了，就在那只恶猫即将伸出魔爪的那一刻，一只小耗子冲着猫学了几声狗叫。奇迹发生了，那只已经张开血盆大口的胖猫吓得魂飞魄散，转身逃掉了。小老鼠得意地跟惊魂未定的妈妈说：“怎么样，掌握一门外语重要吧？！”

老师常对那些不愿意下苦功夫学外语的同学们说：听懂了吧，别光傻笑。连小耗子都知道外语的重要性，你们却不明白。哼，人不如鼠！

是啊，学好外语是生存的必需！只有个别人会想，老鼠难除，是因为他们掌握了外语。

二

也有对此笑话所阐明的道理持不同观点的人。

据说在中国北方的某大中心城市就上演过如下故事：

一天，两位警察在路上巡逻，迎面来了位黄头发、蓝眼睛、高鼻子的外国人。老外十分客气地向中国警察问路：“请问，去市政府大楼怎么走？”当然，他不会说汉语，大概讲的是英语。

我们的两位警察相互看了一眼，听不懂，只好客气地摇摇头。

于是老外又用法语、德语、俄语、西班牙语等不下十来种语言试图让警察明白。

而这两位警察面对如此繁复多样的古怪语言只能是摇头、摆手，说不知道。

老外最后无奈而绝望地耸耸肩，说了声谢谢溜走了。

看着老外沮丧的背影（表情有些能通过背影体现出来）。其中一位警察不屑地对他的同伴说：“怎么样，你还整天地嚷嚷着要学外语。你看这老外，他会那么多种语言，结果怎么样——没用！”

三

有人说不会外语照样能够沟通，因为人类还有肢体语言，可以通过用手比画表达自己的思想。另外，人类的心灵是相通的，眼神、目光都可以传递信息。这一点也不错。

还是在中国的某个北方城市，一位警察拦下了一辆小车，司机是一位老外。警察告诉他，你违反了交通规则，接受处罚即“扣分”。老外显然一头雾水，既听不懂交警讲什么，又搞不清自己出了什么错。于是他向警察做了一番解释，当然这种解释是没有效果的，因为警察根本分不清他讲的是哪国语言。“别啰唆了，扣分！”警察提高了嗓门，他似乎认为外国人能否听懂汉语主要取决于我们说话的音量。老外还是不明白，试图继续叽里呱啦一番。警察开始吼叫了：“废什么话呢，把驾照拿出来。”他做了一个掏东西的动作。

老外终于搞清楚了，他赶紧掏出一张百元钞票，塞到了警察的手里。

四

其实，并不是所有的肢体语言都能起到心照不宣或心领神会的效果。有时同样的手语比画会使对方会错意。例如，一位中国游客到德国旅游，在餐馆里他想要一份蘑菇，当然他没法用话语来表达，只好比画，服务员小姐很快就弄明白了他的意思，一会儿便微笑着送来了雨伞。

还有一位中国客人到日本访问，不巧夹克衫的拉锁坏了。他到商店想请售货员帮他换一个。站在柜台前，他又像许多不懂日语的外国人一样，用手比画着，先指指肚子，又用手上下划动几下。售货员小姐转身从货架上取下一把精制的日本刀，双手恭敬地递给了客人，一脸钦佩的表情。她大概为中国男人也拥有日本独有的“武士道精神”（即“剖腹自尽”的做法）所感动。

把蘑菇理解为雨伞问题并不严重，但用利刀代替拉锁则会导致杀身之祸。所以，光靠肢体语言进行沟通有时会冒很大风险。

五

靠比画手势能买到鸡（用手做翅膀状并伴以鸡叫声），据说，也有人通过暴露身体的某些部分或器官再配合手势动作可以买到许多相似的东西，这都是能够做到的。但也有人说，男人买香肠怎么办，难道真的要当众脱下裤子掏出来给人看吗？另外，购物只是简单的沟通，如果再遇到复杂一些的事情恐怕就没那么容易了。

好在有些人虽然对外语“听、说、读、写”一窍不通，但会借助于笔和纸能把自己的要求或愿望“画出来”，这要比用手乱比画表达得更清晰、更准确。

据说一位做家具的乡镇企业家就曾有过切身体会。

这位英俊、富有却不通外语的中年男子在美国进行“商务考察”期间遇到了一位金发女郎。那位金发美女对眼前的这位中国酷男有了好感，面对着语言障碍，她采取了以“画”代语的沟通方式。她在纸上画了刀和叉，这位中国人马上心领神会了，于是两人共进了晚餐。吃完饭，那位女郎又在餐巾纸上画了个酒杯，于是这位中国男子又乐不可支地陪她去了酒吧。夜深了，颇有几分醉意的美丽女郎又在纸上画了张床，并把暧昧的目光投向中国男人。他惊呆了，“太不可思议了，她怎么知道我是做家具生意的呢？”

黑暗中的亮光

小说的离奇出世

以今天的视角而言，中世纪无疑是黑暗、愚昧、冷酷的和残暴的。教会及其神职人员把持着社会的政治、经济、文化和人的心灵。神是不会笑的，人才是唯一会笑的动物。因此，笑是“低俗”的。但也正是在沉寂的黑暗之中，启发出了智慧与文明的光亮，人们在黑暗中创造的，除了许多人类建筑及文艺史上的典范巅峰之作，更有无拘无束肆意放纵平等自由的狂欢。

这些笑声在中世纪的传播，离不开“拉伯雷”这个名字。他的《巨人传》堪称一部伟大的笑史和完整的笑文化百科全书。欧洲时代小说的开山之作，充满了令人捧腹喷饭的趣闻故事。小说中的狂欢气氛从始至终地洋溢着，一扫中世纪的阴冷、恐怖与压抑，让读者置身于怪诞与真实界限模糊的，热闹、轻松、喜悦的另一个中世纪背景下的世界之中。

拉伯雷对抗严肃和冷漠的方式，是以文字的荒诞和戏谑去消解权威，用粗俗把神圣拉入凡间，而在这样的解构与重建中，幽默产生了。

他说："我想你们一定不会相信这样奇怪的生产方法。其实你们不信，我也不在乎，不过一个正常人，一个头脑清楚的人，对于别人告诉他的，特别是写下来的，总是相信的。这是不是违反我们的法律、我们的信仰、我们的理性，甚至于《圣经》呢？我个人在《圣经》里就找不出任何和这个相抵触的地方。但是，如果天主愿意如此，你说他办不到吗？啊，我请你们千万不要让这些没意思的想法劳累你们的精神，因为，我告诉你们，天主是无所不能的，只要他愿意，从今以后女人都可以从耳朵里生孩子。

巴古斯不是从朱庇特的大腿上生出来的吗？

罗克塔雅德不是从他母亲的脚后跟里生出来的吗？

克罗刻木师不是从奶娘的便鞋里生出来的吗？

密涅瓦不是从朱庇特耳朵里流出的脑浆里生出来的吗？

阿多尼斯不是从没药树皮里生出来的吗？

卡斯托尔和波吕克斯不是从丽达生的蛋里孵出来的吗？"

作家嘲讽并利用了以往的胡说八道，为自己无所顾忌的胡诌八扯、信口开河提供了合法性。这是新生命的离奇出世，也是近代新小说自由放纵的诞生。小说的创作手法完全可以是随心所欲五花八门的，甚至是夹杂着不堪入目和入耳的情景和话语。洁净化的处理过程，使小说逐渐达到了卫生标准，却也失去了其原生态独有的味道。正如"卤煮火烧"离开了肥肠一样。笑的爆发之时，便是禁忌打破之日。无所顾忌、随性而为、荤素不拒，小说带着粗俗开怀的笑声大大咧咧地冲着读者做鬼脸。

恶作剧般的欢乐

只需看一眼《巨人传》全书的章节目录，严肃的读者也会绷不住面部肌肉。

确实有一种肆无忌惮、眼花缭乱的狂欢气氛扑面而来，你会被那种喧闹的热烈的恶作剧般的欢乐包围着、簇拥着、拉扯着走进那沸腾的人头攒动的笑声震天的人群当中。

笑的强大感染力会让你晕晕乎乎，很难使自己保持住那可怜的矜持与严肃。

这些章节的主题，像是游乐园中的示意图一样，引导你走进欢乐之中：

“高朗古杰怎样从高康大擦屁股的方法上看出他惊人的智慧；高朗古杰怎样退换烧饼换取和平；

高康大怎样吃生菜冷盆吞下六个朝圣者；

“大固埃怎样树立碑碣纪念战功？巴奴日怎样另建碑碣纪念兔子？庞大固埃怎样放响屁生小男人，放无声屁生小女人？巴奴日怎样在两只杯子上折断粗棍；

庞大固埃怎样用舌头遮蔽整队人马？作者在庞大固埃嘴里看见什么；

巴奴日怎样耳朵里有虱子？怎样放弃他美丽的裤裆；

裤裆怎样成了战士的首要服装；

号称饿死鬼的怪异神像以及崇拜肚子的人怎样供奉大肚腹神灵；

巴奴日怎样吓得屙了一裤子，怎样把罗底拉都斯猫当作小魔鬼；……”

这些章节的主题，像是游乐园中的示意图一样，引导你走进欢乐之中，从这当中，我们不难判定拉伯雷的风格和企图，他的随心所欲和自由放任。乍一看似乎是在“恶搞”，但拉伯雷却奉劝自己的读者要学习“狗啃骨头的精神，通过仔细阅读和反复思索，咬开骨头，吮吸里面富于滋养的骨髓。”“不管是有关宗教，还是政治形势和经济生活，我的书都会向你们显示出极高深的神圣哲理和惊人的奥妙。”

五百年后，巴赫金津津有味地吸嘬着营养丰富的骨髓，成为勇于探索拉伯雷巨人世界的伟大智者。

笑在文学领域里是最伟大的表达者

巴赫金从拉伯雷的作品中探索并发现了笑的复杂性和深刻性。

像许多俄国人一样，巴赫金的全名译成中文很啰唆，叫米哈伊尔·米哈伊洛维奇·巴赫金。为减轻我们舌头的压力，我们更愿意尊称他为米·巴赫金，或干脆叫他巴赫金。

巴赫金生于1895年，1975年离开了人世。

这位备受推崇的“二十世纪最重要的思想家之一”，像许多与他同时代的俄罗斯（苏联）学者一样，因为拥有思想而饱尝厄运的折磨。他能活到80岁的高龄实在是一种奇迹。

他说：“拉伯雷是世界文学所有经典作家中最难研究的一个，

因为要理解他，就必须对整个艺术和意识形态的把握方式加以实质性的变革，必须对许多根深蒂固的文学趣味要求加以摒弃，对许多概念加以重新审视，重要的是，必须深入了解过去研究得很少而且肤浅的民间诙谐创作。”

拉伯雷很难研究。然而只要他的作品能够得以正确地揭示，人们就能够从中窥见民间笑文化数千年的发展，拉伯雷就是民间笑文化在文学领域里最伟大的表达者。拉伯雷的启发意义是巨大的，他的小说应该成为开启民间诙谐、笑文化巨大宝库的一把钥匙。但首先必须掌握这把钥匙。

巴赫金是位知难而进的学者。他反复强调了拉伯雷研究之难。难在何处？他用三个“必须”摆出了其研究的难度：一是必须对整个艺术和意识形态的把握方式加以实质性的变革。这在巴赫金所处的时期尤为艰难。二十世纪三四十年代的苏联，正处于令人不寒而栗的极权岁月。意识形态的专横、粗暴与无微不至，超出了今人的想象和忍受的极限。即使是学者在学术研究中想试图对意识形态的所谓“把握方式”进行实质性的变革，无疑需要拿出巨大的勇气。二是必须对根深蒂固的文学趣味要求加以摒弃。既然是根深蒂固的，就是坚硬的、刚性的、不可置疑的，也是习以为常的。这类文学趣味中的核心本质的部分是作为“要求”确立的。要求源于自身，也源于外部。趣味的摒弃与改变绝非易事，拉伯雷与传统格格不入，其风格的“粗俗”显然与故作细雅的“文学趣味要求”背道而驰。人可以俗，却不肯被说成俗。传统是一种成见，成见难以打破。第三个难点是增补以往研究的空白、稀少与肤浅。民间笑文化与诙谐创作绵延不绝，并适时疯长。从古至今，笑声一直伴随着人类。乡野市井是笑文化生长的肥沃大地，不时呈现一派丰收的景象。大雅之堂拒绝民间大笑的渗透与流入，只引进少量经过再次精细打磨的“微笑”，犹如中国百姓的“窝头”也曾出现在宫廷盛筵中，但个头缩小到拇指肚那么大，用料也由苞米糠麸转变为栗子面。

尽管笑的研究很难，巴赫金依然锲而不舍。他坚信，只要拉伯雷的作品得以正确揭示，人们就能从中窥见民间笑文化的历史、发展和启发意义。从作品文本中的剖析、揭示，就是巴赫金所说的钥匙，作品是了解作者的钥匙，作者也是解读作品的钥匙。拉伯雷的创作是挥洒自如的，而巴赫金的研究表现了同样的放松状态。他们关注的问题和关注的视角基本上是一样的。

笑的复杂而深刻的本性

巴赫金出生于一个迅速走向破落的贵族家庭，年幼的他又患上了该死的骨髓炎，体质孱弱的人常常拥有旺盛的思想和情感，巴赫金便是这种类型的人。

他聪慧好学，掌握多种语言，嘴上说着俄语，心里却用德语思考。德语、丹麦语、意大利语均很擅长，对于拉丁语和古拉丁语也颇精通。少儿时代痴迷于文学、哲学，并酷好现代诗歌，十二三岁就研读过康德的那部著名的晦涩艰深、令人头疼的大作《纯粹理性批判》。天啊，他的确是个早熟的奇才。

从拉伯雷的作品中，巴赫金看到了“民间狂欢式的笑”，并读出了“这种笑的复杂而深刻的本性”。

狂欢节类型的节庆活动，在中世纪人们的生活中占有很重要的位置，持续的时间长，参与的人数多。这种节日的突出特点是人人不再以原先的身份出现，而是摆脱了等级与地位，从诙谐和笑的角度感受这个世界。

狂欢式的笑，它不是对某一些个人“可笑”现象的单独反映，而是全民的，大家都笑，一起笑。笑的对象是一切事物和一切人，是整个世界，没有例外。这种笑是双重性的：它既是欢乐的、兴奋的，同时也是讥笑的、冷嘲热讽的，它既否定又肯定，既埋葬又再生。

巴赫金特别指出：“这种笑也针对取笑者本身……这是民间节庆诙谐与近代纯讽刺性诙谐的本质区别之一。一个纯讽刺作家只知道否定性的诙谐，而把自己置于嘲笑的现象之外，以自身与之相对立，这就破坏了从诙谐方面看待世界的角度的整体性，可笑的（否定的）东西成了局部的现象。”

他认为，迄今仍存在把民间的笑粗暴地现代化的倾向：“人们按照近代诙谐文学的精神来解释民间诙谐，或者把它说成是纯否定性的讽刺性诙谐（因此拉伯雷被称为纯讽刺作家），或者把它说成是纯消遣性的，无所用心的诙谐，没有任何世界观性质的深度和力度。它的双重性通常完全未被人理解。”

巴赫金对于笑精致入微的仔细辨认，非常具有启发意义。然而，文学中的笑和诙谐并非都是狂欢式的。广场、露天、大众的笑与作家在小说经过处理加工的笑与诙谐存在着差异。拉伯雷式的笑与此后小说家们的笑明显不同，神怪与魔幻都是现实的折射，但笑的着力点却发生了某些变化。笑的广度与深度和强度受到了诸多因素的影响。

文学使笑在保持娱乐与趣味的前提下，增强了它的意味。作家在小说中的笑已非弗洛伊德所说的“无意识”，而是“有意识”的笑，是故意在笑。笑的批判、警醒和否定、颠覆作用明显加大。

巴赫金认为：“拉伯雷、塞万提斯和莎士比亚的时代是诙谐（笑）史上重要的转折点。正是在对待诙谐与笑的态度方面，十七世纪及其以后的世纪与文艺复兴时期泾渭分明，别处的任何地方都不具有这种强烈的、原创性的和清晰的特征。”

他进一步阐述：“文艺复兴时期对待笑的态度，可以这样初步和粗略地加以说明：笑具有深刻的世界观意义，这是关于整体世界、关于历史、关于人的真理的最重要的形式之一，这是一种特殊的、包罗万象的看待世界的观点，是另一种方式看世界，其重要程度比起严肃性来，（如果不超过）那也毫不逊色。因此，笑和严肃性一样，在正宗文学中是平等的，世界的某些非常重要的方面只有笑才力所能及。”

他说，十七世纪及其以后的世纪对待笑的态度可以这样加以说明：笑不可能成为包罗万象的、世界观的形式。它只能与社会生活某些个人的和个人——典型的现象，否定秩序的现象有关，实质性的和重要的事物不可能是可笑的，历史和作为历史的代表人物（皇帝、统帅、英雄）不可能是可笑的，可笑的领域是狭窄特有的（个人和社会的缺陷），关于世界和人的重要真理不能用诙谐的语言来说，在此只适合严肃的语调。因此，在文学中只有在描写个别人物和社会底层的低级体裁中才有笑的地位。笑（诙谐），或者是轻松的消遣，或者是对有缺点的和底层的人们的一种有益的社会惩罚。

巴赫金闪烁其词地说了一连串的“不可能”和“不能”，但未阐述其为什么“不可能”或“不能”。当我们不便明说时，只能说是众所周知的原因。

罗马尼亚裔旅法思想家萧沆的下列说法值得琢磨：

“要感谢那些不曾滥用过严肃的文明，感谢它们曾与价值嬉戏，感谢它们曾陶醉于价值的创生和对它们的拆解……

靠着它（指轻狂），我们可以愚弄世界，掩饰住我们的深刻对世人之失礼。没有它的障眼法，怎么可以不为自己有个灵魂而脸红呢？

一分讽刺便能脱去那以期望做成，我们赖以欺骗自己，想象幻影的伪装：一切反此道而行的路都只通向生命之外。”

笑与自由密不可分

从目前所搜集到的照片看，巴赫金的面部表情都很严肃，几乎没有笑容，更看不出丝毫的“狂欢”痕迹。那种神态既有些忧郁，又有些冷漠，缺乏常人的生动。显然，他毕生钻研探究的有关“笑”“诙谐”“滑稽”和“欢笑”的丰富成果，在他的目光和表情中并未得到一星半点的体现。

同样，巴赫金的实际生活状态与欢笑离得更远。他被判过刑，遭过流放。重疾缠身，于困境中苦苦挣扎，没过上几天好日子，直到去世前三年（77 岁）时，才把户口落到了莫斯科。他所取得的令全世界瞩目的学术成就完全是他在极其恶劣的生活环境中利用业余时间偷偷摸摸完成的。他应该是名副其实的“劳模”，不计较分文报酬。

巴赫金告诉我们，中世纪的笑（诙谐）虽然是非官方的，但它却是合法的，也是自由的。

当然，诙谐的这种自由，像任何一种自由一样，是相对的，它的领域时而宽泛，时而狭窄，但它根本从未被废除过。这种自由，如我们所见，是与节日联系在一起的，在一定程度上受节日时间的限制。

节日仿佛使全部官方体系及其所有禁令和等级屏障暂时失效。生活在短时期内脱离法定的、传统的常轨，进入乌托邦的自由王国。这种自由的昙花一现本身，只是强化了在节庆氛围中所创造的形象的幻想性和乌托邦的激进主义。

昙花一现的自由的气氛既笼罩在民间广场上，也洋溢在日常家庭节庆酒宴上。自由的，往往是猥亵的，同时又是哲理性的。席间交谈的古希腊罗马传统，在文艺复兴时期得以复兴，并发现了节庆酒宴地方性的传统，这一传统从同源的民间文学创作的根基上发展起来。席间交谈这个传统在后来几个世纪也存在。

在整个中世纪期间国家和教会迫不得已重视广场，对广场做出或大或小的让步。被严格的节日日期限定的一段段时间分散在全年，节日期间世界才被允许脱离官方常轨，但在诙谐的保护色形式中例外。诙谐本身几乎没有限制，只要这是诙谐。

当自由成为一种节日时，它一定是短暂的、稀有的。在允许和规定时段内，人们可以尽情释放。允许是官方（国家和教会）的忍让，规定是忍让的限度。允许民众在一定的时间（节日）和空间（广场）内，肆无忌惮地吃肉喝酒调笑骂人，脱离或打破常规和禁忌，想怎么恶搞就怎么恶搞，官方容忍“狂欢”的疯闹，不予以计较和管束，留下笑的极端状态。然而笑是短的，笑是小的，是严肃呆板的，瞬间中断，它不会无休止地持续下去。

从柏拉图《会饮篇》的酒宴山和阿里斯托芬的某些剧情里，我们确实能感受到这种“昙花一现的自由气氛”，不管是酒神精神，还是酒鬼精神，反正酒精在其中起到了催化的作用。

自由包含了许多猥亵成分，诙谐与笑的不洁之源在拉伯雷的小说中尽显无遗。

严肃性引起了人民的不信任

与诙谐相反，中世纪的严肃性从内部充满恐惧、软弱、顺从、听天由命、谎言、虚伪的成分，或者相反，充满暴力、恐吓、威胁、禁令的成分。严肃性借权势之口恐吓人、提要求、发禁令；在部下的嘴里则是战战兢兢、温良顺从、过分赞扬、大唱赞歌。因此，中世纪的严肃性引起了人民的不信任。这是官方的音调，对它就像对待所有的官方事物一样。严肃性压迫人、吓唬人、束缚人；它撒谎、伪善；它悭吝、虚伪。在节日广场上，在筵席上，作为假面的严肃音调被抛弃，在诙谐、滑稽的乖常行为，淫猥、骂人话、戏仿、滑稽改变等形式中，另一种真理开始传播。一切恐惧和谎言在物质——

肉体和节庆因素的胜利面前烟消云散。

巴赫金概括的严肃性内部所包含的种种成分并非仅限于中世纪。或者说，时间的推移并没有削弱和消除严肃性背后隐含的那些令人不安的元素。时至今日，那种煞有介事的严肃性依然大行其道，同样“引起了人民的不信任”，因为它一如既往地伪善、假装、虚伪、撒谎，一如既往地“压迫人、吓唬人、束缚人”。

人们懂得，笑与诙谐的背后永远也不会隐藏着暴力；笑与诙谐不会创立火刑；虚伪和欺骗从来不会笑，而带着严肃的假面，诙谐不会创造教条，不可能成为专横的；诙谐标志着的不是恐惧，而是意识到自己的力量；笑与生育行为、诞生、更新、丰收、盈余、吃喝、人民世俗的不朽相联系；最后，笑还与未来、与新的将来相联系，并为它扫清道路。因此，本能地不信任严肃性，而信任节日的诙谐。

与中世纪不同的是，狂欢节已改变了初衷和原生的模样。民间早已收归“国有”，广场庆典与狂欢均服务于新的时代。历史条件的改变，意味着节日形式与内容亦随之发生相应的变化，以适应时代前进的步伐与节奏。严肃永远是历史的主调和强音，与现实贴近的文学表现出了同样的特点。

巴赫金斗胆陈言：“在阶级文化中严肃性是官方的、专横的，是与暴力、禁令、限制结合在一起的。在这种严肃性中总是有恐惧和恐吓的成分……相反，笑（诙谐）必须以克服恐惧为前提。不存在诙谐所创造的禁令和限制。权力、暴力和权威永远不会用诙谐的语言说话。”

在中世纪也许如此，在此后就很难说了。据传，斯大林很喜欢收藏笑话，但他更爱收藏讲笑话的人。独裁者完全能够用诙谐的玩笑口吻下达毛骨悚然的禁令。中国古代的统治者就有为博美女一笑而点燃烽火引发祸乱的事例。

巴赫金写下以上文字的时间是 1940 年，那时的苏联正在建设社会主义的天堂，他说的是中世纪吗？只要看看当时作者所处的时代特征，就似乎明白了他心里在想什么。他在很大程度上只是拿中世纪说事而已。

笑与诙谐必须克服恐惧，这是其基本前提。相对而言，笑比其他方式摆脱与抗拒恐惧的风险也许要小一些。

笑的退化

拉伯雷使笑与诙谐在小说中达到了前所未有的高峰状态。

什么都可笑，一切都可笑。整个世界被置于一幅巨大无比的哈哈镜前面，所有的事物都变了形。嘲笑者的五官四肢也扭曲移位了，笑容笑貌均夸张逼人，没有优雅含蓄的微笑，取而代之的是咧开的大嘴、扭动的身躯、错位的面部肌肉和震耳欲聋的隆隆笑声。通篇都是怪诞奇异的肉体形象，离奇的故事情节，放屁、拉屎、撒尿、交媾、分娩、胡吃胡喝、粗鄙放荡的物欲生活和混乱、喧闹的群居场景以及总是把粪便挂在嘴上的下流肮脏的黄色笑话。

国王、王后、主教、神父、修士、教师、法官、爵爷无人能逃脱被笑话的命运。

这种无所不包的笑闹，在拉伯雷之后的世纪里，再也没有超过《巨人传》所体现的高度和广度。诙谐与笑开始退化了。

究其原因，巴赫金认为：在十七世纪出现了君主专制制度新秩序稳定化的局面。一种新的，相对进步的“具有全世界历史意义的形式”形成了。它在笛卡儿的理性主义哲学和古典主义美学中找到了其意识形态方面的表现。新的官方文化不同于宗教——封建主义的文化，但和它一样，渗透着专横的严肃性，尽管教条主义的东西较少一些。形成了新的占统治地位的概念，用卡尔•马克思的话来说，即新的统治阶级不可避免地会作为永恒真理的代表。

存在的稳定性和完成性的倾向、形象的单义性和单调的严肃性的倾向在新的官方文化中获胜。怪诞风格的双重性变得不能接受。古典主义的高级体裁完全摆脱了怪诞诙谐传统的任何影响。

这也算是一种历史的必然。对于拉伯雷式的狂笑，并非只受到官方文化的排斥，也引起了“有教养”的人们的不适和反感。其笑的粗俗性一面，为许多文人雅士所不齿。

狂欢过后，世界好像回归寂静，但那些引发笑声的创作成了照亮黑暗的光，如同石子投入湖面，激起了经久不息的涟漪。读者的内心在被这光照亮之后，权威便再无法将他们禁锢封闭。于是，笑变成了钥匙，成为打开黑暗中世纪的关键。它既把世界引向了无限可能的未来，也为我们重回那个时代，寻觅那些如烟火般绽放又湮灭的笑声，提供了路径。

“你们要注意到，我可不是文艺学家，我是哲学家。”这是65岁时的巴赫金的自我强调。

哲学家不搞哲学教科书却热衷于琢磨拉伯雷，并取得了令人震撼的成就。

今天我们在巴赫金的脑袋上冠以文艺学家、符号学家、语言学家、美学家、哲学家、伦理学家、历史文化学家、人类学家和思想家等名目繁多的头衔，而在当年，他只是一个穷困潦倒、饥寒交迫的残疾人。他早期的许多论文能以朋友的名义发表，或者说他是通过以帮助他人写论文来表达自己的部分思想的。

巴赫金为什么要在这种极端恶劣的生活状态下专注于笑文化、民间诙谐文化的研究，撰写题为《拉伯雷的创作与中世纪和文艺复兴时期的民间文化》的博士论文？这首先是生存的需求，即要活下去的本能反应。

20 世纪 30 年代至 50 年代的苏联经历了一场人类历史上罕见的“光明”时代，刺眼的眼光，形成了另一面巨大的阴影。

“上层策动的广泛的文学讨论（类似于大规模的党内讨论）成为这一文学时代的标志。……越来越经常地要求作家们毫无原则地粉饰现实，描写‘应该是怎样的’，而非现实存在的。”

一些作家争先恐后地争当“党的自动枪手”，并引以为傲。

对那些胆敢偏离“社会主义现实主义康庄大道”的作家，要么干脆进行肉体上的消灭：直接枪毙；要么让你生不如死，在集中营、流放地承受肉体与精神的双重煎熬。

巴赫金不是作家，但哲学家、历史学家、思想家的命运同样悲惨。

巴赫金在当时并不很有名气。他想要脑袋（1938 年他已经截去了一条腿），那里可以藏匿思想。

他戴上面具，小心翼翼地干着杂活，偷偷摸摸地沉溺于拉伯雷给他提供的虚拟的已经消失了 400 多年的“狂欢节”的喜悦之中。

巴赫金死了，他活了 80 岁，就寿命而言，他算是那个时代的幸运者了。

巴赫金留下的学术思想成为后人的宝贵的精神财富。据说，各国学者研究巴赫金思想的著述已多如牛毛，数不胜数了。

巴赫金想笑，而不想一个人独笑，他渴望全体人民的笑，“普天同庆”的笑。在他看来，笑是不该也不能禁止的，笑的对象包括了世间的一切。笑是正反同体的，既肯定又否定，在埋葬中获得再生。

巴赫金惧怕严肃又痛恨严肃，他揭示了严肃的本质。他要摆脱严肃、消解严肃，但历史和现实会无情地告诉他，这是徒劳的。

严肃并不等于认真，笑是不严肃的，但它却是认真的。

巴赫金留下的，还有一些黑白照片。从相片上看不出他所追求的狂喜和欢乐，连一丝微笑都难以觅见。他的面孔跟他的生活经历一样阴沉。与忧郁和阴沉同样明显的，是他的真诚。巴赫金是一位很认真的人。

哈谢克的礼物

忘不了的笑声

如果哈谢克九十多年前不病死的话，到今天也已经老死了。他只活了不到 40 岁，与他相比，我们都是长寿者。

有时，长寿与永恒一直相互抵触。凡想方设法多活几年的人，除了养生保健几乎不干别的。他们坚信“赖活至上”主义，只要能死乞白赖地活着，宁可过着失去尊严与人性的苟且生活。好死不如赖活着，活着就是目的，就是全部意义，就是远大的理想。唯物主义的哲学基础让追求长生不老的人们看透了人生的真谛，离开了生命一切全无。生命不保，何以谈幸福快乐？渴望长寿者不会有精神上永恒的幻想。他们注重的是口感、视觉以及那些看得见、摸得着、用得上的具体东西。至于为长远为后人为未来打算，那就太难为他们了——他们只想长寿，而非永恒。

在另一种文化背景和遗传基因的主导下，出现了不顾眼前而多从长久考虑的“傻瓜”（我们心里常这么认为）。他们不把自己的生命太当回事，尽干些不靠谱的惊世之举。这些人最多能落个“英年早逝”的慨叹，说白了就是短命鬼。但他们在科学、文学、艺术、政治等方面做出的贡献和产生的影响却是永恒的，这些人的名字将陪伴一代又一代的人长久地活下去。

哈谢克靠什么让后人记住？是笑！是那哈谢克式的独有的不屈不挠的笑声。这种笑不是领导讲话故作幽默时群众迫不得已的逢迎，不是面对舞台上小丑插科打诨时观众所报以的转瞬即逝的喝彩。哈谢克式的笑是深刻而勇敢的。他是直指人类生存的荒诞和人性深处的邪恶。他的笑是具有强烈的批判性和颠覆性。他的笑是愤怒与绝望的结晶，是留给后人最珍贵的礼物。

萧沆曾经说过：“一种满嘴玩笑的智慧总比一种发作起来的圣洁要柔和些……一切创造与杰作，若没有那些放肆而可笑的人儿，给他们构织的布幅添上一道精微的轻蔑与不假思索的嘲讽作花边，我们能承受他们粗糙的厚重与深刻吗？……如果没有那些以他们的精雅，同时又置身于社会之上与社会之外的诙谐人儿在，我们又将如何忍受呢？”

不一样的英雄

“捷克”读起来总让我联想到英文单词 Joke。其实捷克（ceska）是一个国家，而 Joke 仅仅是一个“玩笑”。国家与玩笑没有一分钱的关系，但音译导致的联想却把互不相干的两码事紧紧地勾连纠结在一起了。正如“英、美、法、德”等国家的汉语译名给人以强大的感觉一样。

SVEJKA 译成汉语后成为“帅克”，若不知底细，光从名字判断，此人必是英俊帅气、风流潇洒、体格强健、反应敏捷的“高富帅”。大名前面又缀上了“好兵”两字，越发令姑娘们爱慕关注。“好兵帅克”最早竟让我与“英雄王成”（《英雄儿女》中的男主角）混淆不清。

我童年脑子里根深蒂固牢不可破的英雄是那些勇武超常的人，是那些为了民族与人民的正义事业浴血奋战、英勇就义的壮士。具体说来至少有舍身炸碉堡、以血肉之躯堵住敌人的抢眼、虎穴除奸、前沿摸哨、敌后抓“舌头”等等英雄模范。就拿一个人坚守无名高地，与千军万马拼杀的王成为例，“英雄猛跳出战壕，一道电光裂长空，地陷进去独身挡，天大下来双手擎，两脚熊熊趟烈火，浑身闪闪披彩虹。一声呼叫炮声隆，翻江倒海天地崩，双手紧握爆炸筒，怒目喷火热血涌，敌人腐烂变泥土，勇士辉煌化金星”。这是何等的壮丽画面和高大形象，而被哈谢克奉为英雄的战士帅克呢？竟然是个“白痴”。

哈谢克是这么表达他的英雄观的：

“有一些被埋没的英雄人物，他们谦逊平凡，没有拿破仑那样的赫赫功名和传世业绩，然而只要分析一下他们的品格，就连马其顿的亚历山大大帝的声誉也会显得暗淡无光。如今，你可以在布拉格街上遇到一位衣衫破旧的人，他自己压根儿就不知道，他在这伟大新时代的历史上究竟占什么地位。他谦和地走着自己的路，谁也不去打扰，同时也没有新闻记者来烦扰他，请他发表讲话。你要是问他贵姓，他会简洁而谦恭地回答一声‘帅克’。”

原来，这个和善、卑微、衣履寒碜的人，正是我们的老相识、勇敢无畏的好兵帅克。早在奥地利统治时期，他的名字在捷克王国的全体子民中就已家喻户晓，到了共和国时代，他的声望也依然不减当年。哈谢克心中和笔下的英雄是和善、卑微、衣履寒碜、谦逊平凡的小人物。好兵帅克便是其中最可爱最典型的代表。

莎士比亚说过：“让我扮演一个小丑吧，让我在嘻嘻哈哈的欢笑声中不知不觉地老去；宁可用酒温暖我的肠胃，不要用折磨自己的呻吟冰冷我的心。”

君特•格拉斯长篇小说《猫与鼠》中人物马尔克说：“我想当马戏团的小丑，为人们逗乐。”“我这个人更喜欢干一些有实效或者滑稽可笑的事，你知道，我曾经想当丑角演员。[①]”

其实，小说中的马尔克是一位英雄崇拜者，“马尔克并不想开玩笑，他也不会开玩笑，尽管他曾经试过几次。他的一举一动、一言一行都使人感到庄严肃穆、意味深长，好似要为后人留下一座纪念碑。”

可笑的与可怕的和可恨的

战争并不好玩，也不好笑。一个正常的人不会把残酷的战争当成一场游戏，兴高采烈地参与其中并痛痛快快地笑个够。除非他的脑袋出了某种众所周知的毛病。

第一次世界大战一共打了四年，比帅克预言的要短。他曾经推断正常战争应该打 15 年，因为上一次打了 30 年，现在的条件比过

① 君特•格拉斯：《猫与鼠》，漓江出版社 1999 年 2 月，第 19、111 页。

去好了，用一半时间就够了。战争的爆发总有其必然性，政治学家、历史学家以及马克思主义者均有差不多的看法。凡是一切不可避免的，都是必然要发生的。类似的句式还有：“凡是记不住的事情，你就去忘了吧；不要去爬倒向自己的那面墙；高压有电，一触即死，违者法办”等，都是超级废话。战争既然不可避免，那就早晚要降临。第一次世界大战就是在这种不以人的意志为转移的大背景下，因为一个小的偶然性事件——费迪南大公被暗杀而必然地爆发了。

于是，一位与这场人类历史上空前规模的大劫难毫无关系的小人物帅克便笑嘻嘻地登场亮相了。《好兵帅克》一开头，就让这位可笑又可爱的患有风湿病，“正用樟脑油擦揉膝盖”的“白痴”狗贩子发表了对时局的独到见解并因此而“干预了世界大战”。

帅克的纯真善良和无辜以及兴致勃勃的生活态度和滔滔不绝的东拉西扯，让我们从阴云密布的战争天空中看到了一丝透出云缝的阳光。压抑与紧张的战争心理定式被帅克的嘻嘻哈哈信口胡扯给消解缓释掉了。他的认真恳切，反讽着大战的意义并预告了结局。他以无知的白痴为面具，无所畏惧从容自如地应对着个人和国家面临的巨大灾难，甚至把导致世界战争的责任揽到了自己身上。“帅克毫不含糊地回答说：‘刚才我已经招认，费迪南大公兴许是我杀的。’”

无知才能无畏。帅克并不计较官方给他的结论是否合于实际。在他与长官的交谈中，从不与上司顶嘴，也少有自我辩解，并喋喋不休地替对方那些荒谬的观点提供证据，导致结论的荒诞可笑。

所以，当帅克因风湿病发而卧床时，他接到了入伍的通知。他从报纸上读到，“有一片乌云萦绕着我们亲爱的祖国”，他决定要替祖国摆脱困境，架着双拐，坐着轮椅参军打仗。

这样，在一个有纪念意义的日子里，布拉格大街上便出现了一幅忠君报国的动人情景。

一位老妇推着一张轮椅，里面坐着一个头戴军帽的男子，他那嵌着奥皇标志的帖徽锃亮闪光，外衣上佩戴着一束新入伍的鲜艳夺目的光荣花，手里挥舞着一副拐杖。

这人不住地挥动拐杖，沿着布拉格街道大声喊道：“打到贝尔格莱德去！打到贝尔格莱德去！”

柏拉图曾有过告诫：“那些弱小而又虚张声势的人受到耻笑时没有能力进行报复，你可以正确地称之为‘可笑的’，而那些有能力进行报复的人你最好恰当地称之为‘可怕的’或‘可恨的’。”强者的无知是可怕的和可恨的，因为它会给周围的人带来灾难。帅克的行为是可笑的，军队、警察、宪兵、法官等强者的无知的确是可怕的和可恨的，他们对可笑的弱者所采取的措施是极其残忍的。

笑一切可笑之事

在哈谢克看来，人类所创造的一切都是可笑的，都可以随时随地嘲笑一番。这是他的人生观和世界观。他的笑不留情面，也不留死角。只要他想笑，就能找到笑料。信手拈来，比比皆是。

读《好兵帅克》，我们会被一连串大大小小的笑话包围淹没，把你压得喘不过气来。数不清的笑话，围绕着第一次世界大战真实的历史线索跳动，背景史实铁一般的不可置疑性，衬托了小说人物、细节和语言的荒唐与荒诞。

正因为笑得太肆无忌惮了，才使得这部伟大的小说一度被禁止或被有意地忽视。包括一些从中吸取灵感和养分的作家们，他们对哈谢克始终保持沉默。有些曾经受到他人帮助和接济的人，也犯有同样的毛病，宁肯让别人说自己是忘恩负义的，也不愿意当众说出对恩人感激的话，好像某种倔强的自尊心在作怪。

讥讽的对象多，挖苦的范围大，嘲弄的程度深，得罪和伤害也越来越广。所以哈谢克生前和死后均受到过诋毁和攻击。

国家、政府、军队、教会、医院、学校、监狱、疯人院、孤儿院以及上帝、皇上、公爵、官员、教师、神父、医生、店主、警察、密探、贵夫人、士兵、伙夫等等均逃不出哈谢克的眼睛和笔下，他随心所欲、机智诙谐地调侃着、讥讽着、嘲弄着、挖苦着，试图用笑声揭露和批评人生和社会的一切虚假而做作的伪装和遮羞。

其实生活中的哈谢克“并不是一个活泼愉快、轻浮爱笑的人，而是性情十分忧郁的人。他的内心极为沮丧，因此他什么也不在乎了……。他的笑是从巨大的精神压力下产生出来的，是他用来压倒一切、忘却一切的爆炸”[①]。哈谢克并非什么都不在乎，忧郁的性情与沮丧的心态源于他的所见所闻和所思所想以及人类“愚蠢”的所作所为。他的笑是愤怒温和地爆发的。物质生活的重压他尚可忍受，但精神的压力令他在绝望中大笑。

---

① 拉•彼特特里克语，引自《死选民传奇》，哈谢克著，敦煌文艺出版社1991年5月第一版p1。

弱势群体的别名

帅克是官方认定的白痴、傻瓜，对此他自己毫不隐讳且深信不疑。

“几年前，当帅克被军医审查委员会最终宣布为白痴时，他退了伍。从此以贩狗营生，替七丑八怪的杂种狗伪造纯正血统证书。”

即使帅克未获得官方的合法认定，他同样会被当时的上司、长官、神父、大人和先生们称为：“笨蛋”“蠢货”“混蛋”“畜生”“匪徒”“脏猪”“臭尸”“笨骡”“傻瓜”“阉牛”“无赖”“草包”“流氓”“地痞”“废物”“狗崽子”“猪猡”“臭狗屎”“讨厌鬼”……“下流胚”等等。在哈谢克为我们还原的场景中，那时的体面人对下等人或者上级对下级基本上都是这种五花八门的统一称呼。

细想一下，辱骂与诅咒并非哈谢克的发明，拉伯雷的《巨人传》里，恶毒与刻薄的辱骂和诅咒比比皆是，骂得更花哨、更眼花缭乱头晕目眩。

看来骂人也是有传统的，且源远流长。巴赫金称：“在现代下流的骂人话和诅咒中，还保留着这种人体观念已僵死的和纯否定性的残余……就是按照怪诞的方式贬低被骂者，即把他发落到绝对地形学的肉体下部去，发落到生育、生殖器官部位，即肉体墓穴（或肉体地域）中去，让他归于消灭而再生。然而，在现代的骂人话中，这种双重性的再生的含义几乎已经荡然无存，只剩下了赤裸裸的否定、十足的下流和辱骂。”

作为下级或弱者，他们对自己的上级或强者一律称为“长官”“大人”，至少也得称“先生”，但在内心深处，同样用“愚蠢到了极点”或“比猪还笨”一类的短句评价他们的作为。

显然，上司对下属的谩骂是挂在嘴上脱口而出的，而下层对上层的鄙视和诅咒则藏在心里，如，一位长官走在路上，对迎面碰到的每一位向他敬礼的士兵，总是在举手还礼的时候微笑着说一句：“你也一样！”问他为何总说这句话，他答：“因为他们每个人心里肯定骂我，我只能以牙还牙！”

和白痴一起生活

帅克一生中最开心的日子，是在疯人院里度过的。因为那里有连做梦都梦不到的自由。

与疯人院里的疯子相比，帅克眼中的现实社会和生活在其中的正常人是悲惨的。他们没有自由，不能随便说话，更不能随便行动，连唱歌跳舞吹口哨都会被禁止，秘密警察、便衣特务时时盯你的梢，统治者天天调查民众的思想动态，一切都处于紧张关心之中……这些棋手、政治家、教授、摄影师、发明家终于疯了，就像帅克一样，因为“疯了”，才被关进疯人院。

“疯子”是被逼疯的。疯子不能与正常人一起生活，需要与世隔绝，要采取禁闭措施。禁闭是剥夺自由、限制行动，帅克却把这种禁闭监管状态视为“天堂”，宁肯待在疯人院中享受胡思乱想胡说八道的无拘无束，也不愿在人间地狱般的社会中过一个正常人的“正常生活”。

帅克有医生出具的“白痴证明”才有资格到疯人院里住几天，这是待遇。

在现实社会和文学作品中，白痴的形象并不少见。但像帅克这样风趣、俏皮和善良的傻子却很难遇到。正如他的上司经常责问他的那样：“我真不知道你到底是真傻还是装傻？”显然，这种疑惑本身便带有几分傻气。其实，现实中最精明的人，在某些时候，也摆脱不了愚蠢和呆傻的一面。聪明一世糊涂一时和糊涂一世聪明一时的现象比比皆是。精与傻、巧与笨等是相对而言的概念。自作聪明的人往往更擅长办傻事。

好兵帅克在多数情况下表现出了常人所不具备的机智品格，他能破解许多上级长官们难以解决的棘手问题。我们都知道，你无法叫醒一个正在装睡的人，同时，你也很难让一个装傻的人变得和你一样正常。

装傻当然是一项难度系数极高的表演。若想进入角色不留破绽，那不仅需要超常的智商，更需要具备超人的意志。帅克的伙伴们就有为了逃避法医的鉴定而装疯卖傻的人。

在《第二十二条军规》中，本来就已经疯了的约塞连还尝试着装疯，结果被比他还疯的大夫识破了。

作家塑造的白痴、傻瓜和疯子的形象挤满了文学长廊，且各具特色。好兵帅克是最讨人喜爱的一个。相比之下，俄罗斯当代作家维•耶罗菲耶夫《和白痴一起生活》中的那位名叫沃互的白痴则令人毛骨悚然。这位深受萨德主义影响的作家认为人的存在是一种“恶”。他从“肮脏的现实主义”原则出发，塑造了具有明显隐喻和象征意义的“白痴”形象，与我们日常生活中见到的“先天智障”是完全不同的。

我们愿意选择和帅克在一起。

没有反讽就不可能有真正的人生

作为一名普通的士兵，胖乎乎笑呵呵的帅克几乎从未反对过什么，尤其是对长官的指示和命令，他总是报以积极肯定的态度并雷厉风行地贯彻落实。然而，他越想把事情办好，结果越是一团糟。为此，他还留下过“愧疚”的眼泪。印象中，帅克只哭过两次，都是真诚地“装哭”。

帅克难道不痛苦吗？悲惨、恶劣的生活条件，凶狠、残暴、愚蠢的上司，混乱、危险的现实处境，似乎都对身处其中的帅克并没有产生什么直接伤害和负面影响。他总是那么兴致勃勃、兴高采烈，脸上永远挂着纯真、善良、热情洋溢的笑容。

不论是关在拘留所，还是送进疯人院，不论是被误认作逃兵，还是被当成间谍和俘虏，面对各种审讯、判决和处罚，他都若无其事、顺其自然。这怎么可能呢？难道他不饿、不渴、不冷、不疼吗？他怎么笑得出来呢？即使真正的白痴傻瓜也会感受到生理上的创痛。著名作家阎连科在其《面对故事的态度和面对小说的真实》一文中很好地揭示了这一疑惑：卡夫卡《变形记》里的主人公格里高尔怎么会早晨醒来时一下子就由人变成了虫呢？“事情就是这样，卡夫卡在他的故事中看重的正是由人变虫的结果，而不是那个过程……

由人变虫是必需的，而不是必然的。”帅克只笑不哭，享受着无拘无束不痛不苦的嘻嘻哈哈是哈谢克的需要，是反讽者保持“无限绝对否定性”的一贯姿态。

存在主义的先驱者克尔凯郭尔冷静而热情地写道：“在我们这个时代，人们曾就怀疑对科学的重大意义侃侃而谈，反讽与个人生活之间的关系可与怀疑与科学之间的关系相比拟。恰如科学家们声称，没有怀疑就不可能有真正的科学；我们同样声称，没有反讽就不可能有真正的人生。只有反讽被掌握了，它才会扭转未被掌握的反讽所倡导的生活。反讽明辨是非、确定目标、限制行动范围，从而给予真理、现实、内容。它责打、惩罚，从而给予沉着的举止和牢固的性格。反讽是位严厉的老师，只有不认识它的人才害怕它，而认识它的人热爱它。谁要是压根儿不懂得反讽听不见它的轻声低语，他当然也就缺乏可称作是个人生活的绝对起点的东西，他缺乏时而对个人生活不可或缺的东西，他缺乏令人精神振奋、令人变得年轻的沐浴，他缺乏反讽的净化和洗礼，这个洗礼把灵魂从尘世生活中挽救出来，尽管它在其中生机勃勃地活着……”

幸亏我们中的许多人都喜欢哈谢克和帅克，否则我们不可能拥有真正的人生。

作为一种民族精神

对不少人而言，捷克因帅克而出名，帅克个人的名气比国家的名气大。法国作家布洛克说过：“即使捷克只产生哈谢克这么一位作家，他对人类就做出了不朽的贡献。”捷克对人类的最大贡献之一就是塑造了傻瓜帅克。这像是一个天大的玩笑。捷克盛产什么？盛产帅克那样的傻笑。

帅克在捷克家喻户晓，妇孺皆知。他们把他看成是民族精神的代表人物，时至今日仍视其为本民族的形象大使和靓丽名片。

我曾在布拉格的街头上看到许多以帅克为形象招牌的酒馆和旅游纪念品。与市民接触时每谈及帅克他们便一脸的灿烂与自豪。

帅克装疯卖傻且患有风湿病，边说傻话边往膝盖上抹药水。幽默是捷克人治疗伤痛的一剂良药。诙谐与嘲讽虽无法摆脱长期受人欺压的悲苦命运，却多可以舒缓和改善生存的窘态，保持一种不屈不挠的持续的内心的反抗。

捷克当代作家克里玛说：“布拉格人用‘卡夫卡式的’这个词来形容生活的荒谬，而把自己能够蔑视这种荒谬和以幽默来面对暴力及整个儿是消极的抵抗称之为‘哈谢克式的’。”哈谢克化身为帅克活跃在民众之中。

帅克口才好，总是滔滔不绝。他没坐过主席台不掌握话筒，却从不放弃发言权。他不停地说傻话、说笑话，兴致勃勃意味盎然。傻话多属真话，听起来让人发笑。笑得捧腹喷饭，眼泪哗哗直淌。

嘲弄讽刺看似冲着制度，实则针对人性与人生。表面指向战争与军队，实际涵盖了整个社会。

哈谢克让帅克笑得无所顾忌、无所畏惧。皇帝、将军、神父、教师、医生等等都在他嘲笑的范围之内，其中包括你我。

帅克精神是警醒的精神、纠错的精神，他在忍受中反抗，在反抗中忍受。他几乎没有哭过，只是在笑。他的笑让很多人无地自容。

1989 年 11 月，捷克发生了“天鹅绒”革命。这场革命没有枪火硝烟。“布拉格居民给他们所鄙视的统治者的最后一击不是一刀，而是一个笑话。”口气也是“轻快的、讽刺的”。

腼腆内向的剧作家哈维尔登上了政治舞台，生动地扮演了具有某种帅克纯真气质的总统形象。他在 1990 年的新年献词中说：“最糟的是我们生活在一个道德上被污染的环境之中。我们都是道德上的病人，因为我们习惯于口是心非。我们学会了不去相信任何东西，学会了互相否定及仅仅关注自己。这样一些概念如爱、友谊、怜悯、谦卑或宽恕失去了它们的深度和尺度，对许多人来说，它们仅仅代表心理学意义上的怪癖，或相当于来自古代的早已过时的祝词，在电脑和太空时代显得非常滑稽。”

反讽也是一种主观享受

克尔凯郭尔在其神学博士论文中饶有兴致地探究了“根本意义”上的反讽。

反讽的矛头不是指向这个或那个的单个存在物，而是指向某个时代或某种状况下的整个现实。因此，它蕴藏着一种先天性。它不是通过一小块一小块的现实达到总体直观的，而是凭借总体直观来摧毁局部现实的。它不是对这个或那个现象，而是对存在的总体从反讽的角度予以观察。

这位哲学家没有读过《好兵帅克》，因为第一次世界大战爆发于他死后的半个世纪。但哈谢克是否读过克尔凯郭尔却不好判断。一战前后，克尔凯郭尔的思想之光已经照射到欧洲大地，哈谢克呼吸的空气中弥漫着存在主义的浓浓气息。

帅克身临其境的世界大战，场面宏大壮观，却无任何意义可言。至少在帅克眼里，这场人类历史上最大规模的厮杀毫无必要的根据。如果不是一个帅克从未听说过的费迪南大公“做小轿车兜风”而挨了枪子儿，而是帅克认识的叫费迪南的杂货铺伙计和捡狗屎的费迪南（帅克说这两个人全死掉都没有什么可惜的）死了的话，战争就不可能在那一刻爆发，而帅克则会一如既往地以贩狗为生，“替七丑八怪的杂种狗伪造纯正的血统证书”，没事的时候到“杯杯满”酒馆里喝上几杯，再揉揉自己患风湿病的膝盖。

战争改变了一切，当然也搅乱了帅克的平静的生活。国难当头，需要唤醒和激活每一位公民身上若有若无的爱国主义热情，包括白痴和傻瓜表现独特的炽烈情感。于是，帅克热血沸腾地参战了。

为什么要打仗？战争的意义何在？帅克没有做形而上学的思考。这位具有“反讽”概念人格化的典型代表，充当了活生生的“反讽者”形象，凭借着“先天性”的“总体直观”对存在的全部“从反讽的角度予以观察”，进而“摧毁局部观念”。

伪装与反讽不是一回事，但人们通常难以区分两者的差异。帅克是真傻还是假傻？他的上司和长官（杜布中尉、卢卡什上尉和审讯他的将军）都质问过。近百年来，读者和观众也不时地提出相同的疑问。克尔凯郭尔从哲学（而不是从医学）的角度阐释说：“伪装主要是指现实本质与现象之间不一致的客观行为，而反讽除此之外也指一种主观的享受，因为主体通过反讽把自己从日常生活的连续性对他的束缚中解脱了出来。”因此我们也可以说反讽者是无所顾忌一身轻。就帅克的表现而言，他既有伪装的成分，也有反讽的天性。志愿兵马列克的种种言行与帅克时有呼应，强化了反讽的效果。

哲学家阐述的道理往往抽象而晦涩，小说家叙说的故事则逼真生动。反讽者或伪装者的形象是文学作品中经常出现的形象，“反讽者时时刻刻所关心的是不以自己真正的面貌出现，正如他的严肃中隐藏着玩笑，他的玩笑里也隐藏着严肃。这样，他也会故意装作坏人，尽管他其实是个好人。我们不得忘记，对于反讽来说，道德的规定其实是太具体了。”从《好兵帅克》到《第二十二条军规》，充当反讽者的各色人物的顽劣表现，印证了克尔凯郭尔的上述观点。

在哈谢克短暂的一生中，曾经历过截然不同的创作状态。他早期的作品关注现实主义，反映普通劳动者的悲惨境遇，并为反对压迫而呼喊。可在他生命的最后阶段，却选择了用喜剧与讽刺作为武器，去揭露帝国统治者的专横及腐败，那些隐含的苦难与呐喊通过幽默的方式被不断呈现出来。人们从帅克的经历中，从那些笑声里，读到了对统治者的恨，也读到了对人民的爱。于是哈谢克通过“笑”缔造了自己最伟大的文学作品，也孕育孵化了“帅克”这个永留文学史的经典角色。它被翻译成六十多种语言，成为哈谢克献给这个世界最好的礼物。

因荒诞而深刻

被同一块石头绊倒两次

从第一次世界大战结束到第二次世界大战开始的二十多年间，世界的经济、科技迅速发展，呈现出一片令人陶醉的繁荣景象。人类在陶醉中晕眩，理智逐渐被疯狂取代，愚蠢和贪婪的本性日益显现，独裁者们又抑制不住炫耀自身被无限夸大的实力和信念，不失时机地在大庭广众之下赤身裸体地摆出各种莫名其妙的姿势动作，充分展示身上紧绷的肌肉和暴突的筋骨，声嘶力竭、震耳欲聋地高呼效忠与复仇交织纠结的口号和誓词。刚刚熄灭的战火又一次死灰复燃，人类并未从以往的厮杀中吸取教训，而是被同一块石头绊倒了两次，重新摔倒在水深火热的战争的泥淖中。

与带着病之躯而兴高采烈地参加一战的帅克不同，参加二战的约瑟连身体强壮，既没有风湿病，也不是官定的白痴。但他却缺乏老兵帅克的乐观主义精神，不愿意为了国家而牺牲个人的性命。约瑟连在战争期间的唯一追求就是想方设法退役回家。他完成飞行任务的动力，全来自回家的渴望。在无法如愿的情况下，他只好装病赖在医院里，以躲避飞行时敌方的炮火。最终，他“为了救自己的性命而逃走”，从意大利游到瑞典去。

约瑟夫•海勒和雅•哈谢克两位作家笔下的主人公对待战争的态度截然相反：约瑟连的脑袋里总在不停地思考，而帅克则不愿意动脑子；约瑟连总是怀疑战争的伟大和上级的永远正确性，而帅克在言论和行动上总是与上级保持高度一致；约瑟连恐惧死亡，是个极端怕死的胆小鬼，而帅克则几乎是个对于死亡浑然不觉的人，他的悲惨处境和所作所为好像在说：“咱们连活着都不怕，还怕死嘛！”乐观主义者的外在形象总是胖乎乎的，哈谢克书中的人物多数偏胖；而海勒更愿意把他的人物刻画成瘦子。

若仅从《好兵帅克》和《第二十二条军规》两部作品中比较第一次世界大战和第二次世界大战的异同，那么可以得出以下直观的结论：

两场战争都是可笑的。帅克们笑得乐观、豁达、盲目；而约瑟连们笑得悲观、苦涩、尖刻。

参与一战的帅克们身体偏胖，言行举止像傻子；二战的约瑟连们身体偏瘦，就表现来说，更像疯子。

一战时期的士兵贪吃贪睡，呼噜声不断；二战中的士兵们更容易失眠，睡觉时也常伴随着呓语和尖叫。

战争的装备明显不同，后勤保障条件明显改善。美军的吃喝玩乐水平远远高于一战时期的奥匈士兵。

长官对下级的恶劣态度一成不变。

随军神父的传统始终保留。

发战争不义之财的不法之徒越来越多，手段也越来越高明。一战期间的军需官只能贪污、克扣士兵的伙食，倒卖罐头、黄油等日常用品；而二战中的军需官则连飞行员的降落伞都可以拿去换钱，“生意”做成了股份公司的规模和水平。

一群岛上的病人

说真的，在海勒笔下的军营里，可以称之为正常的角色实在不多。他的人物经常矛盾百出且飘忽不定。在刻画人物时，他总抑制不住调侃的冲动，喜欢用漫画家的技法给人画肖像。他常常以解说员或导游的口气貌似严肃地给各类人物做“总结鉴定”。

克莱文杰是个傻子。政治上，他是一个人道主义者，很能识别左翼和右翼，却又极不自在地夹在两者之间。他时常当着右翼敌人的面，替左翼朋友辩护；又当着左翼敌人的面，替右翼朋友辩护。可是，无论是左翼还是右翼，都对他深恶痛绝，从来就不愿在任何人面前替他辩护。因为，在他们看来，他实在是个傻子。

不过，他是个极严肃认真且专心一意的傻子。一个绝顶聪明的人总而言之是个傻子。这是典型的海勒式幽默，中间无须交代，“总而言之”就可以干净利索地得出完全相反的结论。这种急转弯的叙事风格，常让人猝不及防。

卡思卡特上校是什么人？

约瑟夫•海勒笔下的卡斯卡特令人生厌，似乎也让作家本人感到很头疼，这个家伙没个准主意，说话不算话，由着自己的性子，随意增加下属的飞行次数，不管他们的死活。

卡思卡特上校一心想要当将军，他聪明圆滑，事业一帆风顺，却又满腹忧愁。他是机会主义者，身上充满了外交家似的魄力与胆识，又总是为自己失去了良机而自怨自艾，展露出脆弱的一面。他是个恶棍，但又是大人物眼中毫不起眼的存在。他有时可以得到绝对的胜利，有时又遭到灭顶的惨败，因此时时刻刻都在极度的痛苦与极度的欢乐之间徘徊。

他几乎就是小说中官僚体制的化身。

与第一次世界大战中帅克认识的那些酗酒、嫖娼、生活放荡的随军神父不同，塔普曼牧师是位受过良好教育的神职人员。他一直处于紧张、惶恐和局促不安的不自在状态中。他是飞行大队里的一个另类，替上帝为那些以战争名义疯狂杀人的士兵抚慰早已丢弃的心灵。上司和同伴对他抱有成见，缺乏尊重，就连他的下属助手也不把他放在眼里，不断地嘲弄他、挖苦他、欺负他、伤害他。他离群索居，住在部队营地的远处。在物理和心理两个方面，大家都与他拉开距离，尽管表面上大家对他很客气。

牧师意识到自己并不特别适合干这份工作。他常常考虑到部队服役，当一名列兵或者伞兵，是不是会比现在开心点。人人都同他说话，但没有一人同他说过真心话。

似乎没有人真正意识到，他不光是个牧师，而且也是个活生生的人。牧师的焦虑几近病态，也许有人会觉得可笑。但，这种笑是残忍的。混乱不堪的世界，连一个神职人员都如此绝望。

沙伊斯科普夫少尉是个极端的形式主义者，狂热地迷恋阅兵比赛。这个形式主义的偏执狂，不用经过战场上流血牺牲的残酷考验，便一路平步青云，爬上了将军的高位。他研究出不挥动双手的行进队列，被人称为“名不虚传的军事天才人物”。

沙伊斯科普夫少尉最为关心的，是如何在阅兵比赛中获胜……

因为一心扑在阅兵训练上，沙伊斯科普夫没有时间与老婆做爱。而他的太太，一到周末便穿上女友陆军妇女队的制服，“她丈夫中队里的学员，无论是谁，想跟她上床，她便会为他脱了这套制服”，这其中就包括约瑟连，他总是控制不住自己，每个星期必定会感情强烈地扑到沙伊斯科普夫少尉的太太身上，以此报复沙伊斯科普夫少尉。

约瑟夫•海勒笔下的将军比哈谢克描写的将军更健谈、更善于自我表达。历史毕竟进步了，“二战”中的军人的言谈举止比“一战”中的前辈们更富有教养，且愚蠢程度也毫不逊色。

佩克姆将军是感觉敏锐、斯文大方、稳重老练的人。对任何人的缺点都十分敏感，对自己的缺点却视而不见；他觉得所有人都愚蠢透顶，只有他自己是个例外。

这位将军还发明了一个没有任何意思的术语——炸弹散布面，并在部队里流行起来。他“认为”最重要的是把炸弹密集地投向地面，然后从空中拍一张清晰的照片。“炸弹散布面”这个概念，很像是萨义德在其《知识分子论》一书中提到的“内行话”。当时他曾问一位曾经在空军服过役的大学生：“你在空军究竟是做什么的？”答：“目标搜寻。”萨义德终于弄清楚了“目标搜寻”的真正含义——“轰炸”，“但他把这项工作套上了专业语言，而这种语言就某个意义而言是用来排除并混淆外行人更直接的探问。”

抛开佩克姆将军的其他特点不谈，就其喜欢听自己讲话，“听自己讲自己”的爱好而言，便足以令人忍俊不禁。什么人陶醉于听自己讲自己？是那种自视甚高、目空一切的人。

眼睛里的苍蝇与无解的死结

“第二十二条军规”是一条魔鬼法则，是走不出的怪圈和置人于死地的陷阱，它无时无刻、无处不在地束缚着所有人，也是“阿普尔比眼睛里的苍蝇。”

奥尔认为阿普尔比的眼睛里有苍蝇，因为他总不认识事物的真面目。阿普尔比并不知道自己的眼睛里有苍蝇，这很正常，因为他眼睛里有苍蝇，所以他就看不见自己眼睛里有苍蝇。

“约塞连很清楚，第二十二条军规用的是螺旋式的诡辩。其中各个组成部分，配合得相当完美。这种配合极是简洁精确——优雅得体却又令人惊异，与优秀的现代艺术相仿。……”

越级上访是犯法的，不越级上访又解决不了问题。违法行为将受到惩罚，惩罚者就是不解决问题的那一级。越上访越受惩罚，越受惩罚越上访。上访必须通过正常的渠道，而正常的渠道永远关闭。能走得通的渠道都是不正常的，不正常的渠道是不存在的。正常的人总是能找到不正常的渠道，不正常的人被正常的渠道堵死。

群众的眼睛本来是雪亮的，因为进了苍蝇才盲目的。因为盲目，所以又看不见自己眼睛里的苍蝇。

约塞连狠狠地诅咒第二十二条军规，“尽管他心里明白，根本不存在这么条军规。第二十二条军规不存在，对此他确信无疑，可那又有什么用呢？问题在于每个人都认为它存在，而更糟糕的是，它没有什么实实在在的内容或条文可以让人们嘲笑、驳斥、指责、批评、攻击、修正、憎恨、谩骂、啐吐沫、撕成碎片、踩在脚下或者烧成灰烬。”

“第二十二条军规”并不限于军队之中和战争期间，它也不单单是人的外在约束而是不知不觉地内化为人的自觉。

提高自觉性的组织要求并非是自我意识而是自觉地放弃自我，自觉地服从、自觉地接受限制、自觉地丧失知觉。

背叛的英雄

很多人不接受或不喜欢约瑟连上尉这位军人形象，因为他是个怕死鬼，是个逃兵。

他也曾经满怀热忱地投入战争，立下战功，获得晋升，但他在所经历的荒诞与疯狂背后，意识到了欺骗的真相，开始想要逃离。

在整个战争期间，约瑟连除了盼着退役回家，就是假病住院、擅自休假，而且总是不停地唠唠叨叨；不愿意执行飞行任务。按通常的理解，军人是英雄主义和爱国主义的代名词，是牺牲精神的化身。然而约瑟连上尉却不是这种令人敬佩的典型。

他是个精神病一样的人，却又是岛上唯一有血有肉的正常人。

约塞连意识到了战争的荒谬，并最后选择逃跑。因为他不堪忍受陷阱谜咒般的“第二十二条军规”，更不想接受“令人作呕”的丑恶交易——用喜欢长官变成他们中的一员来换取回国机会，“过上富裕、豪华的生活。”

作家似乎也意识到了士兵的临阵逃脱无论如何也说不过去，他在替约塞连寻找出逃的理由与根据，让他的行为变得能够让读者接受、同情和理解。这是美国文化背景下的写作，若换上另一种文化，结局如此处理，则是完全行不通的一条死路。仅留下了逃跑者生与死的未知悬念，而不对他进行道德上的审判，缺乏明亮高昂的色彩和声调，这在我们战争题材小说的阅读经验中是决不允许的。

约瑟夫•海勒最终还是允许约塞连逃去了瑞典，约塞连身上的英雄光环褪尽，但在整个怪诞的世界中，这样的离经叛道又成就了另一种英雄。

关于小说，约瑟夫•海勒说：“我要让人先开怀大笑，然后回过头去带着恐惧回顾他们笑过的一切。”

“第二十二条军规”既是个圈套，也是一个寓言，甚至更是一种操控一切、无法破解和穿透的神秘力量，这力量的背后勾连着权力，渗透着极端与疯狂。它永远是正确的，不可怀疑的，也是无法脱离和逃避的。

以普通人的视角来看，“皮亚诺扎”岛实在是个糟糕透了的地方，飞行员执行着永远也达不了标的飞行任务，并在无尽的绝望中丧命。但这个故事海勒又是通过黑色幽默的方式来构筑的。

癫狂夸张的漫画式人物，被刻意分割穿插的叙事结构，读者被荒诞与滑稽的文字所引诱，读起来很容易忘记时间，一步步随作者陷入无法自拔的“第二十二条军规”束缚之中。

不经意间，海勒又锋芒毕露地展开讽刺，他的胡搅蛮缠在一瞬间便脱去伪装，变成了直指权力与官僚体系的利剑。笑的威力，并不在于连篇累牍地控诉与呵斥，而是在无声中引人入胜，却又在欢笑过后惊觉荒谬，以致让人出了一身冷汗。

这冷汗，或许也是《第二十二条军规》成为一部伟大小说的原因所在。

笑的意味与当代文学

笑是文学的一大传统

与 30 年前相比，中国当代小说有了更多的笑声和笑意，这是来之不易的成就与进步，要倍加珍惜与呵护。

文学意义上的笑很复杂，三言两语难以说清。表面上看，它是一种写作手法和艺术风格，是幽默、诙谐、滑稽、讽刺、机智、荒诞诸多元素的有机合成和巧妙运用。实际上，它是作家观察、把握、理解社会和人生的独特视角和有效方式。笑不光表现快乐与趣味，还承载了丰富的审美追求、精神内涵、人文价值和社会功能。

以欧美为代表的西方世界，把笑当成了大事，念念不忘。幽默和笑几乎成为日常生活中不可或缺的必需品，如油盐酱醋般地随时取用。有人说过这样夸张的话："如果四肢与幽默感不能两全的话，我宁愿丢掉一条腿。""我宁肯让人骂我是小偷、无赖、流氓，也不愿意被人说成是一个不懂幽默的人。"更有甚者，上纲上线地把幽默和笑视为衡量评判政治民主与社会进步的重要尺度。

因此，解读西方文化、文明和文学之谜，别忘了拿上幽默和笑这把钥匙。

幽默和笑是西方文学的一大传统，源远流长。

古希腊不仅是人类严肃科学和深奥哲学之发源地，也是喜剧艺术和笑的起始站。人类从此拥有了生生不息、绵延不绝的喜剧精神，开辟了讽刺抨击政治腐败、社会丑恶和人性弱点之先河，点亮了人类追求自由、张扬个性的欢乐火炬。

文艺复兴是笑的胜利。拉伯雷的《巨人传》、塞万提斯的《堂吉诃德》显示了笑的巨大颠覆力量。此后的莫里哀、伏尔泰、狄更斯、契诃夫、果戈理、马克•吐温、卡夫卡、哈谢克、海勒、李柯科等伟大的作家，均以笑见长，使世界文学的殿堂里一直笑声不断。

巴赫金认为："在世界文学中，在其内部存在着两种看待世界的观点，即严肃地和诙谐地看待世界的观点的作品，这两种观点相互并存，相互反映。"他还说，笑（诙谐）"具有深刻的世界观意义，这是关于整体世界、关于历史、关于人的真理的最重要形式之一，这是一种特殊地、包罗万象地看待世界的观点，以另一种方式看世界，其重要程度比起严肃性来，（如果不超过）那也毫不逊色。因此，诙谐（笑）和严肃性一样，在正宗文学中是允许的，世界的某种重要的方面只有诙谐（笑）才力所能及"。现代西方著名哲学家卡西尔说："我们或许从来没有像在伟大喜剧作家的作品中那样更为接近人生了，例如塞万提斯的《堂吉诃德》、斯特恩的《商弟传》、狄更斯的《匹克威克外传》……事物和事件失去了它们的物质重压，轻蔑融化在笑声中，而笑，就是解放。"米兰•昆德拉把笑与忘看作是人类的两大主题，并认为"小说的智慧不同于哲学的智慧：小说不是从理论精神而是从幽默的精神中诞生的”。当代奥地利著名动物学家洛伦兹觉得：“无论如何，笑比热情更具意义，而且特别地有人性。”他甚至断言：“有足够的幽默就可以使人类容忍虚伪欺诈的理想。幽默和知识是文明的两大希望。”

笑的世界既是历史，也是现实。

我们笑得还不够

中国人没有像西方人那样把笑当回事儿，笑不笑日子照样过。但也认为，笑比哭好，“笑一笑，十年少”，笑能保持年轻态和生命力。其实，在幽默（humor）一词被翻译介绍到中国以前，中华民族早已笑开了，而且笑得很智慧，很广泛，也很深刻。中国的第一本笑话集《笑林》，要比西方早一千多年。这种喜爱笑的品质一直贯穿于中国古代的文学作品之中。到了现代，至少有鲁迅、老舍、钱钟书等人通过笑的方式与西方文学“接轨”，使得幽默讽刺小说的写作达到了前所未有的高度。

只是某些特殊的年代打断了中国幽默小说的发展进程，直到改革开放以后，我们才重新开始思考笑与文学的关系问题。但长时间的庄严刻板已经使我们笑得似是而非了。为了恢复文学的笑的功能，中国的许多作家不约而同地将目光投向了西方文学。

30 年来中国文学每前进一步，都或多或少地受到了西方现当代文学的影响，这一点谁也不可否认。卡夫卡、博尔赫斯、马尔克斯等人的作品一直是中国当代作家的必读参考书。在学习借鉴西方文学的创作理念和技法时，许多作家自觉或不自觉地把异域的幽默移植于自己的作品当中，创造了具有中国特色的笑声。30 年来，中国小说笑的含量增加了，含义丰富了。在这方面，高晓声的《陈奂生上城》带了个好头，通过作品，人们笑得真切。此后的不少作家都尝试着在作品中自觉地展示笑，文字表达得越来越机智、俏皮、风趣。王小波的一系列作品比较特立独行，笑得自在。王朔小说的特点更加鲜明，天不怕地不怕地恣意调侃，拿故作正经的某些“知识及其分子”开涮，用庄重肃穆的政治大话解读鸡零狗碎的日常小事，突破了禁忌，这是一种可喜而又惊险的跳跃。其他一些优秀作家如莫言、刘震云、余华等也都做出了自己的努力和贡献。

总的说来，可以用“繁荣”一词来描绘中国文学的当下境况。作为一种景象，“繁荣”是我们常常用来形容事业欣欣向荣、茁壮茂盛、蓬勃发展的关键词。据《中国文情报告 2007—2008》称，进入新世纪后，中国每年纸质的长篇小说稳定在 1000 部以上，且逐年增加。中短篇小说更是数量惊人。若加上网络作品，这一数字更是庞大到无法计量的程度。

然而，繁荣背后存在着沉闷和单调，尤其缺乏以伟大的笑的精神把握人性、时代与社会而见长的优秀作品。显然，由于传统文化和意识形态等诸多因素的影响，中国当代作家对于笑的认识水平和整体把握能力还不高，缺乏笑的智慧和勇气，对于幽默、诙谐、讽刺等写作手法的运用尚欠火候，略显拘谨、笨拙。笑得勉强、生硬和浅薄，这多少有些遗憾。

笑可以拉近中国文学与世界文学的距离。中国文学要想走向世界，很重要的一条就是看能否同他人一道尽情地痛快地笑起来。

笑的文学意义

还有一种偏见根深蒂固，即认为喜剧性的笑远比悲剧性的哭要肤浅，以为笑是不正经的嬉闹，而严肃才是认真的象征。其实，这是一种误解，笑的深刻性、认真性并不亚于所谓的严肃。恰恰相反，与笑相对应的严肃并不总是“真”，却可能是十足的“假”，是戴上铁面的“假”，而以幽默、诙谐、讽刺见长的文学作品则是戴上笑脸的真，是深度理解和看待世界的一种反映。

脱离了人性的笑是虚假，是伪善，而板起面孔不苟言笑的“装”严肃同样可能虚伪。严肃文学不等于煞有介事和装腔作势。

巴赫金认为：“真正的笑（诙谐）是双重的、包罗万象的，并不否定严肃性，而是对它加以净化和补充。清除教条主义、片面性、僵化、狂热、绝对、恐惧或恐吓成分、说教、天真和幻想、拙劣的单面性和单义性、愚蠢的疯狂。笑（诙谐）不让严肃性僵化，不让它与存在未完成的空想性失去联系。它使这种双重性的完整性得以恢复。笑（诙谐）在文化和文学的历史发展中的一般功能就是这些。”

从另一个角度看，人类历史的发展过程，就是笑与严肃相抗争的过程。笑是摆脱严肃性的有效方式，能缓解被人为夸大的重要性和必要性对人所造成的恐惧。真理的表达方式可以有多种，笑着表达最为轻松。正如贺拉斯所言：“有什么能妨碍笑的人说出真理呢？”赵元任写过一系列“语条儿”，其中有一段：“笑话笑着说，只有自己笑。笑话板着脸说，或者人家发笑。正经话板着脸说，只有自己注意。正经话笑着说，或者人家也注意。”

要讲作品的深刻性和真实性，鲁迅的《阿Q正传》堪称经典之作，主人公的“精神胜利法”至今仍然流淌在我们的血液之中。哈谢克的《好兵帅克》更是让人笑得酣畅淋漓，帅克成了捷克的民族英雄。法国小说家布洛克曾说过：“即使捷克只产生哈谢克这么一位作家，他对人类就做出了不朽的贡献。”与哈谢克同时代的“伟大的笑者”卡夫卡以另一种前所未有的荒诞不经和滑稽可笑的独特风格将小说推向了全新的境界。

人是笑者，是笑的主体，同时也是被笑的对象。从一定意义上讲，人是笑的存在，是一种“笑在”，套用一句拗口的哲学句式，可以说，人类自古至今都是“在笑者的笑中存在着”。

笑的力量有时是巨大的，它常在嘻嘻哈哈、热热闹闹的欢乐气氛中温柔地改变人们的价值取向和固有的心智模式及行为方式。

库舍尔说：“在最崇高和最低贱的事物那里、在最神圣者与最平庸者面前，都有同样多的笑。因此，笑包含了生命与道德的完整领域：从善良到卑琐、从人道到野蛮。从本质上说，笑的精神似乎就是自由的精神，就是无视现实的扭曲、以笑打破隔阂，在人群中找到共鸣。”

笑所反映的喜剧精神是人类生存必备的乐观态度和批评意识，它使人保持着必要的清醒、冷静和警觉，不至于自傲自狂或自卑自贱。笑是一种改正的力量，防止我们严肃地干蠢事、走向异化。笑虽然不是人类独有的表情（据说大猩猩也会笑），却是人类独有的生活态度。态度的背后是我们通常严肃地归纳的世界观、人生观和价值观。

人类时时需要通过笑声缓解痛苦、摆脱恐惧、反抗严肃、舒缓压力，乃至寻求自由与快乐。笑是普通民众随身携带的防身武器和娱乐工具，无须经过安检而出入各种场合。笑是人类通用的货币和语言，不必兑换和翻译，不分种族、肤色和职位、贫富、贵贱，均可以平等拥有。

人与世界的关系既是紧张的，也是放松的。对于这种关系的不同理解和把握，形成截然相反的两种生存状态。如果说人是唯一会用笑来表达复杂情感的动物，那么笑可以视为人的内在属性之一，它是人类精神存在的轻松呈现。

笑作为人应对世界与自身存在的一种积极姿态应始终保持着，它至少是人走向自由的直观标志之一。因此，在某种意义上来讲，笑是人类永远的追求。笑的娱乐、开心、自我安慰和抵制、揭露、批判等多种意义与功能理应在文学作品中得到充分表达与体现。

人是会笑的动物。既然人可以笑着活，那么小说也可以笑着写，人们更愿意笑着读小说以及其他文学作品。

轻蔑溶化于笑声之中

二十世纪最重要的哲学家之一恩斯特•卡西尔在其著名的《人论》说过："最伟大的喜剧家诗人们绝非给一种悠闲的美，他们的作品常常充满了极大的辛辣感。阿里斯托芬是对人类本性最尖锐、最严厉的批评家之一；莫里哀的伟大则最好不过地体现在他的《愤世者》和《伪君子》中。然而喜剧作家们的辛辣并不是讽刺作家的尖刻，也不是道学家的严肃。它并不导致对人类生活做出一个道德判断。喜剧艺术最高程度地具有所有艺术共有的那种本能——同情感。由于这种本能，它能接受人类生活的全部缺陷和弱点、愚蠢和恶习。伟大的喜剧艺术自来就是某种颂扬愚行的艺术。从戏剧的角度来看，所有的东西都开始呈现出一幅新面孔。我们或许从来没有像在伟大的喜剧作家的作品中那样更为接近人生了。例如塞万提斯的《堂吉诃德》，斯特恩的《商帝传》，或者狄更斯的《匹克威尔外传》。我们成为最微不足道的琐事的敏锐观察者，我们从这个世界的全部偏狭、琐碎和愚蠢的方面看待这个世界。我们生活在这个受限制的世界中，但是我们不再被它束缚了。这就是喜剧的卡塔西斯作用的独特性。事物和事件失去了他们的物质重压，轻蔑溶化在笑声中，而笑，就是解放。”

从限制中突破，从束缚中挣脱。从重压中闪躲，就是人追求解放的努力。硬碰硬地抗争是一种笔直的路径，而轻蔑地大笑则是一条婉转的捷径。笑对于人的解放具有不可低估的作用，除了卡西尔提到的作家外，还有拉伯雷、果戈理、契诃夫、哈谢克、马克•吐温等一长串的名字，他们把善良、温情与轻蔑、鄙视都溶化于笑声当中，汇聚为一股强大的笑的力量，持之以恒地校正着人类的弱点和愚行，人在限制、束缚和重压中不断地寻求着解放。

我们想在笑声中休息

1946 年，刚赢得了伟大的卫国战争胜利的伟大的斯大林“想在笑声中休息”，却意外地被笑声惊醒、激怒了。“这是作家左琴科惹的祸，他笑得不合时宜，让斯大林‘呕吐’了，他认定左琴科的笑是‘催吐剂’。”

倒霉的左琴科，这位在苏维埃革命期间，一直为人民制造欢笑的优秀作家，一夜之间被领袖、官方和同行们认定为“流氓”“粗俗的写作匠”“下流胚”“渣滓”“诽谤者”，除了贬斥、污辱和谩骂，几乎听不到其他声音。笑脸变成了怒容。此前的二十多年间，苏联人民深深地热爱着“我们的左琴科”“当代的果戈理”，就连性格抑郁的人，在听到这个名字的时候也会活跃起来，人们甚至用怜悯的目光看待没听过这个名字的人。

“依据苏联中央书库的资料，仅 1926 至 1927 年，左琴科的书就出了 495 万册（这在出版业并不发达的苏联时期，几乎是不可思议的天文数字）。电车上、啤酒馆里、开往郊区的列车上，远离大城市的偏僻小屋里，城市剧院与农村俱乐部的舞台上……不分场合，不分老少，人们都在读左琴科，各出版社争先恐后地在出左琴科，报刊上在登左琴科，艺术家们在朗诵左琴科，信封上印着左琴科的头像……此时若有谁不知道左琴科这个名字，就未免让人小看与耻笑。”好一个左琴科，完全做到了家喻户晓、妇孺皆知、人见人爱。

斗志昂扬、凯歌高奏、口号震天的革命时代，以写幽默讽刺小说见长的左琴科把笑声带进了庄严神圣气势雄壮的革命洪流中。他秉承模仿了果戈理、契诃夫“笑”的创作手法，针对小人物和现实生活中的一些愚昧荒唐和市侩习气进行了小心谨慎的讥讽和调侃。实事求是地说，在今天看来，左琴科的“笑”在深度和广度上均未达到其先驱果戈理和契诃夫的水准，但尽管如此，在那特定的历史阶段，在脸色铁青的严肃时代，左琴科轻巧的嘻嘻哈哈已经足以令那些伟大的革命领袖皱眉瞪眼。

这位长期与抑郁症抗争的幽默大师，因为一篇儿童短篇小说《猴子历险记》的发表而使自己变成了连猴子都不如的“文学流氓”。斯大林震怒了：“不是社会按左琴科的愿望改造，而是他应该改造，若不改造，就让他见鬼去。”

左琴科终于见鬼去了。在见鬼之前的十多年里，他备受凌辱，生活极度凄惨。他曾向斯大林写信求助并坦诚地申辩：“我总是竭力去描写现实生活的正面。但是这做起来并不容易——如此困难，就像丑角扮演英雄人物一样。”

左琴科确实这么努力过，著名的领袖故事《列宁与哨兵》曾作为范文多年收录在中国小学生的语文课本之中，这篇感人的故事就出自左琴科之手。

左琴科因笑而惹火烧身，这是苏联专制时期对笑的监管的极端案例。当时流传着这么一句妙语：“听说斯大林同志喜欢搜集政治笑话，这是真的吗？”答：“是的，但是他先搜集讲笑话的人！”

就在那几年巴赫金写出了巨著《拉伯雷研究》，专门研究笑的历史和笑的问题。他把时间推到了1000多年前，陶醉于莫须有的“狂欢节”大笑的气氛中，是否是因为当时的苏联太缺乏自由放松的笑声了呢？

笑是愉快与不愉快的混合体

2010 年 10 月，英国最负盛名的布克奖颁给了霍华德•雅各布森所写的《芬克勒问题》。据称这部小说充满了诙谐与喜剧的色彩，“非常好玩”，属于幽默搞笑的成功之作。

作者对于奖励已期待了很久，他趁机抱怨说：“如今存在着一种对小说中喜剧成分的恐惧——你何时在一本严肃小说的书封上见过‘好玩’这两个字？……我们已经错误地分割了笑与思、喜剧与严肃，将满溢笑声的伟大小说带来的愉悦，区隔于我们意图从文学中有所收获的其他一切。”

惧怕小说中的喜剧成分，唯恐作家笑过了头，这种担忧“如今”“以往”乃至“未来”都难以克服。陈众议先生在《文艺复兴的一个维度》一文中，既颂扬了笑在历史上的积极贡献，也流露出了对于“如今”日趋低俗和快速泛滥的“大话”“戏说”“恶搞”和“调笑”之风的满腹忧虑。“遣散了庄严，驱逐了崇高，没有了敬畏，解放了欲望，等待人类的便果真是‘娱乐至死’？”这是他的疑问。

显然，众议先生的疑虑与雅克布森的质问并非一回事情。小说中的喜剧成分和笑的追求并不等同于肆意恶搞，雅各布森指出的“我们的错误”在于把笑与思、喜剧与严肃的判断划分上升为是与非、好与坏和善与恶的高度，做了冰火不容的阻隔。这种偏见由来已久。尽管以阿里斯托芬为代表的喜剧成就在古希腊时期已大红大紫，但亚里士多德仍以“喜剧模仿低劣的人”“滑稽只是丑陋的一种表现”为由，表扬悲剧，贬抑喜剧，对笑持一种相对轻视的态度。这种态度一直影响至今。莱辛认为笑产生于“愉快与不快的混合”，那么把“愉快”之外的“不快”视为是深刻和本质大加推崇，重哭而轻笑，扬悲而抑喜，假而去真，实在是缺乏包容的偏执。

幽默是一道神圣的闪光

米兰·昆德拉十分推崇并深情缅怀拉伯雷时代——“今天的小说家（十九世纪的继承者）对第一批小说家所处的这一如此古怪的世界，对他们拥有的欢乐的生活自由抱有一种羡慕不已的怀恋。”

这种令人羡慕不已的欢乐的生活自由体现在拉伯雷的《巨人传》中——“一切全都在此：真实性与非真实性、寓意、讽刺、巨人与常人、趣闻、沉思、真实与异想天开的游历、博学的哲理论争、纯粹词语技巧的离题话。”

米兰·昆德拉对拉伯雷羡慕与钦佩的评价同样适用于哈谢克的《好兵帅克》。区别仅仅在于拉伯雷面对的古怪世界是完全虚拟的，而哈谢克身处的古怪世界是彻底真实的。前者的神怪杜撰演化为后者的人间写照。

昆德拉推崇拉伯雷的另一个原因是其小说释放和迸发的笑、幽默和喜剧精神。他援引墨西哥当代诗人奥克塔维奥·帕斯的话说：“荷马也好，维吉尔也好，都不知道幽默，阿里奥斯托似乎预感到了它，然而，幽默只是到了塞万提斯笔下才形成个样子……幽默是现代精神的伟大发明。”昆德拉用塞瓦提斯印证拉伯雷，并得出结论：“谁不能从故事中得到快乐，谁就永远也不能懂得小说的艺术。”

他进一步阐述道：“幽默是一道神圣的闪光，它在它的道德含糊之中发现了世界，它在它无法评判他人的无能中发现了人；幽默是对人世之事之相对性的自觉的迷醉，是来自于确信世上没有确信之事的奇妙的欢悦。”最让米兰·昆德拉忧心忡忡的是，幽默这项现代精神的伟大发明，“并非自古以来就存在，亦非将永远存在下去”，“我的心揪得紧紧的，想着将来巴奴日不再引人发笑之日”。

米兰·昆德拉并没有长篇大论地阐述他的同胞哈谢克的文学贡献，但在他的《小说的艺术》中却言简意赅地给出了极高的赞誉：

“《好兵帅克》也许是最后一部伟大的通俗小说了。这部喜剧性的小说同时也是一部战争小说，其情节在军队和前线展开，这一点难道不令人惊奇吗？如果连战争及其恐怖都成了可笑的事，那么其中发生了什么呢？”

在荷马和托尔斯泰那里，战争有一种可以充分理解的意义：人们为海伦或俄国而战。帅克和他的伙伴们去前线时却不知道为了什么，甚至连什么是战争也不知道，而且也不想知道。

那么，如果不是为了海伦或国家，什么是战争的动力呢？是纯粹暴力决意要维护作为暴力自身吗？是海德格尔后来写道的“意志的意愿”？然而，那不正是有史以来一直隐藏在所有战争背后的吗？是的，当然是这样。但是这次，在哈谢克笔下，它被剥掉了所有理性的口实。再没有人相信宣传的胡说八道，就连那些制造它的人也不信。暴力在这里是赤裸裸的，就跟在卡夫卡的小说中一样。其实，法庭处死 K 并没有什么收益，城堡折磨土地测量员也得不到什么。

为什么过去的德国人、现在的俄国人想统治世界呢？是想更加富有？抑或更幸福些？根本不是。暴力的侵略是彻头彻尾的无利益、无动机；它只遵从它自己的意志行事；这是彻头彻尾的非理性。

卡夫卡和哈谢克就这样把我们带到了一个巨大的悖谬面前：在现代化的进程中，笛卡尔的理性逐一销蚀了从中世纪继承下来的全部价值观。但是，正当理性赢得决定性的胜利之时，纯粹的非理性（暴力意志是它的唯一意志）却占领了世界舞台，因为不再有任何被普遍接受的价值体系阻挡其道路。

从道理上讲，人不应该被同一块石头绊倒两次。然而，历史的真实情况是，人类会被同一块石头反复地绊倒，且伤痕刚好就把疼痛忘得一干二净。二十世纪上半叶，竟然爆发了两次世界大战，死伤的无辜者人数刷新了已有的记录。约瑟夫•海勒的《第二十二条军规》又一次揭示了人的“纯粹的非理性”所能达到的疯狂高度。人类的理性消失殆尽，道德突破了底线，笑也随之突破了底线。

人是善于嘲讽的智慧物种

一

据报道：英国朴次茅斯大学等机构的研究人员最新发现，人类和猿猴的共同祖先在大约 1600 万年前进化出笑的能力，其后这种能力在不同地区开始出现分化。今天在亚洲分布的一些类人猿仍然只因开心而笑，非洲的类人猿则更进一步，已经知道用笑声来感染其他伙伴。参加这项研究的罗斯博士说，人类可能在约 500 万年前把笑发展为一种社交工具，并成为唯一将笑声用于嘲讽的物种……

显然，笑是一种能力，是人类经过不懈的努力在其进化过程中逐渐超越其他物种而获取的独特的本领。人也许不是唯一会笑的动物，但绝对是唯一会把笑声用于嘲弄和讥讽的智慧物种。

在人类漫长的进化史上，笑的出现具有非同一般的深刻意义。因此，我们完全有理由相信，笑是苍天赠予人类的最珍贵的礼物。

二

改革开放以来，中国从西方发达国家引进了许多科学技术、管理方法以及理念、商品和资金等等，同时也捎带着进口了不少西方幽默和笑话。西方幽默与本土文化相结合，产生了一系列中西合璧的新笑话，使中国人的笑声增多了，这也体现了“从引进、消化、吸收到再创造”的创新精神。

不同民族、地域的经济、技术交流，势必在文化层次产生影响。经济的全球化浪潮，冲刷拍击的绝不只是经济自身的大堤，文化的渗透、浸染将相伴而生。况且，文化交流与经济、技术的交流并驾齐驱，文学、艺术、教育、体育等纷纷动作，除引进了外版图书（包括大学教材）、音像制品以及展览演出等等以外，还逐渐由单向引入变为双向交流和相互合作。文化虽未像经济那样迫不及待地奔向全球化，但彼此间相对封闭的大门已经敞开。于是，幽默这种不起眼的小东西便笑嘻嘻地顺着门缝溜进了神州大地。

西方文化中的幽默含量丰富，西方的文学艺术，包括小说、戏剧、漫画以及影视作品中大量传递着笑的讯息。解读西方的文明和文化，不能忽略其独具特色的幽默感和笑的成分。这种被称为润滑剂和黏合剂的笑的文化现象，在缩短距离、消除隔阂、增进了解、形成亲和力的同时，还具有某种侵蚀颠覆作用，因而也是腐蚀剂和催化剂。笑的力量有时是巨大的，它会在嘻嘻哈哈热热闹闹的欢乐气氛下温柔地改变人们的价值取向和固有的心智模式及行为方式。

三

笑与严肃是死对头。

严肃是权威的冷峻面孔，是专制的低温气候，是秩序的紧张氛围。

笑是弱势群体的自信，是他们面对强势的自卫武器。笑是最巧妙的保护色，也是最锋利的软刀子。

笑可以自嘲，也可以嘲他。笑可以自娱，也可以娱人。笑是伪装，笑也是本真。笑源于欢乐又源于痛苦。笑是多变的，而不是僵化的，它把僵化作为自己的嘲弄对象。

有人说玩笑与认真水火不容，其实这种说法经不起推敲。

严肃不等于认真。若严肃仅是表面的做作故弄，是煞有介事的神情，其背后和内心并不见得是认真，而十有八九是认“假”。

笑往往是理性看待事物的结果。它不仅“看”见了、“听”到了，而且还“想”透彻了。有智者曾说，当你感性地面对这个世界时，它是一场悲剧；若理性地观察这个世界时，它是一场喜剧。喜者，笑也。笑从何来？笑是思考至深的情感反应。它看到了破绽，看到了西装革履昂首阔步走向主席台的官员没有拉上裤子拉锁而产生的剧烈反差。所以，我们笑了，笑得前仰后合。

四

笑的传染性和感染力极强，能穿透时空的界限。除了民族特点和文化语言所形成的差异对某些笑话的可笑性有一定限制外，多数笑话是可以被不同国度、不同肤色、不同民族的人们共同欣赏的。笑话的可笑性在传播的过程中，有时会衰减，有时会增强。笑话的转述过程也是一个不断再创作的过程，传入中国的许多西方幽默同样具有被适度改造的特点。

西方现代民间流行的幽默笑话涉及的范围很广，但政治与性始终是其最集中的主题。西方民主国家的政治人物、公共政策、法律条款、重大事件均会成为民众调侃、嘲讽的热点。这种无所顾忌的“恶习”也影响了当今中国笑话的指向。只是我们开的这类玩笑尚不能见诸报端或电视广播，仅限于私下讲述或短信发送。

五

人性的弱点是相似的，所以东西方取笑人类自身的笑话是大同小异的。吝啬、贪婪、愚昧、笨拙、好色、嫉妒、猜疑、吃醋、虚荣、狡诈等等都是人类自嘲的重点。如，中国人嘲笑极端吝啬的人是说某人连屁都舍不得在外面放，要留着回家吹灯用。西方人用电的时间比中国早，他们不需要攒屁吹灯，但也舍不得放，他们要等着过生日时吹蜡烛。或者如比利时人戏谑荷兰人的小气与吝啬的笑话一样：四个荷兰人走进布鲁塞尔的一家咖啡馆，他们犹豫再三，最后一跺脚，要了一杯冰水和四根吸管。

不管是针对政府官员、公共政治，还是针对普通民众的冷嘲热讽，近二十年多年来，中国大地日渐盛行的笑话中相当一部分具有明显的“攻击性”。“攻击性”是笑与幽默的“光荣”传统，也是它的强项和优势。嘲讽作为笑的常见风格，既能指向他人（外部），又能冲着自身（自嘲）。笑所攻击的对象五花八门，除了直指强势群体和权力部门外，更不放过医生、警察、教师、法官、妓女等特殊行业的从业者。某一时期，这类笑话还会集中围攻取笑某一地域的人群。就像英国的英格兰人嘲弄苏格兰人和爱尔兰人，整个欧洲戏谑波兰人或调侃犹太人一样，中国人近些年来一直把河南人作为笑讽的对象，以至于让他们发出了“河南人究竟惹谁了”的愤怒抗议。

六

笑话的兴起有许多深层次的原因并会产生诸多意想不到的影响。

笑作为人类最基本的情感、情绪表达方式，是其无法克制的本能冲动。人总是要笑的，笑是人的存在状态的呈现方式，也是一种以普遍认可的方式表达自身需要的手段。

笑的功能和作用以及相关问题一直是哲学家、文化学家、社会学家、人类学家、美学家、文学家、心理学家、语言学家、教育学家、医学家、政治学家等各路专家努力破解的难题。他们给出的答案五花八门，且都具有相当的合理成分，成为人类对于笑和幽默现象深度思考的系统理论成果。当然，也有人认为这些探讨和思索的行为本身就是可笑的，是不具有幽默感的荒唐之举，因为笑是在研究过程中消失的东西，对于笑和幽默的严肃探究是无聊和徒劳的。

迄今为止，人类尚未失去笑声，尽管有不少研究表明，现代人大笑的时间越来越少。据英国最近的调查显示，与十年前相比，英国人每天大笑的时间缩短了很多，这显然是一种遗憾。笑的积极意义是显而易见的。它能缓解精神紧张，释放心理压力，与痛苦保持适当的距离，减轻和消除恐惧感，促进人的身体健康。笑的这些作用是科学家们通过实验得出的结论。日本的医学专家甚至认为"笑能唤醒幸福基因"。因此，印度、日本、韩国等我们的邻居们近年来积极开展大笑健康运动。

七

笑的社会功能同样明显。20 世纪初，弗洛伊德以其著名的无意识理论指出了笑的破解社会禁忌的作用。稍后的法国著名哲学家柏格森在其《笑——论滑稽的意义》一书中指出"纠偏"思想，即人们取笑的对象或行为都是与人类社会期望相对立的。1940 年苏联冒出了一位叫米•巴赫金的学者，他在笑文化、民间诙谐文化的研究方面独辟蹊径，认为笑"永远是人民大众手中自由的武器"，"笑就其本性来说具有深刻的非官方性质；笑与任何的现实的官方严肃性对立"，笑是对严肃性的摆脱和化解。到了六七十年代，捷克作家米兰•昆德拉把笑和遗忘确定为人类的两大主题。

不同的时代、不同的社会、不同的视角、不同的立场、不同的方法，对于笑的功能与作用有着不同的认识。两千多年来，人类一直兴致勃勃地关注和探讨着笑的奥秘，由此产生的理论著述可谓琳琅满目，这些成果是我们解读"笑"这一平常而又神秘现象的钥匙。

八

在今天看来，笑已不仅仅是一种生理反应，更是一种情感表达和心理状态。笑也不单单是个美学范畴，它还是一个文化概念和社会现象。笑，这一人类独特的基本情感的常见表达方式和通用语言符号，已经成为判断社会进步、民主进程、自由状况和人的解放程度的重要标志。在以美国为代表的西方民主国家，笑与幽默已经普遍运用于政治领域之中，甚至作为赢得总统大选的有效手段。自肯尼迪时代开始，美国的总统“幽默小组”一直发挥着不可或缺的亲和作用，这种传统一直延续至今。

由于笑话在美国选战中的广泛使用，以至于许多美国人认为赢得总统大位者就是那个最能讲笑话的家伙。

笑本属于民间，“就其本性来说具有深刻的非官方性质”（巴赫金语），然而从美国当代政治家的表现来看，他们似乎打破了这一界限。笑话越来越多地被官方接受并“为我所用”，从而在一定程度上大大消除了民众对政治的冷漠、疏远、抵触和恐惧，传统政治所产生的令人窒息的严肃性和压迫感通过笑的作用而得到缓解。这种现象的出现令人深思。

九

随着笑的渗透领域的扩展，笑的力量日益增强。笑已不光是润滑剂和热气阀了，它同时也可以是腐蚀剂和导火索。笑的颠覆作用同样不可忽视。

据媒体报道，中国 2006 年的流行语排行榜中，“恶搞”一词名列其中。“恶搞”是搞笑之一种，就其出发点而言，不一定有恶意，但从其造成的后果看可能会产生某些“不可估量”的颠覆、解构或损毁作用。这就是笑的底线或笑的禁忌问题。

“恶搞”之所以被定性为“恶”，就是因为它超出了人们对于“笑”的接受范围和程度，突破了笑的界限，破坏了人们的内心价值判断。曾经的偶像被无情的笑声给打碎、颠覆了，会给人带来心理伤害。特别是对已经深入人心的民族英雄或历史上的杰出人物包括文艺作品中的某些光辉形象、道德化身。肆意地进行嘲弄取笑，必然会导致一代人的反感与不满。这种无节制的搞笑行为，失去了善意，自然不会被多数人接受，属于“恶搞”之列。“恶搞”的负面影响较大，损害性很强，不值得提倡。

第五辑　发言现场

话语的表情

——《劳马作品集》访谈

讽刺不应是厌世和恨世的代名词。讽刺小说的歧途，是对一切都表现出冷漠的态度。而真正的讽刺小说是什么样的？由中国人民大学出版社出版的《劳马作品集》将为您展现出讽刺小说的同情和怜爱，感受其蕴藏的更为内在的温热。

采访者：《科学时报》记者　杨新美

受访者：劳马

小说结缘有心人

劳马不会使用电脑，所以很多稿子都是手写，用他的话说是“手擀面”。一次，他的一位同事帮他整理一些文字稿时，发现了一些看似零乱的手稿，同事看后，开玩笑地问：“马老师，谁这么大胆模仿你的笔迹写这些乱七八糟的东西？”劳马诚恳地承认是自己所为。

在 2002 年，劳马的 40 岁生日那天，同事把装订的打印稿作为生日礼物送给了他。当时，那本简陋的“书”取名为《咳嗽》。

尔后一段时间，劳马把抽屉里能找到的文稿录成电子版，并进行了一些整理。不久，便有了现在读者手中所捧的中国人民大学出版社出版的《劳马作品集》。

记者：很多小说家写小说时，材料往往来自现实生活，在现实的基础上展开想象，如此使得作品更贴近、更牵动读者的心。《劳马作品集》中《傻笑》里的事是否也有取自于你的亲身经历？

劳马：小说最大的特点是它的虚构性，不会虚构的小说家不是好的小说家，非虚构的小说也难以成为高质量的小说，我们可以从小说中的"小"看到生活的"大"。小说不一定表达事实的真实，它表达的是一种体验的真实，这是一种独特的表达方式。我觉得它同样真实，这是我对文学的一种理解。从文艺理论的角度来说，艺术真实的前提就是文学的"假定性"。用亚里士多德的原话来说就是"把谎话说得圆"。但这种假定性不是随意的，不能胡编乱造，它必须合乎情理，合乎生活的逻辑，也就是"假中求真"。如果主观客观的真实都统一了，在小说中就能达到艺术的真实。

善意的"笑"

记者：既然是讽刺小说，讲述的故事是喜剧，就必须具有其戏剧性，惹人发笑。贯穿整个作品集的是一个"笑"字，在当今，作品中的"笑"带着什么特殊的韵味？

劳马：很多读者都认为，我的小说里一直洋溢着一种笑容。我的小说都有主线或是副线，但是小说里始终挥洒不去的是“笑”，这是抹不掉的一个蕴含，这个“笑”是善意的微笑，还没有到搞笑的程度。我所写的“笑”，是人类的一种生存状态、生存方式，或者通俗地讲是人类的“活法儿”之一。从一个角度看，人类的历史就是笑与严肃较量、抗争的过程。笑显然是非官方、非正统、非主流、非制度的民间诙谐状态。笑既是对严肃性的摆脱，也是对严肃性的化解。严肃并不等于认真，笑是不严肃的，但它却是认真的，装“笑”不容易。真正属于自己的“笑”，是发自内心的，所以我认为开玩笑是一件很认真的事。有时，“笑”可能更真实地反映一个人。笑的态度背后是我们通常严肃表述的世界观、人生观和价值观。笑在笑者那里既是立场，也是观点。

有读者说看完小说后感觉颇有意味、趣味，我理解所谓的“趣味”是可笑性，或是幽默性。我很少用“幽默”这个概念。幽默是从国外翻译并引入国内的，迄今为止这个词语不足百年历史。从中国的历史来看，中华民族是一个具有五千多年辉煌历史的伟大民族，既是一个庄重严肃的民族，又是一个风趣诙谐的民族。伴随着几千年的兴衰荣辱和欢乐痛苦，中国人的笑声始终不断，有着悠久的“笑”的历史。据有关可查证资料显示，中国的第一本笑话集是《笑林》，比英国的笑话集早了 1400 年。但由于后来国内不自信，把我们的“笑话”变为了如今的“幽默”。

透视人物：对话替代面孔描写

曾有人如此评价劳马的小说：他的作品很少发挥笔墨，更极少描摹人物的相貌特征，却用一个个独特生命表现的人物，活灵活现地游走在读者面前。这种新的叙事方法大大扩大了文学文本的艺术想象空间和历史文化内涵，从而让读者立体化地感受作品的文学艺术魅力，获得一种崭新的生命体验，他是平淡的，却又是意味无穷的，是清澈的，却又是入木三分的，袒露出劳马的悲悯情怀……

记者：很多小说作家写作时，特别注重人物形象的塑造。而在《劳马作品集》中，您并没有花费大量的精力和笔墨于每个人物外貌特征的描写，读者无法通过文字联想出每个人物的面貌。为何你很少花费笔墨描写人物的外貌特征？

劳马：十九世纪很多国家的作家，在景物描写的时候花费大量的笔墨。譬如，当年巴尔扎克描写那些场景，大多数读者都能按照那些描写的文字找到背景，陈述的内容与建筑外表和内部的陈设可谓丝毫不差。

我们用文字干什么？当没有相机时，我们用文字来形容画面，而拥有相机后文字的作用远不止这些。文字的魅力在哪里？它能给读者留下一个很宽广的想象余地。一般而言，小说忌讳作者对人物的外貌没有形象地、鲜明地描写。但我认为，从表面的场景上无法区别人和人，刻画人物的外貌并不是从本质上区别每个人物。小说对每个人物刻画得是否形象、鲜明取决于人物本身的行为，相貌不是语言，行为是语言，人的本性是语言。所以我的小说里没有这些描写人物外貌的文字。

记者：既然没有具体、详尽的人物外部特征的描述，您如何让人物形象生动、饱满地呈现在广大读者眼前，如何刻画出鲜明的人物？

劳马：我的小说中的人物，没有“尖嘴猴腮”“浓眉大眼”“虎背熊腰”之类的字眼，如此会影响读者对人的偏向，而更多的是语言的交流、对话描写，从每个人物的不同的对话语言中透出其各自的形象，让读者去感受，而不再是直观的视觉感触。小说中没有人物的相貌描述，可称得上是文人创作的一个很大的忌讳，但这也正是我所突破的一种创作方式。

《抹布》发表后，很多人都说文中的人物描写的是四川人，有的人说是写湖南的，还有人说是写陕北的。其实写的是我的家乡人。真正会看小说的人，能发现小说里刻画的不是一个人，而是一群人，甚至是一代人，或者乃至是整个民族和世界。

刊发于 2007 年 11 月 8 日《科学时报》

远看是山近看是树

——《哎嗨哟》创作随谈

一

三十年是啥？表面上看，是个时间段儿。再往深里想想，还是个时间段儿。

时间像是一根长长的线，长得看不到头儿。往前望望不知哪是终点，往后瞅瞅，又不知哪是开头。

时间是一条流淌的河，停不下，又留不住。用石头打它，用棍子抽它，它会溅起几朵水花，便不理不睬地忙着赶路，把你抛在后面。

人们置身于时光之中，利用它、消磨它、打发它，最终又被它利用、消磨和打发，这就叫过日子。

二

岁月无痕，人生有迹。走过的路上会留下脚印儿。

有人说，世上本没有路，走的人多了便有了路。这条路开始很窄，叫羊肠小路。后来成群结队的人们络绎不绝地走过，变成了车水马龙的康庄大道。

大路上人来人往，熙熙攘攘，留下的足迹分不清大小深浅，除非你长了一双巨人般的大脚。

走在前面的人发出了忠告：走路要走大路！但总有人尝试着另辟蹊径，他们拐到了小道上，体验一种曲径通幽的新奇和冒险。他们说，世上本来有许多路，走的人少了，也就仅剩下一条路了。

三

回顾与反思，其实就是转过头来看看，看看身后的足迹。“足迹”是书本上的语言，换成大众的话说就是脚印。那脚印大小深浅弯直，重重叠叠，多数是模糊的，难以清晰辨认。

我们把这无数的重叠交织在一起的脚印视为时代的轨迹和社会的道路。

个人的脚印踩成了社会道路，那脚印便消失了。或者更准确地说是淹没、隐蔽在密密麻麻数不胜数的群体足迹之中。

……

每一个人都走在人生的路上。活着的人都在走，不停地走。“走”是人类的存在方式。

并不是所有处于行走状态之中的人们都有个明确的共同目标。多数人是漫无目的地闲逛。但途中总有人高声大喊：“跟我来！”“朝这儿走！”于是，人们愣了愣神，便潮水般地涌向了一个目标，形成了人头攒动的黑压压的人群。

本来人群走得很闲散、很舒缓，却总有一些人疾步而行，越走越快。处于散步节奏中的人受其影响和鼓动，不知不觉随之加快了步伐。由散步变成了竞走，由竞走变成了奔跑，有人传言，跑在前面者，可以取得名次和奖赏。竞赛与竞争由此展开，人人都争先恐后。

仍想保持原先散步状态的人，被视为落伍者、掉队者。成功与失败、先进与落后、积极与消极、革命与反动也因此有了莫名其妙的标准。人人便争先恐后。

四

小说说小，小处见大。

个人相对于群体，总是微不足道的。大写的人字并非指某一个体。小说写人，写具体的人，有名有姓，这些人虽小却真。从个别到一般，从具体到抽象，由小见大。他是时代和社会中活生生的一员。

远处是山，近处是树。山是静静绿绿的一片，距离过滤掉了那其中的杂色。眼前的树，有枝有叶有声有色，风一吹，枝叶摇动，姿态多变。躯干粗糙光滑，一触即知，那上面寄生着蚂蚁或毛毛虫之类的小昆虫，生动得让人掉泪。

时代与社会犹如那远处的山林，而个人就是眼前的树。一叶而知秋，一树一森林。叶细而树高，树小而林大。

五

因为是人，就注定了他的不完美。人性的弱点便成了人的根本属性中无法剔除的瑕疵。弱点是软肋，也是痒处。重碰软肋，会疼；轻挠痒处，会笑。

几乎所有的人都喜欢笑，尽管笑得勉强，笑得尴尬。笑是极富传染性的，一个人自得其乐地笑着，会导致最终的哄堂大笑。但先笑的那个人，要冒很大的风险。他对秩序构成了破坏，他挑战了权威，鄙视了严肃性。他甚至会被视为麻烦的制造者而被逐出会场。

于是，人们只能私下笑笑，“窃笑”而已。老百姓没事偷着乐，公开场合便绷紧了面部肌肉，一副庄重肃穆的样子，俨然中华民族到了最危险的时候，每个人被迫眉头紧锁、神色严峻，并发出最后的吼声。

从战乱中走来的民众，满脸愁苦。获得解放的惶恐和喜悦一时还难以言表。新制度、新社会带来的新生活仍需要一定的时间去适应。以领袖为代表的胜利者的脸上挂满了笑容，那笑容不仅是慈祥，还透着威猛和严厉。有一种笑并不表达亲近，而是保持了距离。笑成了人与人之间无形的栅栏。领导者总是在特定时刻，恰当地“露出了满意的笑容”。这种笑博大精深，意味深长。它是自信的专用表情，传递着豪迈的信息。“谈笑间樯橹灰飞烟灭”，“一切帝国主义都是纸老虎”和“敢教日月换新天”，“风景这边独好”，“试看天地翻覆”等诗句和论断均是这类笑意的最好诠释。

在居高临下的笑声中，人民不能毫无反应，要形成强烈的互动。于是，就有了“千万张笑脸迎着红太阳”的灿烂场面。欢呼声和暴风雨般的掌声会经久不息。人们笑着，挥舞着“红宝书”“鲜花和彩绸”，变成了一片欢乐的海洋。

六

另一种笑声是绝对不容许的，那是地下的笑声，是反动阶级和反动分子不怀好意的坏笑。这类笑，总有讥讽、嘲弄、调侃的不良成分，是狰狞的笑容，是猖狂的进攻，是垂死的挣扎，是居心叵测的反动表情。谁要想开开玩笑，哪怕是最轻微、最善意的，那也是自找麻烦，将被视为最恶毒的行为。

人们笑得很高尚、很单一、很标准、很整齐，目的也很明确，就是赞美、热爱与崇敬。笑脸是一朵圆圆的向日葵，迎着太阳绽放。你拿什么奉献给党，只有笑脸和歌声。

经过若干年的不懈努力，全国上下统一了笑容和笑声。每当盛大节日或重要活动时，各级各类组织都要集中采购征集一批标准的笑脸。而另外类型的笑声被淹没、禁止了，也渐渐被排斥和遗忘了。一个时代失去了真实的、富有个性的笑意，取而代之的是集体的、规范的、千孔一面的笑容。

至少从当时的文学、艺术作品中很难找到批判性质的笑，就连相声这类拥有少许讽刺搞笑特权的民间曲艺也改成赞美、歌颂式的，若不是出于礼貌和觉悟，观众很难发出笑声。

如果回顾三十年文学的变化，特别是当代小说的演进，其中很重要的一个特征就是有了笑的因素。这一点尤为可贵。值得关注和珍惜。

幽默与诙谐，是社会生活中匮乏的，也是文学艺术作品中难得一见的稀罕品。缺乏幽默感的民族是可怕的，禁止玩笑的生活是呆板枯燥的，更是恐怖阴冷的。没有笑声，哪有快乐和趣味可言，而仅有一种笑声的日子格外别扭。

“伤痕文学”捶胸顿足地哭诉着，把伤痛和血泪展示与人。人们悲愤地声讨那场不堪回首的人间浩劫，并把责任归咎于那臭名昭著的四个人。除此之外，几乎所有的人都以受害者的身份，参与了控诉。文学的悲情作用得以充分施展。那些作品的字里行间不可能有戏谑的腔调，就像追悼会上不可能出现笑声一样。

人们不能永远地处于悲愤的情绪之中，人的记忆具有极强的选择性。好了伤痕自然就忘了疼，若做不到这一点，人类早就苦不堪言了。

情绪悲伤并不意味认识深刻。长期压抑的思想和情感在适度宣泄之后，更趋理性。

刊发于《作家》2009 年第三期

作为他乡的故乡：好像我曾在那里一样

——在“乡土中国现代转型与乡土文学创作学术研讨会”上的发言

上大学的时候，听过刘绍棠的一次讲座。20世纪80年代初期，难得一见体形富态者，他给我的第一印象就是胖，可能是当时的学生普遍偏瘦的缘故，硬是把他对比衬托放大了，不像是农民。虽然忘记了他演讲的具体内容，但“乡土文学”这四个字他始终挂在嘴上，是他讲座的关键词，感觉他把乡土文学看得很重，并有一番雄心——要把乡土文学创作当作毕生最伟大的事业。当时听了很感动，被他的深情所感染，眼泪在眼眶里直打转儿。后来，读了他的几篇小说，想家想了好一阵子，差一点动了退学返乡的念头。

小时候有一种错觉，总认为写乡下题材的作家一定都是农民，写作是干完了农活之后，擦干了脸上的汗水和手上的泥土再趴到炕上借着油灯的光亮而从事的一种脑力劳动。所以当得知城里的大作家们同样能写农村和农民，而且会写得更好时，内心十分惊讶和不解。现在自己有时也写一些类似的东西，才有了既不是作为农民写作，也不是为农民写作的感悟。

一

西方哲学家们在本体论上一直围绕着“是”与“在”纠缠争论了两千多年。与此相关的还有“我”与“他”的问题。其实，作家们在文学叙事上同样面临相似的情况。

写乡村、写故土是中外众多作家们共同的嗜好。

选择什么题材，取决于作家的内心关注。关注乡土与出身有关，中国作家尤为明显。中国是农业大国，稍一动笔，就能接触到农村。凡出身于农村乡下的，都会不时地把目光投向故土。那里是个人的童年，也是人类的童年，而童年是文学的时光，像一只装满奇珍异宝的抽屉，诱引着你去翻找。

故乡是根的意象，也是母体的象征，有哲学本体的意味。

什么是根？根是开头，是起点，是原先，是初始，是已往，是本体。

人是寻根的动物，人类在追逐中前行。探索与梳理自身的来龙去脉，是人类独有的习性，也是无法阻止的冲动。

童年记忆几乎是所有作家一生写作的起点和终点，甚至是全部。童年生活的文学性最强，经历或体验的一切均含有相当程度的想象成分。童年世界是文学的世界，成长的过程是文学“写作”的展开。成人之后，“写作”症状逐渐消失。长梦不醒的赖床者只有少数人，他们是作家——一直生活在半梦半醒的幻觉中，在想象中回忆变成了他们的真实状态。

二

乡土文学可能与许多流行词汇相关：民间、底层、原生态、草根、山寨、回归、还原、失落、遗忘、现场、本真……

作家嘴里念叨的乡土二字大概是一个形容词，是一个饱含诗意的隐喻，是靠想象维护的眷恋情结。

乡土文学叙事既有对已逝的追寻和感念，也有对眼下的关注和焦虑。

故乡是离开了就再也回不去的家园。这种离开不是到城里转一圈办点年货就回去的短暂逗留，而是变成城市人的过程，是远离，是精神上的一去不复返。

远离生成思念，想家却不能回家。身在他乡为异客，孤独与漂泊感永远无法消除。融入总是有限度的，归属亦无确定性。

对于作家而言，其实归属感不是指向某一社会组织和地理区域。作家只是归属于自我，归属于内心，归属于亲身经历的时代。于是，乡土叙事便成了一种代偿和必需。鲁迅有鲁迅的乡土，沈从文有沈从文的乡土，刘绍棠有刘绍棠的乡土，在座的各位作家均有属于一己的乡土。历史与乡土时空交错，时间是乡土的存在方式，或者说，乡土存在于时光之中，她始终在变，随着时代在变。中国社会的现代化转型已经转了一百多年了。对于我来说，故乡好像是我曾在那里一样。

三

不管作家对故乡的记忆多么深刻真实，都不是身在其中，都是一种想象。

在你离开之后，故乡也就成了他乡和别处，那是“我”曾经的所在。

想象看似想“他”，其实是想“我”。说得更准确一点，想的是“他我”。“我”是与“他”关系中的“他我”了。“我”想故“我”在，想“我”，“我”却不在了。

听起来似乎很玄，其实，我读阎连科先生的《风雅颂》就有这么一种感觉。因为杨科找不到自我的真实所在，他乡与故乡都无法融入。《风雅颂》看似写大学，但我还真把它看成乡土文学了。

社会在转型，城市乡村都在转型，区别在于先后快慢。乡土社会的转型，这由不得作家。作家受时代的影响，也在转。所以，作为对象的“他”在变，作为主体的“我”也在变。

一般说来，过去的、历史的，已经发生的不会变，变的只是此时和未来。其实，已往同样不是一成不变的，历史的叙述总是有当下性。作家叙述历史总是添加或删减，历史始终具有某些不确定性。文学创作的意义、价值和魅力正在于此。

因此，乡土文学写作仍有巨大的叙事空间，乡土社会在今后仍将是作家们创作的不竭资源。

2009 年 9 月

散文的自由与随意

——在大连“第二届中国当代文学高峰论坛”上的发言

一

在大学里面工作久了，总能听到师生们对学校的一些议论、抱怨或调侃。其中有尖酸刻薄的，也有诙谐幽默的。记得十多年前，在人民大学的学生中流传着这么一个比喻，说“清华是一篇论文，北大是一篇散文，而人民大学则是一篇社论（也有人说人大是一篇公文）”。三校毗邻而居，学生间交流甚密，相互打量比照，形成了若干种俏皮的说法，这种以文体做隐喻的对比，细琢磨起来蛮有趣味。

当然，论文和公文、社论不是我们今天讨论的话题，因而清华和人大不在我们的视野之内。我们此刻关注的是散文，却也不想牵扯到北大，不管北大多么散文化。用文体形容一个组织文化（包括大学）或地域文化的特色，仅仅是打个比方，比如说某某人生就像一首诗，或者某某城市是一幅水墨画等等。我的家乡大连有“浪漫之都”的广告式称誉，看上去也像一篇散文佳作。

显然，文字的背后是生活。文体的演进过程与人的生活状态和心灵情感、精神需求的变化紧密相关。散文是人类书写的最古老文学文体，也是最具普遍性和长久性的表达方式。它的广泛与恒远必定有其深刻缘由。

散文作为一种文体，与生活本身比较接近，其自由与随意的特点符合人的个性和追求。

生活之散，决定了散文之散。

生活的琐碎、多样和丰富，影响了人们对文字表达方式的选择。诗歌、小说、戏剧等诸多文学样式均不如散文那样随意、方便。

散文几乎是人人皆可为之的文学创作，只要会写字就会写散文，日记、随笔、札记、书信等都属于散文。小学生学写作文，不论是记一件小事，还是写难忘的一天，都是散文写作。

散文的框框少，内容、题材广泛丰富，形式技法灵活多样——记人记事、写情写景、可哭可笑、可思可想、能虚能实、能大能小……既可有梭罗的《瓦尔登湖》、阎连科的《我与父辈》等长篇大作，也可有精短玲珑、百八十字即能成篇的微型小品。

散文可以是小情调的，朝内心使劲，写纤细脆微的小感受，细腻得让人能听到血液流淌的声音。散文也可以是大气象的，观外在环境，写波澜壮阔的宏大题材，呼呼生风，气势磅礴如梁衡的某些“红色经典”。

散文不仅仅是抒情，还可娓娓道来，讲一番内心感受或生活哲理。单纯的抒情模式空泛而做作。

散文不见得都是真人真事，也可以虚实相伴，亦真亦幻。跟文学较真，是对文学的非难。文学不同于科学，它追求的“真”与科学探索的“真”是两码事。文学性的魅力和价值正在于其非现实性和非真实性的一面。不要像法官取证一样要求作家们提供人证、物证。

二

相对于当代科学而言，当代文学的门槛较低。或者说，文学的大门始终是敞开的，而科学的大门总是上着锁，若不具备一定的技能或不掌握钥匙，科学的殿堂很难进入。文学则不同，门庭洞开，文学爱好者们潮水般涌入，熙熙攘攘，人头攒动，人声鼎沸。

散文的创作队伍蔚为壮观。正因为散文无定法，尝试以此表达的人便很多。

散文虽散，却也有好坏高低之分。写作的框框再少，也会遵循一些必要的规矩，如同武术中的散打一样，再随意也有一定的套路。

散文中的名篇杰作为散文写作者提供了优秀的范文样本。评论家们也对散文写作提炼总结出了应遵循的准则和标准，值得我们学习、领会和借鉴。

三

不管如何创新，我们始终是站在前人走过的路上。已有的成就和经验是我们不忍舍弃的财富。创新的确无法摆脱和回避“继承”这个大前提。继承是沿着过去的路接着走，创新是调整步子或另辟蹊径。

前面已经讲过了，文字的背后是生活。作家永远与其生活的时代纠缠在一起，生活本身的力量远远大于文字。适应生活，顺应规律，就是与时俱进，散文写作也应如此。

诗意地栖居于世永远是一部分人的渴望，而散文式的生存才是不争的现实。从这个意义上讲，散文不仅仅是一种写作文体，好像也是一种真实的生存状态和生活方式。回到开头的那个比喻上来，生活中有人活得像一篇论文，严谨而规范；有人活得像一篇公文，枯燥而单调，还有人活得像某些社论一样，或居高临下、盛气凌人，或乏味空洞又装腔作势。更多的人则像散文般活着，有情有景，有哭有笑，有真有假，有实有虚，或自然流畅，或矫揉造作，或情真意切，或浮夸虚伪……

总而言之，散文写作的自由与随意也是人对生活的要求。不管多自由，多随意，总得有所遵循。写作与生活同出此理。

2009 年 9 月

写作是我的节日

——小说创作谈

写作是我的节假日，而非日常生活。

与职业作家不同，我打鱼的时候少，晒网的时间长。对于利用闲暇坚持写作的人来说，它与打牌、搓麻、下棋、爬山、游泳等爱好大体上是一样的。这种业余状态下的自觉自愿无疑能唤起放松、陶醉、满足、充实等积极的心理体验。

持续的爱好会形成习惯和依赖。对写作的依赖会导致某种格格不入的落寞，内心逐渐拒绝了各种外在的诱惑，在自我营造的世界与生活中欣然自得。马拉美说：“文学存在着，但是，或许存在着就是对一切的排除，只有文学存在着。”我深感，写作的“不安的欲望”令人心安。

业余作家与职业作家相比少了许多焦虑和压力。写什么和怎么写全凭自己的兴趣，写多写少、写好写坏均不是可怕的事情。职业作家写作是过日子，业余作者写作是过节。

我的写作几乎都是即兴的，构思与酝酿只是铺垫和准备。落到纸上时，原先的模样就变了形。心中熟悉的旋律在张嘴唱响的那一刻便跑了调。有谱却不靠谱，不如压根就没谱。

拿起笔就写，写成啥样算啥样。创作的即兴性就是其神秘性。艺术不同于科学之处正在于此。只要你有写作的冲动，那你就基本上准备好了。不要再等，等到冲动消失，欲望衰退了，写作的快感亦随之大打折扣。书写是一种奇特的亢奋状态，它在寂寞中突然发作，孤独地癫狂着，直到作品完成，才能于精疲力竭之时品尝沮丧、失落的喜悦和解脱。

有时，灵感是专门出来捣乱的。就像白骨精，搔首弄姿地一闪即过，惹得你火烧火燎。想追她、抱她、亲她，她早就无影无踪。等你以为抓住她时，下笔一写，竟是一堆白骨，惨不忍睹。

灵感多产生于你无法把握之时。常在似睡非睡、似醒未醒之际，梦中清晰可辨，醒来面目皆非。有灵感时你找不到纸笔，有纸笔时又没有灵感。不要迷信她、指望她，灵感青睐勤奋者，那是一种有准备的邂逅，相约在先的偶遇。灵感只出现在写作过程当中，而不是写作之外的幻觉。

昆德拉称："小说唯一存在的理由就是去发现唯有小说才能发现的东西。"

运用同样的句式，我们也可以说哲学（数学、化学等等）存在的理由同样如此。

关键是哪些东西唯有小说才能发现，或者说除了小说其他学科或方法无能为力。

昆德拉断言："小说不研究现实，而是研究存在。"那么哲学呢，难道"存在"不是哲学研究的第一要务吗？

同一个概念——"存在"，在文学和哲学面前具有截然不同的含义。

文学“研究”的是生命的具体存在，而哲学关注的是事物抽象的存在，是不存在的存在。

小说比历史教科书更真实，或者说真实可靠的历史总隐藏在小说当中。有人说历史书中除了人名以外，全是假的，而小说恰恰相反。

小人物聚集在小说里，大人物则陈列于官方历史书中。

生动的文学叙述，唤醒和激活了一个个生命。枯燥的史学记载，窒息并风干了曾经的风云人物。以小说为代表的文学作品救活了被历史掩埋了的真实生命。

小说属于民间而非官方。

官方话语不允许有喃喃窃窃的私下絮叨，高调而蛮横的宏大叙事，狂风暴雨般席卷了一切真实的细节。

正如罗兰·巴尔特所言：“小说是一种非傲慢话语，它不使我手足无措；它是一种不会给我带来压力的话语。”

写作难度是作家自加的压力和自设的目标。简易导致平凡，繁难增添新奇。难度考验作家，突破界线才能达到更高境界。莫言、阎连科等不是小胜即安的作家，他们一直在自己前进的坦途上设置障碍，以挑战自我，淘汰他人。

有些作品读过了，会给你启发，甚至有跃跃欲试的冲动。近年读过的《活着》《朗读者》《追风筝的人》《恶童日记》让我在欣赏之余，内心有一种自己也可以试一试的自不量力的念头。甚至读《百年孤独》后也有类似的妄想。但读莫言、阎连科的作品则只有钦佩，无力模仿。

伟大的作家通过其作品对于同行有两种影响，一是启发引诱你沿着他开辟的道路前行。你超过他的可能性虽然不大，但可以追随他。另一类作家则警告你远离他而另辟蹊径，若跟他走，则是死路一条。他能走的路，对你来讲比登天还难。

或者说，对有的作家或作品你可能会产生参与的冲动，而另一些则不会——你可以欣赏却不能进入。如同某些风景名胜之地，有的你想住几天，有的只能远处观望，不想逗留，仙境是拒斥人居的。

刊发于《十月》2010 年第二期

从陌生中寻找与自己相关的熟悉：文学的本土性与普遍性

——在“中韩作家研讨会”上的发言

文学的本土性似乎包含着复杂的多义指涉。

作者的出生与成长总离不开某个具体的地域，这是地理的、人文的区域，也有政治的、经济的环境。作家生于斯、长于斯，其写作难免不受其影响。

本土性与普遍性相比对时，是暗示了本土性的局限性和独特性。普遍性则是一般性。

本土性是局部的，不是整体和全局，是一点不是一片，是一个不是整个。

本土性是狭窄的，不够开阔。

本土性是零碎分散的，不是共同统一的。

本土性是封闭的，不是开放（敞开）的。

本土性是陌生的，不是熟悉的。

这都是模棱两可的猜度。

然而，局部与整体、狭窄与开阔、分散与统一、封闭与开放、陌生与熟悉、独特与普遍本来就是相对的，中间并非完全阻塞，作家的写作活动其实就是打通阻塞，形成共鸣的努力。

今年诺贝尔文学奖得主略萨和此前获奖的马尔克斯作品中的拉丁美洲，对于中国人而言是遥远而陌生的，但这并不影响读者的阅读激情和理解接受。人到底是什么？文学到底是什么？从某种意义上说，人就是以文学获取理解彼此的动物。人类的好奇心并不是指向完全不同的陌生的事物，而是从陌生中找寻与自己相关的熟悉。略萨的《公羊的节日》写的是一个需要许多中国读者查看地图才能看明白的闻所未闻的小国家多米尼加，然而，就这么个鲜为人知的小岛国在某个时期发生的那些事件和人民遭受的命运，却令我们感慨不已，甚至感同身受。人性的普遍性规律一一浮现在不同时代和不同国度。

当今世界经济一体化或全球化了，地球也变成了一个可以亲密往来的地球村了。但这并不说明和预告了文学写作上的趋同。过去我们常说的一句话，叫作“越是民族的，越是世界的”，以独特性强化普遍性。今天也可说越是本土的，越是普遍的。但这不是真理的全部。“此一”可以是“另一”，但唯一，则就只能是“唯一”了。

2010 年 10 月

瓜子儿虽小也香人

——小说集《潜台词》后记

小说有长篇、中篇与短篇之分，指的是作品的字数多少和体量的大小。字数多到十几万、几十万乃至数百万，肯定是长篇。若是几万字，就视为中篇。减至万八千字以下，便为短篇。更有惜墨如金或体力不支者，千八百字以内就草草收笔，其作品则被人称为“小小说”或“微型小说”“袖珍小说”。

长篇是厚厚一本书，短篇是薄薄的两页纸，都叫小说，块头、体量相差悬殊，在视觉上就形成了孰轻孰重的直观判断。砖头般厚重的大书，还分为多卷，摞在一起齐腰高，打眼一看就令人不寒而栗、自卑自愧。而寥寥数语的短小说轻飘飘一张纸，喘口粗气能吹老远，单薄得像秋后的一片枯叶。

鸿篇巨制，洋洋大观的《战争与和平》《约翰·克里斯多夫》《红楼梦》等，确属巍巍之作，如崇山峻岭般雄劲，令人叹为观止。此类皇皇巨著，非一般作家能为之，不仅要有超凡的毅力，更需具备天赋的资质。如果把文学史比喻成一条绵延不绝的山脉的话，这类经典作品便是群山中的一座座巅峰。

著名作家莫言把长度视为长篇小说的尊严之一，并发誓要捍卫这个尊严且身体力行地实践这一誓言，他写出的作品动辄数十万言，洋洋大观。完成近五十万字的《生死疲劳》仅用了四十三天，未感疲劳。在莫言看来，“没有二十万字以上的篇幅，长篇小说就缺少应有的尊严。就像金钱豹子，虽然也勇猛，虽然也彪悍，但终因体形稍逊，难成山中之王。”按此标准，莫言当属作家中的“老虎”。莫言有理想、有抱负，喜欢文体的大块头儿，追求“胸中的大气象”“艺术的大营造”，愿意揽万里长城之类的大工程。类似的当代作家还有张炜，其新作《你在高原》皇皇十卷，超过450万字，触目惊心。阎连科也是干大工程的，他的许多作品以长见长，连中篇都相当于昆德拉的长篇，《日光流年》《坚硬如水》《受活》等均伟岸魁梧。我曾向他讨教往长里写的秘诀，他笑答：“往啰唆里写，自然就长了。”

与大体量、大块头的“老虎”作家相比，那些写短篇、干小活儿的作家们无疑是老鼠。更有写小小说（或称微型小说、一分钟小说）者简直连老鼠都不配，只可称为跳蚤。

当然，鲁迅是例外。“他是巨人，别人是侏儒”（孙郁先生语）。鲁迅一生未写过长篇。《狂人日记》《阿Q正传》《孔乙己》《祝福》都很短，却入教材，进课堂，成为传世名篇。

正如人的个子有高有矮，体形有胖有瘦。高个子可以选择打篮球，矮个子可以练体操。胖子适合举重，瘦子擅于跳水。写长篇小说的作家是人群中的大个子，高人一头，喜欢打篮球。而习惯于写短篇的作家则像体操或跳水运动员，身材瘦小，却机灵敏捷。

与莫言持截然相反看法的是博尔赫斯，对长篇小说，他则持蔑视的态度。他说：“写作这些大部头的怪癖是既辛苦又要受穷的，是把一个可以用几分钟就说得完全明白的想法偏偏扩展到五百页稿纸上的胡闹。”他无法忍受这种“怪癖”和“胡闹”，将小说写得极其简短、凝练。在略萨看来，“由于博尔赫斯掌握了高超的文学技巧，使得这些空泛和抽象的题材充满了魅力，甚至充满戏剧性”。“他那相对短小的叙事性作品，充满了通向文学疆域四面八方的踪迹和回响”。

…………

写长篇是吃文学大餐，写短篇小说是嗑文学的瓜子儿。

再说就长了。

2011年6月

读懂小说

——在“小说的读法”国际研讨会上的致辞

辛苦各位在酷热难耐的夏季光临北京共同探讨一个有趣的话题，我谨代表中国人民大学向诸位教授表示热上加热的热烈欢迎。

我是怀着一颗强烈的好奇心和彻底的困惑感出现在这里的。因为作为写作者，我更关注的是小说的写法，几乎从未想到小说的读法这类问题。很惭愧，一个优秀的作家确实应该替读者着想。

有人曾自嘲说，小说是文盲的读物。以此来贬损小说的浅显和通俗。其实，这种俏皮恰好暴露某些人对文学的无知。

对于普通读者而言，如何阅读小说是无须专门指导的，若没有智力障碍读懂一个故事并不难。然而对于专业读者，及批评家们来说，怎样读小说却成了很大的问题。小说的读法与写法同样重要。一部好的小说一定是作家和读者以及批评家共同完成的。批评家以其专业的苛刻的挑剔眼光，打量着作家，透过字里行间甚至文本的背后，解读作品所隐含的种种秘密，并一一拆穿。如果魔术师遇到了这种类型的小说批评家，日子就过不下去了。若把魔术行当的保密原则引入文学领域，作家就会长长地松口气。

许多作家不约而同地增加写作难度，这也许与今天讨论的话题有关，是各位给他们施加了压力。破解谜底，只能导致谜面的复杂性日益增强。在这个意义上，希望小说的读法少一点。

就我个人的阅读经验而言，读懂小说并非难事。从小说中读出命运、读出时代、读出历史、读出未来、读出自己、读得心动，则是值得欣喜的。一部好小说，不论其写法、读法如何，都能读到这些。小说可以由着自己的性子想怎么读就怎么读；但最好不要不读，我们的大脑需要小说来丰富，我们的生活同样需要小说来丰富。

祝研讨会成功，祝各位读懂小说，快乐生活！

2012 年 7 月

生活就是一出持续上演的喜剧

——《柔软的一团》后记

一

小说总是以故事的模样出现，但故事不等于小说。小说不是故事本身，而是讲故事的艺术和策略。或者说，小说是一种方法。

几乎每个人都听过故事，也讲过故事，但把故事讲得引人入胜、耐人寻味，则是一种难度系数很高的本领和技巧。

二

小说也可以必须虚构，但虚构不是撒谎。有一种真实只属于小说，它与真相不同，指向人们内心的隐秘处。小说的真实触及人的灵魂和良知，并以想象和虚构的方式去实现。略萨有句名言“小说是时代的证词”，所以作家不该睁着眼睛昧着良心说瞎话，以小说的名义编造谎言，替某种势力或某种“典型”做伪证。海明威也说过，“不存在典型，典型就是说谎”。

三

“小说热爱世界，因为小说混合着世界，并拥抱着世界”（罗兰•巴尔特语）。我热爱小说，小说和生活之中充满着笑意。为什么我们的脸上总洋溢着笑容，不时地发出一阵阵笑声？“因为每个人其实都戴着一副面具和扮演一个角色。总的来说，我们全部的社会生活就是一出持续上演的喜剧”（叔本华语），而“喜剧帮助我们获得一种善于发现各种各样笑料的能力。凡是具有这种能力的人，就会在他的行动中尽力避免做出各种各样可笑的事情，因此，他也就成为最有教养和最有道德的人”（莱辛语）。

四

我是我，故事的讲述者，而非主人公。你是你，小说的阅读者，也非故事中的人物。你我都想尽可能避免在生活中做出各种各样可笑的事情，都想成为有教养有道德的好人，那就努力培养我们发现各种各样笑料的能力吧！

2013 年 5 月

系紧最后一颗纽扣

——中德作家论坛闭幕致辞

从铁凝女士热情洋溢的致辞开始，我们这次论坛一口气进行了七个单元，终于在阎连科先生带有浓郁家乡口音的精彩演讲后圆满地落下了帷幕。许多中国作家通常都是通过英语翻译才能真正听懂他的口音表达。论坛结束了，但中德作家们的交流仍在继续，交流的形式会变得更加轻松有趣。接下来的两天，两国同行们将一同郊游采风，在风景迷人的自然中自由漫谈。

本次论坛的主题是“全球化背景下作家的责任”，这个题目宏大而庄重，如果不穿上正装扎上领带正襟危坐于豪华的厅堂上，很难有资格和勇气去谈论。

通俗地讲，责任就是做你分内的事情，做你应该做的事情。每一位有自主行为的正常人都会担负相应的责任并具备或拥有一定的责任感。不同的职业，有各自的职业责任要求，我们不能接受一个喝得烂醉的外科医生，摇摇晃晃地走上手术台；我们同样无法容忍那些为了获取非法利润的企业主们把工业废气废水随意排放，污染我们共同赖以生存的空气和水源；我们也希望政治家负起责任来，做一个诚实的人，真正兑现他们平时挂在嘴边的那些动人的承诺。

相对而言，作家的责任并不那么容易界定，不可能量化为各种指标。作家的责任不是外在的要求，而是内在的理性自觉和自律，是听从内心的呼唤。但作家只能承担有限责任，而非无限责任。作家改变不了世界，却可以改变世界观。文学无法改变人类的生活状况，却可以改变人类的生活态度。

在全球化背景下，作家的时代印记更明显，而地域特征逐渐模糊。不论中国还是德国，作家们关注的问题越来越接近，我们的责任也基本相似，因为人类的命运、我们彼此的命运从未像现在这样息息相关。所以，我们会拥有更多的共同感受和共同语言，但写作的难度在增加。我们的写作可能不是更独特而是更趋同。这是一种遗憾，差异性在减少，相似性更多了。

写作者是靠想象过日子的人，虚构是作家的特权。但虚构不等于撒谎，不能滥用虚构与想象的特权去写一些违背良知和道德的谎言。不该假借文学之名为时代作伪证。尽管作家有些时候保持沉默是一种罪过，但作为公民普遍享有的沉默权利作家同样享受。你可以不写小说，但说了写了就将成为后世子孙开庭时的证言。在充斥着虚假与谎话的信息大爆炸时代，虚构的小说应保存着它独有的真实性。

作家是衣服上最后的那颗纽扣，意味着责任。扣上它维系的是人所应有的尊严，系紧这颗扣子，则守住了人类尊严和体面的底线。

中国的当代汉语词典是用汉语拼音的第一个字母排序的。字典的第一页第一个字是虚词“阿”，紧跟虚词后面的有令人向往的是“爱”。“责任”一词是以最后一个字母“Z”开头的，它总是出现在厚厚的字典的最后几页，与“责任”排在一起的，还有“正义”“自由”“尊严”等，“作家”也尾随其后。

但愿在现实生活中，“尊严”“正义”“自由”与“责任”不那么靠后，同“爱”与“爱情”一样，占据优先的地位，排在其他词语的前边。当然，这其中应包括“作家”。

北京的秋天是一年中最具魅力的季节，天高气爽，景色宜人。尤其是近几天，由于德国作家的到来，北京的天空犹如用水洗过一般，蓝得出奇。整个城市看上去既雅致，又生动，还很有内涵，像一部值得认真阅读的经典小说和诗集。过了金色的秋天，这座城市将在寒风中变得萧瑟。好在冬天之后，春天的绿意与生机会在狂风黄沙无节制的肆虐中顽强地挺身而出。这有点像作家的写作，全球化浪潮并没有为写作者提供比以往更特殊的福利与照顾，作家的处境并不比过去优渥，但他们依然故我，依然于孤寂和喧嚣中用心书写。如果把这种执着的写作也称之为责任，那么这种责任近乎本能，这份责任一定是作家与生俱来的。写下去，真诚的写下去，让我们做好那些属于我们分内的事情。

2013年9月

文学是冬季草原上依然绽放的花朵

——在蒙古国文学奖授奖典礼上的答谢辞

我非常荣幸地接受这一崇高的奖项，并对贵国通过这一高尚之举所表达和传递出的对作家和文学的尊重、鼓励与厚爱之情致以深深的谢意。

文学是极其柔弱的，需要我们格外细心地照料与呵护。因为文学再繁荣也繁荣不过经济，文学再强大也强大不过政治，文学交流活动再活跃，也活跃不过贸易交流。书店再多，也多不过饭馆、酒吧；作家再出名，也超不过影星歌星。也许正因为如此，在文学边缘化、小众化的寂寞中，才凸显出她的独特价值和永恒魅力。

文学也是极其顽强的，她伴随于人类生存的始终。当经济衰退、政治动荡、贸易萎靡之时，文学活动仍在继续。就其生命力而言，文学就像冬季草原上依然绽放的花朵，她开在我们内心最柔软的深处，滋养、抚慰、温暖、照亮我们的心灵并与我们的精神、情感、灵魂融为一体。她开在人类前行的道路两旁，并以它自身独有的方式激励我们艰苦跋涉，同时也缓解着我们肉体与精神上的疲惫与疼痛。

离开了翻译，就谈不上文学的国际交流。小说是语言的艺术，当一种语言译为另一种语言时，它又成了一部新的作品。翻译不仅是文字的转换，而是基于原作的另一种创造。所以，蒙古语的劳马小说其实也是翻译家森•哈达先生的作品。我要谢谢他。我们既共享荣誉，也共同面对读者的批评。中国把引进译介成汉语的外国小说，视为中国当代文学的一个组成部分，所以我希望被译成蒙古语的中国小说，也能被贵国文学界接纳。

再次感谢蒙古国作家联盟的深情厚谊，感谢光临仪式的各位嘉宾和媒体界的朋友，并祝愿蒙古高原风调雨顺，牛羊肥壮，祝愿伟大的蒙古人民幸福安康！

2014 年 9 月

走在不断拓宽与延长的文明之路上

——在塞尔维亚国际书展上的致辞

我们的前人已经为我们开辟了一条相互往来彼此交流的漫长通道。这就是闻名于世、留名于史的“丝绸之路”。

这是一条古老的路。两千多年前，那些站在高处眺望远方的人，开始迈开脚步走向他们目光所及的陌生之地。这条路在他们的脚下延伸，足迹慢慢变长，从长安不断向西延伸直到抵达罗马帝国，使生活的世界变大，交往的机会变得日渐频繁，丝绸之路如同一条金线，将沿途众多地区的文化遗产和多重身份串联起来。时至今日，我们的眼前似乎仍能浮现出当年这条路上曾经有过人流物流川流不息，车水马龙目不暇接的繁忙景象。感谢那些具有开拓精神的祖先们，他们当初迈出的第一步，成为我们今天前行的路标。

这是一条贸易之路。两千多年来，从这条路上络绎不绝地运送着品种繁多的商品货物，沿途各国互通有无，商贾云集，成为中国和亚欧诸国之间主要的贸易路线，书写了人类贸易史上最令人兴奋和赞叹的精彩篇章。据经济学家们测算，如今世界上有超过 70% 的人口、55% 的 GDP、75% 的已知能源储量汇聚于丝绸之路辐射的广阔区域。“丝绸之路经济带”一旦形成，将联动欧亚涵盖 30 亿人口的巨大市场，如此庞大的经济体量再加上世界最有竞争力的经济发展速度，有望推动丝绸之路经济带成为新全球化时代经济的发动机、世界战略的重心、和平发展的纽带。

这是一条文化之路。古代的丝绸之路不仅是商旅之路，更是文明诞生的摇篮、文化交流的熔炉。中国、巴比伦、波斯、印度，几乎所有对人类影响深远的古代文明都在此孕育、生长、交流融通，极大地促进了东西方科技和文化的交流，丝绸之路把中国的造纸术、火药、印刷术、指南针经阿拉伯地区传播到欧洲，又把西方世界的宗教、天文、历法、医药介绍到中国，对人类文明史和交往史发挥了重要的作用。伴随着经济交往、贸易交流，不同地区、民族和国家的生活习惯、思想观念、行为方式、宗教信仰、文字语言、科学艺术等等，影响互动，彼此借鉴，形成文化上的交融。

这是一条文明和平合作之路。古老的丝绸之路是世界历史展开的主轴，也是国家变迁与民族更迭最频繁的区域，我们回顾丝绸之路交往史，会发现这里与西欧文明的扩张史不同之处在于从来不推行特定文明的优越论，而是始终在双方平等交流中实现文化共享，数千年的文明交往形成了丝绸之路上的多元文明，亚洲大陆数千年文明交流史积淀的精华就是丝绸之路精神。现在重提丝路精神，是在寻求丝绸之路经济带上多元文明的新共识，让多种价值观的精髓相互学习，不断加深民心相通，将为区域合作奠定坚实的民意基础和社会基础。共同的需要，使各国政府与人民齐心协力维护这条路的畅通无阻。这条路给我们带来了经济的繁荣、贸易的活跃，也带来了不同文化、文明之间的包容与尊重。和平与合作，是我们的共同愿望和共同的努力。

这条路要继续走下去并不断得到拓宽和延伸。这条路通向广阔而美好的未来，其意义和功能将远远超出经济贸易往来本身。近年来，中国同欧亚国家联系愈发紧密，古老的丝绸之路也由此获得了崭新的生命力，把中国同欧亚国家的互利合作不断推向新的历史高度。它完成了华丽的转身，正在成为人类文明的新动脉，繁荣贸易的新源泉，推动知识技术交流的新通道。随着“丝绸之路经济带”蓝图的实现，我们将在文化、科技、教育等诸多领域打开更大的合作空间，增加更多的交流机会。

我在大学里工作，在我看来，无论是要进一步深化经济合作，还是大力拓展人文交流，“丝绸之路经济带”建设始终与人才培养和智力支持息息相关，始终离不开沿线国家教育和科研机构的真诚合作。我希望在建设“丝绸之路经济带”的同时，加大包括塞尔维亚在内的沿线各国之间高等教育界的合作。中国目前有高等学校近2788所，其中普通高校有2491所，在学总规模达到了3460万人，本科生年招生700万人，仅在学的博士生近30万人，硕士研究生150万人。高校的专任教师也接近150万人。加强国际理解教育的形式和途径，努力推动跨文化交流，加强教师间的合作研究、学生间的互换培养，都是值得推进的事业。我们期待着这条路能为教育交流留出专用通道。

习近平主席曾经说过，国之交在于民相亲。搞好上述领域合作，必须得到各国人民支持，必须加强人民友好往来，增进相互了解和传统友谊，为开展区域合作奠定坚实民意基础和社会基础。未来的路需要青年一代一直走下去，把目光放得长远一些，就应该引导和鼓励更多的青年人通过丝绸之路走向美好的明天。

我们还期待着有更多的青年作家、诗人、艺术家也沿着这条路走走，有文学与艺术相伴，我们会看到这条路的两旁将开满鲜花并荡漾着迷人的歌声和笑声。

2014 年 10 月

在写作中学习写作

——在中国首届创意写作国际论坛上的致辞

我们今天之所以能聚集一起，共同探讨“创意写作”这个有趣的问题，是缘于美国作家、教授们，中国翻译家们和人民大学出版社的编辑们联袂推出的一套十分引人入胜的“创意写作书系”。所以，我们要首先感谢他们，并由衷地欢迎远道而来的美国作家和教授以及与会的中国同行们。

初试写作之人，总希望能找到一条捷径，预先获得写作的秘诀。于是，各类写作指南、写作技巧之类的书籍和课程便应运而生且层出不穷。有些创意写作的课程和培训，被实践证明是成功的，因此，我想表达的第一层意思是：写作是可以学会的。

佛家有一个说法，叫“现身说法”。即拿自身说事释理，用的实例都是亲身经历和体验。我们读到的这套“创意写作书系”的作者，几乎是清一色的作家，不论是虚构还是非虚构，不论是小说还是剧本的写作技巧都出自写作者本人的实际写作实践，是他们写作的经验之谈，能说到“点子上”，而非外行冒充内行，不像干部学校某些被调侃的教师那样“没读过中央文件的给天天看文件的人辅导文件精神，没出过国的给跑遍世界的人分析国际形势，没当过领导的给当了多年的领导讲授领导艺术。”有“隔靴搔痒”“盲人摸象”之嫌。

当然，并不是所有的人都适合于文学写作，就像并不是所有人都适合于歌唱一样，有天生跑调声音失衡的人，唱得越认真，越像是捣乱恶搞，天生一副好嗓子对于歌者格外重要。

文学写作是一种艺术创作，它需要一定的天资和禀赋。有些人可能永远也学不会创意写作。比如说英国著名哲学家斯宾塞一度很痴迷于文学写作，但从他在美国旅行所记的日记中看，他的文字与他的心灵一样没有丝毫审美情趣。他看到日落景象只会想到地球的运行速度，当他目睹达尼加拉大瀑布时，内心涌起了一股不可遏止的描绘其壮丽景观的冲动和灵感，他写道“瀑布高 40 米，据计算它每小时的流量为 100000000 吨，或者说每秒 27000 多吨，如此之多的水流卷过时，其厚度可能有 5 米，归根到底它受制于每 2.5 厘米 15 磅的侧面压力，而它流经的岩石则必须经受每秒 20000 吨压力，以及每秒 25 米的流速”等等。

无独有偶，现代计算机先驱查尔斯•巴贝奇对文学也很着迷。但他对诗人丁尼生的两句诗颇为不解——“每时每刻都有一个人死亡，每时每刻都有一个人降生”。他认为，如果真是这样，那世界的人口将静止不动，不增不减。所以，他写信给丁尼生，建议将其改为“每时每刻都有一个人死亡，每时每刻都有 1 又 1/16 个人降生。”他还特意解释说，1 又 1/16 依然是个近似值，但对于文学而言只能如此。可见，有些人永远搞不清文学意义上的真实与准确和科学意义上的真实与准确到底是什么关系。

虽然说写作方法的系统讲授和训练对我们的写作会有所帮助，但另一种经验必须引起我们的重视。这是我的第三个看法：阅读是写作不可或缺的环节和部分。其实，一部优秀的文学作品本身就是一部有效的写作技法参考指南，正如中国伟大的作家鲁迅所言：“凡是已有定评的大作家，他的作品全部就说明着应该怎样写。只是读者很不容易看出，也就不能领悟。”说白了，阅读就是写作的一部分，是汲取写作经验和提升写作能力的最直接最便利的路径。不同时代和国家、地区间作家的相互影响也说明了这一点。

我想说的第四个观点是，要在写作中学习写作。在游泳中学习游泳，在开车中学习开车，站在岸上和路边读游泳指南、驾驶手册永远学不会游泳和开车。作品是写出来的，故事是讲出来的。写作是一种实践活动，拿出笔来书写或敲打键盘才能找到真实的感觉。许多写作爱好者，作品读了不少，写作的念头在脑海里盘旋了大半辈子，却始终不肯动笔。光说不练是假把式，写作有时像开车，也是熟悉工种，熟能生巧，想玩车技，就得上路。

除以上四个浅显的看法外，我还想对写作者提一个建议，今天我们在关注、琢磨、探讨写什么和怎么写的同时，不能把为什么写这个问题搁置一边。思考这一问题，关乎写作行为的意义和持续写下去的原动力，它也关乎写作者内心的某种担当意识的觉醒。坚守内心独有的东西，并以此关照社会与人生，才会使写作成为一种精神层面的真正需要和追求，而不仅仅是纠结于某种技巧的探究。

2014 年 7 月 18 日

因为文学而心心相印

——在白罗斯国际作家论坛上的致辞

由于汉语文字具有鲜明的表意性，“Belarus”一词译成中文“白罗斯”后，使许多中国人（包括本人在内）脑海首先呈现出一种关于颜色的意象，这种冰雪与乳汁般的洁白意象强烈地诱导了我对这个国家历史文化、自然景观和肤色面孔的奇特想象，即这是一个因颜色而同“俄罗斯”相区别的国度。这种理解显然有失偏颇，单一明亮的并带有一丝丝寒意的白幕遮蔽了她多姿多彩的丰富性和魅惑感。

说实话，在踏上这块与中国相距遥远的神奇迷人的大地之前，我对这个国家所知甚少，我周围的朋友也没有来过这里的，他们对我能够幸运地身临其境而充满了羡慕和嫉妒，并期待着我回去后向他们讲述这里的所见所闻。他们还用十分有限的点滴知识自以为是地向我介绍他们心目中的白罗斯，说那里风景如画、美女如云、湖泊密布、森林无边、白雪皑皑、寒风刺骨等等，看来他们对白罗斯的了解和想象仅限于薄浅的表层。

在出发前，我花费了一段时间查阅了一些有关白罗斯历史与文化方面的中文读物，使我对这个伟大的民族有了更深入的了解。白罗斯历史悠久、文化厚重、珍爱和平、真诚热情，虽与中国远隔千山万水，但交往的时间很早。尤其是最近的二十多年间，白罗斯作为一个独立的国家与中国走动频繁、关系融洽，经济、政治、科技、文化、教育等诸多领域均有合作与交流。在2013年中国出版的《中国人看白罗斯》一书中，我读到了中国的外交官、留学生、企业家等对白罗斯的一往情深和恋恋不舍，这些曾经在此逗留过的中国人，选用了最美的词汇从各自不同的视角表达了他们对这片土地和在这片土地上生活着的人们由衷的赞叹和钦佩。今天，我们又以文学的名义相聚一起，尝试着心灵的沟通。这是一件很了不起的事情。

中国现当代文学深受俄罗斯文学的影响，而白罗斯和苏联各独联体国家的文学与俄罗斯文学的关系更是源远流长、难解难分。文学间的交流是深入人心、直抵灵魂的。一个民族和国家在文化上的持久存在，是以文学的方式实现的，小说、诗歌、戏剧等起着不可替代的作用。因为文学，我们零距离相处，甚至不分彼此，心心相印，在有温度、有呼吸、有悸动、有声音和味道的文字里相互感叹和依存。

近几年，我只读过白罗斯作家阿列克西耶维奇被译成中文的小说，叫《锌皮娃娃兵》，她笔下的战争悲剧，发人深省，作家不断追问着导致战争悲剧的深层道德原因。从这个角度说，作家的确代表着社会的良知，也是人类道德观的描绘和塑造者。据说，此时此刻，在我们对面戒备森严的总统府内，俄罗斯总统普京、法国总统奥朗德、德国总理默克尔和乌克兰总统波罗申科正就乌克兰危机进行艰难的谈判，时间已持续了十几个小时，我们都声称热爱和平，却又不时地陷入战争的恐惧之中。我们期待这些政治家们，能立即做出停火的协定，离开谈判桌，走到我们会场上，感受一下文学的温情和柔软，为增进文学的交流而发挥他们的特殊影响。

遗憾的是，目前中白两国之间文学作品的互译出版的数量还很少。作家之间交流的机会也不多。今天我们能彼此坐在一起，正是为了弥补这一缺憾，并努力为未来更多的交流开启一扇大门。

六十年前，白罗斯最著名的雕塑家扎伊尔•阿兹古尔（他是明斯克中心广场胜利纪念碑的雕塑者），倾心创作了鲁迅雕像并把它赠送给了中国，陈列于鲁迅纪念馆，表达了他对中国人民和中国文学的深情厚谊。鲁迅作为中国现当代文学史上的一座高耸入云的丰碑，至今仍是中国作家和读者心中的文学崇拜和精神支撑。

我把这个故事视为中白两国文化和文学交流的一段佳话，并期待着这样的故事能够通过作家的思考与想象，长久而精彩地讲下去。

2015 年 2 月

剧本写作：自我观看的心底演出

一、对白：随处可见的戏剧冲突

〔书房。一张书桌，两把椅子。桌子上摆放着一盏老式台灯、一摞书、一个杯子和摊开的稿纸。作为编剧的主人公坐在书桌旁，面对观众，正埋头写作。〕

编剧：（从桌后站起，伸着懒腰并长叹一声）唉，阿里斯托芬的喜剧总是以唉声叹气和牢骚抱怨开头儿。这个传统不能丢啊，唉，我一连写了六部话剧，无人问津！戏剧已经死亡，呜呼哀哉，呜呼哀哉！放开二孩，政策宽松，却胎死腹中，女人之大不幸啊！

〔一位穿着睡衣的女人上，编剧之妻。〕

妻：你又在发什么神经，吃错药了吧？什么“女人女人”的？这都几点啦，深更半夜不睡觉还大吼大叫，想吓死谁呀？你就不怕朝阳群众举报？

编剧：嘘，小点声，小点声！你的嗓门比我大百倍。我招谁惹谁了，难道我一个人在自己家里叹口气还违法了吗？真憋得慌，戏剧已经死亡，悲哀啊！呜呼哀哉！

妻：快拉倒吧，戏剧又不是你给弄死的，哀哉个啥呀，快洗洗睡吧！

编剧：无人演、无人看，连个娱乐记者都不肯露面，唉！

妻：我早就说过，你写的话剧没人愿意看。现在的美国大片和网络游戏随处可见，谁还去看什么话剧呢？你不是也不看吗？别瞎折腾了，胡思乱想多费脑子呀，没人看就不写了呗！

编剧：你说的也是。我自己就不爱看戏，包括话剧。有一句话怎么说的，对，“演员是疯子，观众是傻子”，我不傻，所以我从不看戏。可我为什么喜欢写剧本呢？

妻：我怎么知道呢，这得问问医生啊！有病呗！

编剧：谁有病？我？什么病？我没病！

妻：精神病呗！得了这种病的人就是不肯承认自己有病！

编剧：好吧，就算我有病，不是算有病，是确实有病，那总得有个治疗方案吧？有人说写作就是一种疾病，要治好这个病只有通过写作本身。我还得写下去，不写病情会进一步恶化。

妻：那你写吧，神经病！

编剧：是精神病，不是神经病！

妻：都一样，你一个人发疯吧！我困了，我去睡了。

编剧：不一样，哎，你先别走，陪我再聊会儿。你扮演一回记者怎么样，采访采访我呗！

妻：扮演记者？不行，不行，我不会演戏。

编剧：你就假装记者，问我一些无聊的问题，我趁机倾诉一番，说完了我心里也就不堵了，病情就能好转！

妻：问什么呀，我对你写的那些东西一无所知，也毫无兴趣！

编剧：那你就假装什么都懂，比如说，问我为什么写作呀？为什么要写苏格拉底呀，怎样刻画剧中人物呀，如何制造戏剧冲突呀……

妻：（不耐烦地挥挥手，口气十分生硬地）行啦，行啦，真啰唆！那我问你，你为什么要写剧本？

编剧：我为什么不能写剧本？

妻：（再次提高嗓门）那你干吗非得写苏格拉底？

编剧：（火气十足地）我为啥不能写苏格拉底？

妻：（跳起指着他的鼻子）你为什么不写孔子？

编剧：（拍桌子，指着妻子）我为什么非得写孔子？！

妻：你想打架吗，来呀，你碰一下我试试？

编剧：你少来，打你怎么着，你就是个泼妇！

妻：你敢骂我，（顺手抄起一本书向对方扔去）我让你骂我，我让你写作（抓起书桌上的稿纸撕碎并揉成一团向对方扔去）。

编剧：住手！住手！我求求你啦，别毁了我的剧本。你这不是记者采访，纯属强盗打劫嘛！这哪里是戏剧冲突，明明是家庭暴力呀！

妻：哼，没有你那么回答问题的，跟吃了炸药似的。

编剧：哼，没见过你那样提问的，跟咬根雷管似的。

妻：我怎么问，这不是你教我问的吗？

编剧：我让你像记者那样提问，口气柔软缓和，不是警察办案，那叫审讯，叫质问！

妻：那你也不能冲着我大吼大叫，戗着横着出来。

编剧：别扯了，你那腔调明明是找碴寻衅，抬杠顶牛嘛！

妻：算啦，算啦，简直是没法跟你对话！

编剧：对话？你在跟我交流对话？你知道吗，对话是双方共同追求理解、欣赏的过程。对话永远应该是一个真正的探寻，一起探寻一个开始并不存在的答案！

妻：别以为我不懂。巴赫金说过，当对话终结之日，也是一切终结之时。因此，对话不可能结束，也不应该结束！

编剧：当然，伽达默尔说，越是一场真正的谈话，它就越不按照谈话者的任何一方的意愿进行。而苏格拉底式的谈话则预先设定了目标和结论……

妻：又是苏格拉底。不管对话能不能结束，我都要去睡觉了。你一个人自问自答吧，我才不想跳进你那个苏格拉底式的对话陷阱之中呢！

〔妻打着哈欠，转身下。〕

二、旁白：向大师们致敬

（一）苏格拉底与阿里斯托芬

两千四百多年前，苏格拉底就被搬上了舞台，那时他还活着，正值壮年。他作为喜剧中被嘲笑的主角出现于阿里斯托芬笔下的《云》里，而且用的是真名真姓。

在喜剧（笑剧）受追捧的年代，讽刺之风盛行，禁忌较少，人们习以为常，即使冲着某些社会名人不留情面地嘲弄挖苦，他们也不会急眼翻脸耍横犯浑或一纸诉状告上法庭判你个毁坏名誉罪。苏格拉底与阿里斯托芬彼此认识，据说关系还不错，即便阿里斯托芬在其戏剧中极尽所能地贬损嘲笑了当时在青年中颇有名望和影响的智者苏格拉底，但苏氏并没有忌恨喜剧家的“恶搞”，反而亲自到场观看了演出，并在酒宴上与阿里斯托芬一同畅饮。柏拉图在《会饮篇》中为我们呈现了这一生动的场景。

哲学家苏格拉底并不具有多少幽默感，沉重而深刻的思考越发使他显得严肃认真。他与青年人泡在一起，孜孜不倦、喋喋不休地探讨着诸多关乎真、善、美、爱以及国家、法律、政治、教育等等烧脑虐心的思想和哲学问题。苏格拉底是“对话”的发明者，无休无止地与人交谈、追问、沟通、辩论，但他并不属于风行一时的诡辩者，他是劝人积极向善的思想家和引导者，他给青年人输出的全是“正能量”。然而，好人并不一定有好报。随着苏格拉底名气和影响的日益扩大，这位雅典的忙人、贤人、红人、名人，最终变成了罪人。他因思想而获罪——亵渎神明并诱导毒害年轻人，被法庭判处死刑，剥夺了生命。

其实，苏格拉底之死并非偶然和突然，至少在步入中年后的几十年间，他通过在街头、广场、集市等公众场合所从事的教育教学活动，即滔滔不绝地与人交谈讨论，一直受到一些人的非议，对他的举报、投诉和指控时有发生，但他不收手，不收敛，不肯闭嘴，不肯认错，不肯待在家里享受贵族式的生活，而是我行我素，一步步滑向了死亡断崖的致命边缘。

阿里斯托芬《云》中的苏格拉底，自称能在天空中行走并瞪着双眼“逼视太阳”，他不信宙斯天神，却认为太阳是团火，月亮是团土，“天是炭窑，人是木炭”，开办“思想所”，专门教导弟子们学习“诡辩术”，思考一些诸如“跳蚤所跳的距离相当于它腿长的多少倍”“长脚蚊子的声音究竟是嘴里发出的还是从屁眼里发出的”之类的问题，并撅着屁股观察天象……学生终于不堪忍受，一把火烧了“思想所”，学生让学校化为灰烬。在这出戏中，苏格拉底的一言一行皆为笑料，洋相百出，阿里斯托芬似乎写得很解恨，直到临了才仁慈地放了苏格拉底一条活路，让他拣回条命，从一场火灾中狼狈地逃出火海，学校烧毁了，但老师没被烧死，阿里斯托芬算笔下留情了，哲学家应该感谢喜剧家的不杀之恩。

从罗念生先生所译的《阿里斯托芬喜剧六种》中，作为古希腊中前期的喜剧已达到相当高级的水准。有些剧目即使在今天看，依然有难以逾越的高度。阿里斯托芬在嘻哈调笑的同时，仍能保持某种庄重和深沉的情怀，实在令人钦佩。阿氏剧作中的许多逗人捧腹的笑料和笑点，穿越两千几百年的时空，传至今日仍具有强烈的喜剧性，照样可以引人发笑。由此可见，笑与幽默感作为喜剧基因和文化积淀已深深植入人们的欣赏习惯和审美传统之中。古老的笑声飘荡于人类历史长河之上，回响在子孙后代的耳畔。

阿里斯托芬的《云》，曾作为判处苏格拉底死罪的证据之一。这显然不是阿里斯托芬写戏的初衷，用笑话作证，无疑是个天大的笑话。实际上，导致苏格拉底之死的原因很多，不排除当事者本人但求一死的决心，苏格拉底年过七十，这在当时绝对算是寿星中的寿星了。他决心以死唤醒统治者和雅典民众的民主法律意识以及追求真、善、美、爱的激情，他在临终喝下毒药前已经清楚地预言了他死后产生的长远影响。所以，他义无反顾地走了，走得很“高大尚”。

苏格拉底的预见很快得以验证。他的名声在死后迅速扩大，以全世界全人类的第一位伟大思想家、哲学家而永载史册，彪炳千秋。时至今日，随便翻开哪本哲学史、思想史、政治史、文化史等等重要著作，他的名字都会赫然占据首位。苏格拉底几乎成为思想、哲学甚至文明的代名词。苏格拉底就是思想，思想就是苏格拉底；苏格拉底就是哲学，哲学就是苏格拉底。

把苏格拉底搬上舞台是一件非常有意义的事情，但绝不能以喜剧的形式呈现。当年阿里斯托芬式的嘲弄笑讽让苏格拉底送了命，却无法熄灭他点燃思想的火种。笑的攻击性与颠覆性因时代的演进而发生变化，苏格拉底活着时，阿里斯托芬可以在大庭广众之下，通过演出活动，肆无忌惮地挖苦调侃、丑化抹黑，但苏格拉底死后，则从名人变成了圣人，从人变成了神。他已不仅属于雅典和古希腊，而且归属全人类，归属于世界历史和当代世界。所以，我在写作《苏格拉底》时，采信了柏拉图和巴诺芬关于苏格拉底的论述和回忆，同时又将阿里斯托芬《云》中的一个小片段嵌入其中，处理为“戏中戏”，丰富了苏格拉底的舞台形象，同时把当时古希腊喜剧的繁荣景况顺带介绍给观众，也适当舒缓了苏格拉底之死给观众带来的压抑和紧张。

（二）拉伯雷、塞万提斯和巴赫金

每个人都有属于自己的童年。在这个生命的初始阶段，以吃、喝、拉、撒、哭、笑、玩、乐为主题，在父母的养育、陪伴和管教下学乖变巧，一天天长大。拉伯雷《巨人传》中的高康大的童年却是一副熊孩子样：整天在泥坑里打滚，抹黑鼻子涂花脸，趿拉着鞋，捉苍蝇、追蝴蝶，往鞋里撒尿，在裤裆里大便，用拖鞋喝酒，拿木鞋磨牙，用筐子蹭肚皮，用碗梳头，在菜汤里洗手，往募捐盘里吐唾沫，在油里放屁，藏在水里躲雨，吃着菜汤要酒喝，说话语无伦次、颠三倒四，自己搔痒自己笑，吃白菜拉韭菜拔苍蝇腿，拿尿脬当灯笼，拿脑袋当榔头，跳一跳就想捉到天鹅，胡吃海塞，到处呕吐……他咬狗耳朵，狗抓他的鼻子，他吹狗的屁股，狗舔他的嘴唇，还小不正经地打保姆的主意……

这幅场景画面，不光是高康大这个熊孩子生命的童年写照，也是拉伯雷小说写作的童年状态。只需翻开《巨人传》的第一页，就有一种肆无忌惮、眼花缭乱的狂欢气氛扑面而来，你会被那种喧闹、嘈杂和热烈的恶作剧般的欢乐包围着、簇拥着，甚至裹胁着被拉进那沸腾的人头攒动笑声震耳的人群当中。排山倒海般的笑浪，会让你站不稳脚跟，让你晕晕乎乎跌跌撞撞，再也无法保持原有的一点点可怜的矜持和严肃。

拉伯雷写作时的无拘无束不管不顾，天马行空独往独来，让后世作家羡慕不已。放肆、放任与放纵充满了字里行间，作家嘲讽并戏仿了以往的各种歪理邪说，为自己无所顾忌的胡诌八扯、信口开河提供了合法性。拉伯雷的写作手法相当任性，随心所欲，荤素不拒，甚至不时会冒出污浊肮脏之语。笑的爆发之时，便是打破禁忌之日。精致的幽默变成了粗俗的狂笑，犹如山洪裹带着泥沙，咆哮着一泻千里。

拉伯雷近乎“恶搞”的写作只是表象，他奉劝读者们要学习“狗啃骨头的精神，通过仔细阅读和反复思索，咬开骨头，吮吸里面富有滋养的骨髓。”“不管有关宗教，还是政治形势和经济生活，我的书都会向你们显示出极高深的神圣哲理和惊人的奥妙。”四五百多年后，苏联学者巴赫金像历代聪明的读者一样津津有味地嘬着营养丰富的骨髓，称拉伯雷为“笑的文学领域里最伟大的表达者”。而米兰•昆德拉认为，拉伯雷《巨人传》的诞生，证明“小说艺术就是上帝笑声的回响”。

《堂吉诃德》比《巨人传》的影响力更大，堂吉诃德作为虚构的世界名人，其知名度远远超过许许多多在历史上自认为建立了不朽功勋而永载史册的帝王将相。陈众议先生在所著的《塞万提斯学术史研究》一书中称：“在历时四个多世纪的塞万提斯研究中，《堂吉诃德》始终是无可争辩的中心。”对塞万提斯“最初的接受主要是嘘声和笑声……笑声是一般读者给予塞万提斯的回报。他们不是在堂吉诃德身上看到了自己的影子并和他同命运共欢乐，便是视他为十足的疯子、逗笑的活宝”。陈众议教授的大著对我写作《错乱的影子》很有帮助，所以我把以他为原型的“陈教授”直接推到了舞台上，并请他说出自己的观点。

堂吉诃德早已被作为歌剧、舞剧等主角在舞台上唱过、跳过，但不知是否让他讲过汉语。强烈的好奇心促使我试图让这位“伟大的骑士拉曼查的堂吉诃德”面对中国观众讲普通话，在跨文化的语境下感受塞万提斯用西班牙语贡献给人类的诙谐、机智和幽默。

让“二十世纪最重要的思想家之一”——苏联学者巴赫金与近500年前的诞生于拉伯雷笔下的巨人们同台演出，也算是一种赶时髦的时空“穿越”。巴赫金在20世纪40年代写下了题为《拉伯雷的创作与中世界和文艺复兴时期的民间文化》的博士论文（简称《拉伯雷研究》），论文水平极高，却授予了副博士学位。20世纪30年代至50年代的苏联正经历一场人类历史上罕见的“光明”时代，灿烂的阳光，直刺人眼，也形成了另一面巨大的阴影。上层“越来越多地要求作家毫无原则地粉饰现实，描写‘应该是怎样的’，而非现实存在的”。巴赫金为什么在这种严酷的环境下下专注于中世纪和文艺复兴时期笑文化、民间诙谐文化呢？要思想，还是要脑袋，这是个问题！巴赫金最终选择了脑袋（1938年他已经截去了一条腿），那里可以藏匿思想。

巴赫金想笑，而且不想一个人独笑，他渴望全体人民都笑。在他看来，笑是不该也不能禁止的，笑的对象包括了世间的一切。笑是正反同体的，既肯定又否定，在埋葬中获得再生。他认为：“拉伯雷、塞万提斯和莎士比亚的时代是诙谐（笑）史上的重要的转折点。”

巴赫金惧怕严肃又痛恨严肃，他揭示了严肃的本质。他要摆脱严肃、消解严肃，但历史和现实无情地告诉他，这是徒劳的。

严肃并不等于认真，笑是不严肃的，但它却是认真的。

巴赫金留下的，还有一些黑白照片。从相片上看不出他所追求的狂喜和欢乐，连一丝笑容都难以觅见。他的面孔跟他的生活经历一样的阴沉。与忧郁和阴沉同样明显的，是他的真诚。巴赫金是一位很认真的人。

（三）契诃夫、马克·吐温、哈谢克

大文豪托尔斯泰欣赏契诃夫的短篇小说，夸他“才华横溢、心地善良”，是“用散文写作的普希金”，但对他的戏剧创作不以为然，认为契诃夫的剧作比莎士比亚好不了多少。这个批评意见令契诃夫兴奋不已，经常骄傲地转述给别人。托尔斯泰瞧不起莎士比亚成为整个文学史上的一大笑谈。

契诃夫以短篇小说见长，其剧作成就也同样举世瞩目。医生出身的作家善良、温厚、和蔼，对笔下的小人物怀有深深的同情之心，就如对待他的患者一般。不知他是否思考过读者、观众和病人之间的关系。《契诃夫医生》一剧，把他的医生和作家两种身份兼顾并重，前者治疗人的生理疾病，后者关注人的心理和精神问题。

契诃夫之笑总是含着泪水的，是饱含悲悯之情的，并没有居高临下的优越感。把他的几篇家喻户晓的“金牌小说”如《小公务员之死》和《变色龙》放进剧本之中，是为了让读者和观众能在陌生中找到熟悉，那是契诃夫独有的“徽章”，便于识别并拉近距离。

爱情是串起剧情的一条主线，除了妻子奥尔加之外，另外两个女人也很重要，一位是终生在身边照顾他的亲妹妹玛莎，另一位是有些偏执和妄想的铁杆“粉丝”丽季娅，她的每次出场，不知何故，总是令我感到不安和紧张。

在尊重基本史实的前提下，我并没有拘泥于某些真实的细节，特别在故事发生的先后顺序上，我都做了相应的适度调整。这只是一部文学剧本，而不是严谨的学术著作。过分追求所谓的历史准确性，

将严重妨碍作家想象力的展开。

契诃夫出生那一年，马克•吐温正在美国密西西比河上当水手。两年后，马克•吐温成为弗吉尼亚市的《企业报》的唯一一名记者，开始与文字打交道。他死于1950年，享年75岁，远比契诃夫长寿（契诃夫病逝于1904年，只活了44岁）。当契诃夫动笔写作时，马克•吐温早已在美国名声响亮且远播海外。在《愤怒的笑声》中，马克•吐温的首次亮相不是以作家而是以演说家的身份出场的，这与作家当时的实际情形相符。那个时代的美国，流行一种时尚，大家愿意花钱买票去一起听名人演讲，这是一种娱乐活动，演讲者必须幽默风趣，要善于讲笑话段子和趣闻轶事，这正好是马克•吐温的强项，他多年从事新闻报道工作，走南闯北，装满了一肚子的奇谈怪事并撰写和发表了大量幽默笑话，加上天生一副好口才，面对听众侃侃而谈，全场笑声不断，非常叫座。马克•吐温收入中相当一部分是通过演讲赚得的。

与契诃夫不同，马克•吐温的笑声中始终有一种强烈的正义感和批判精神，是愤怒之笑，揭露之笑，锋芒毕露，无情的嘲讽中多有鞭笞之举。

除了作家性格、修养的因素外，二人所处国度的现实状况和文化背景上的差异也是导致他们幽默风格不同的重要原因。

有“文学界林肯”之誉的马克•吐温代表了美国幽默讽刺文学的最高成就，也是世界文学宝库中的灿烂明珠。

《愤怒的笑声》剧本中，突显了马克•吐温幽默讽刺的独特性，并对他笑声背后的深刻思考以及嘲笑的指向性均有所关注。

战争并不好玩，更不好笑。一个正常的人不会把残酷的战争当成一场游戏，除非他的脑袋出了众所周知的毛病。然而，哈谢克笔下的帅克就是这么个罕见的活宝。当他从报纸上得知“有一片乌云萦绕着我们亲爱的祖国”时，一股不可抑制的爱国热情如烈焰般冲天而起，烧得他满嘴胡话，扯着嗓子高唱军歌猛呼口号，拖着多病之躯，架着双拐坐着轮椅，奔赴战场，心甘情愿地为皇帝充当炮灰。帅克的纯真善良和无辜无奈以及兴致勃勃的生活态度和滔滔不绝的东拉西扯，反讽着世界大战的意义。尼采说过，对于伟大的事情，人们必须要么沉默，要么以伟大的方式去讲述。所谓伟大的方式，指的是讽刺的和纯真的方式。哈谢克擅长以这种方式讲故事。

哈谢克靠什么赢得我们的尊重？是笑，是他独有的被称为“哈谢克式”的不屈不挠的笑声。这种笑不是领导讲话故作幽默时群众迫不得已的逢迎，不是面对舞台上小丑插科打诨时观众报以的转瞬即逝的喝彩。他的嘲笑很彻底，不留情面，也不留死角，实现了对国家、政府、军队、医院、警察、法律等等的全覆盖。并直指人类生存的荒诞和人性深处的邪恶。哈谢克之笑是无奈和绝望的结晶。

三、独白：一次虚拟的记者访谈

记者：你是何时开始话剧创作的？是什么触发了你的写作念头？

劳马：凡事都有个缘起。我第一次动笔写剧本纯属偶然。那是2012年，应学生业余剧社之邀为他们的毕业演出而硬着头皮试着写了《苏格拉底》，在人民大学有个传统，每年的六月，学生业余剧团在离校前要上演一出“毕业大戏”。那年正值建校75周年，在首场演出成功后，学校决定将此剧作为校庆大戏，搬上了国家大剧院的舞台。后来，又一届新生演员带着这部戏参加了北京市第四届大学生艺术节，在中央戏剧学院演出，获得了四项大奖。

记者：你为什么选择了苏格拉底而不是别人作为你的创作素材？

劳马：没什么特殊的理由，当时一下子就想起了这位死去的两千四百多年的雅典智者——人类历史上最伟大的思想家、哲学家。也许是因为自己毕业于哲学专业，学过西方哲学史，很自然地就想到了他。当然，我并不是想通过戏剧来系统阐释他的哲学思想，也不是要全面展示他的学术生涯。在规定的时间内和有限的空间里，要让演员通过肢体动作和语言表白准确刻画人物性格，充分阐发他的哲学思考和情感世界，这几乎是一件不可能完成的事情。我并不认为舞台剧更方便讲故事，或者说，这种叙事方式也不见得适合我。扯远了，我觉得苏格拉底值得搬上舞台，意义不言自明。而且特别适宜在大学里上演，每年新生入学时都应该走进剧场，看一次《苏格拉底》。这部话剧完全可以当作大学生入学思想教育和戏剧审美教育的必修课，让学生们感受体验一下什么是话剧，并引导他们走进哲学思考的大门，这将使他们一生受益。

记者：你在童年时是否受到中国的传统戏剧影响，或者说，在你成长的过程中经常接触戏剧吗？

劳马：我生于辽宁大连的一个乡村，童年时期经历了“文化大革命”。大连地区在行政区划上属于东北，但文化、习俗上更接近山东。东北的“二人转”在大连地区并不流行，我童年时代没听过“二人转”。

从有记忆开始，我只知道“样板戏”，现代京剧《红灯记》《沙家浜》《智取威虎山》《杜鹃山》等我耳熟能详。不是喜欢看和听，而是别无选择，只有这几部戏。山东吕剧只看过一次《老两口学毛选》，还有豫剧《朝阳沟》。在读大学之前，从未看过话剧。但读过一些剧本，说来很有反讽意味，我的戏剧教育是从“样板戏”一步跨入“荒诞派”的。二十多年前，我在大学科研处工作时的处长、著名法国文学专家黄晋凯教授曾送我一本他主编的《荒诞派戏剧》，并在扉页上写着“识荒诞者为俊杰——与小马共勉”，二十年后黄教授又赠我一本《荒诞派舞台的国王——尤内斯库画传》，扉页的赠语是“一切依然荒诞——请老马赐教”；这两本书我都认真拜读了，使我对荒诞派戏剧有了粗浅的认知。我与黄晋凯先生共事多年，受他的影响较大。读大学时还看过萨特和加缪的剧作，那是为了理解他们的哲学思想，并非学习他们的创作。

说实话，我平时并不看戏，对于戏剧也不感兴趣。所以，像我这种只写菜谱而不进厨房做菜的人实在不好解释。

记者：你期待这些剧作能尽早在剧场里演出吗？

劳马：不，没有这个妄想。戏剧在文学上指的仅仅是剧本。它是完整独立的文学样式。当然，也是为演员演出提供的脚本。进入剧场时，需要导演和演员的再创作，还要具备各种演出元素，如舞台、道具、服装、化妆等等。

对于作家而言，“写”的过程，即是“导”“演”“看”的过程。舞台搭在心底，脑海浮现场景，眼前仿佛挤满了热情的观众。

剧本是属于文学的，搬上舞台后其文学性并未增强相反却是减弱的。阅读剧本和观看演出二者的审美差异悬殊，过于具象的演员相貌和道具、服饰等貌似真实的细节处理，诉诸视觉、听觉，眼睛耳朵替代了大脑，你看到了、听到了什么就是什么，六小龄童成了孙悟空的化身，演员陈晓旭便是林黛玉，一切都凝固化了，一千个读者可能有一千个哈姆雷特，而一千个观众同看一场戏就仅有一个哈姆雷特了。

记者：写小说与写话剧哪个更难？

劳马：写好了都不容易。小说与剧本是两种不同的文学样式。强化小说中的对话，就有点戏剧对白的味道了。话剧剧本省却了许多用文字描述环境的麻烦。场景的转换，只是叙事转折的时空背景变化形式。话剧是“说”，也就是“对白”和“独白”的艺术，有时也需要“旁白”。卢卡奇说过：“性格和行动都只是次要表现手段……我们一般只是间接地注意到它们，我们直接听到和看到的只是对白”。德国戏剧家彼得•汉德克认为，戏剧不是以形象而是以话语表现世界的，世界不存在于语言之外，而是存在于语言本身，只有通过语言才能粉碎由语言所建构起来的看似不变的世界图像。因此，话剧只是语言的艺术，对白起着关键作用。

记者：你已发表的这六部剧作，似乎都在谈论笑的问题，但又不像是喜剧，为什么？

劳马：是的。笑在文学史是一个大问题，应该以非常认真的态度探讨这个十分严肃的问题。从古希腊阿里斯托芬，到文艺复兴时的拉伯雷、塞万提斯和现当代的马克•吐温、契诃夫、哈谢克以及对笑的理论进行过深入研究的巴赫金，都出现在我的剧本中，这条线索很清晰，我的企图也很明显。其实，这也是以戏剧形式串起一部笑的文学简史，呈现的是笑文化和喜剧精神。

换一个角度看，人类的历史始终是笑（诙谐）与严肃抗争的过程。笑在民间。严肃性属于官方，并拥有制度保证，成为神圣、秩序、法律、政令、威权的阴冷面孔、灰色外衣和居高临下的装腔作势。笑（诙谐、幽默、调侃、俏皮）是对严肃性的摆脱和化解。请允许我借用几句名人名言替自己壮胆。引用别人是为了更好地表达自我。巴赫金说："笑就其本性来说就具有深刻的非官方性质；笑与任何现实的官方严肃性对立……"，"在笑看来是欢乐的、正面的、快活的事，能摆脱期待的恼人的严肃性、郑重其事和关系重大之感……"，"笑具有深刻的世界观意义，这是关于整体世界、关于历史、关于人的真理的最重要的形式之一。"笑能化解官方的做作和无聊。罗马尼亚裔法国哲学家萧沆说过："一切创造与杰作，若是没有那些放肆而可爱的人儿，给它们构织的布幅添上一道精微的轻蔑与不假思索的嘲讽作花边，我们能承受它们粗糙的厚重与深刻吗……要感谢那些不曾滥用过严肃的文明，感谢它们曾与价值嬉戏，感谢它们曾陶醉于价值的创生和对它们的拆解。"我写的这几部剧本，即是向文学史上"那些放肆而可爱"的大师们致敬。

后记

时间是一条流淌的河，停不下，又留不住。用石头打它，用棍子抽它，它会溅起几朵水花，便不理不睬地忙着赶路，把你抛在后面。人们置身于时光之中，利用它，消磨它，打发它，最终又被它利用、消磨和打发，这就叫过日子。

岁月无痕，人生有迹。走过的路上会留下脚印。那脚印大小深浅弯直，重重叠叠，多数是模糊的，难以清晰辨认。我们把这无数的重叠交织在一起的脚印视为时代的轨迹和社会的道路。个人的脚印踩成了社会道路，那脚印便消失了，或者更准确地说是淹没、隐藏在密密麻麻数不胜数的群体足迹之中。

远看是山，近看是树。山是静静绿绿的一片，距离过滤掉了那其中的杂色。眼前的树，有枝有叶有声有色，风一吹，枝叶摇动，姿态多变。躯干粗糙光滑，一触即知，那上面寄生着蚂蚁或毛毛虫之类的小昆虫，生动得让人掉泪。

时代与社会犹如那远处的山林，而个人就是眼前的树。一叶而知秋，一树一森林。叶细而树高，树小而林大。

因为是人，就注定了他的不完美。人性的弱点是软肋，也是痒处。

重碰软肋，会疼，轻挠痒处，会笑。

集子中收录的文字，零零碎碎，杂乱无章，有札记随笔，也有谈话发言，不系统、不成篇、不规范，结结巴巴、断断续续，随意堆在一起，貌似浑然一体。

图书在版编目（CIP）数据

抖落失眠的气息 / 劳马著 . -- 南京 : 江苏凤凰文艺出版社 , 2019.10
ISBN 978-7-5594-2019-0

Ⅰ . ①抖… Ⅱ . ①劳… Ⅲ . ①散文集 – 中国 – 当代
Ⅳ . ① I267

中国版本图书馆 CIP 数据核字 (2018) 第 090426 号

抖落失眠的气息

劳马 著

出 版 人 张在健
责任编辑 张 倩 王 青
特约编辑 王美元
装帧设计 书心瞬意
出版发行 江苏凤凰文艺出版社
南京市中央路 165 号，邮编：210009
网 址 http://www.jswenyi.com
印 刷 三河市人民印务有限公司
开 本 880 毫米 ×1230 毫米 1/32
印 张 11.25
字 数 240 千字
版 次 2019 年 10 月第 1 版 2019 年 10 月第 1 次印刷
书 号 ISBN 978-7-5594-2019-0
定 价 58.00 元